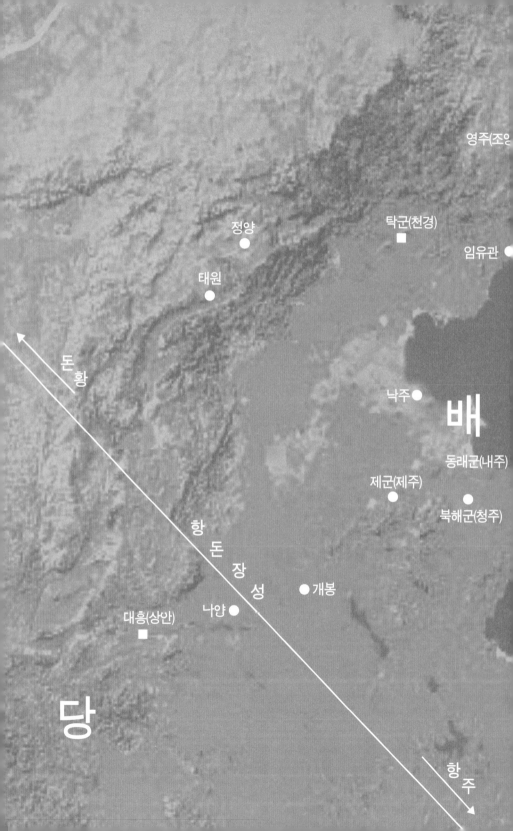

요동성

원산

장안성(평양)

비사성(대련)

남포

부소갑(개성)

익현현(속초)

칠중성(파주)

달 국

만노군(진천)

당성(화성)

국원성(충주)

웅진성(공주)

중천성(부여)

서라벌(경주)

기벌포(장항)

월나(영암)

대마도(두섬)

이도성

탐라

국지성

신의 나라

신의 나라
신영진 장편소설 ③

초판 인쇄 | 2012년 12월 27일
초판 발행 | 2013년 01월 01일

지은이 | 신영진
펴낸이 | 신현운
펴는곳 | 연인M&B
기 획 | 여인화
디자인 | 이희정
마케팅 | 박한동
등 록 | 2000년 3월 7일 제2-3037호
주 소 | 143-874 서울특별시 광진구 자양로 56(자양동 680-25) 2층
전 화 | (02)455-3987   팩스 | (02)3437-5975
홈주소 | www.yeoninmb.co.kr
이메일 | yeonin7@hanmail.net

값 13,000원

ⓒ 신영진 2013 Printed in Korea

ISBN 978-89-6253-125-1 04810
ISBN 978-89-6253-122-0 04810(전5권)

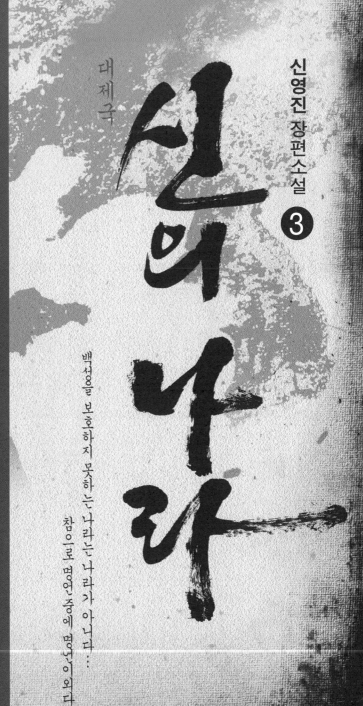

신영진 장편소설

③

대제국

신의 나라

백성을 보호하지 못하는 나라는 나라가 아니다…
참으로 멸언 중에 멸망이외다.

대마도 토벌

전사한 우리 제국군들에 대한 예우로 매년 쌀 다섯 섬씩을 유족들에게 지급하시오.
우리 배달국은 나라를 위해 목숨을 바친 사람들을
결코 잊지 않을 것이기 때문이요.

연인M&B

차례

전기(轉機) _ 006

천재 _ 035

내치(內治) _ 063

수렁에 빠진 고구려 _ 090

해적들의 난동 _ 138

뜻하지 않은 인연 _ 169

고구려 사신들 _ 207

대마도 토벌 _ 231

불가침 조약 _ 274

전기(轉機)

강철과 조영호는 편전에서 물러나와 총리부로 왔다.

자리에 앉은 강철이 먼저 조영호를 쳐다보면서 말을 꺼냈다.

"조 장군! 내일 오겠다던 조 장군을 이렇게 급히 오게 한 것은 한시라도 빨리 대책을 세워야 할 일이 있기 때문이오."

"대책이라 하시면?"

"장군은 홍석훈, 우수기 장군과 의논하여 군사나 군노(軍奴)들 중에서 특전군 이천, 육군 삼천, 수군 이천을 가능한 빨리 선발해 주어야겠소."

조영호는 이미 예상을 했었는지 고개를 끄덕이며 대답을 했다.

"예! 알겠습니다만, 이유는 역시 식량 때문입니까?"

"음, 그 문제가 가장 심각하지만……."

하고 말을 꺼낸 강철은 설명을 하기 시작했다.

지금 배달국에는 군사와 군노 그리고 이번에 사로잡은 포로를 합하면 10만 명이 넘는 숫자이기 때문에 군량미도 감당하기가 어려운 실정이지만, 이 기회에 국방을 담당한 상비군을 완비해야 한다는 말이었다. 그래서 특전군과 육군, 수군을 합해 7천 명을 상비군으로 만들 계획이며, 그들이 한글교육과 군사훈련을 받는 기간 동안만 기병으로 3천 명을 운용할 계획이라고 했다. 그 외로 공사 인력은 이번에 삼년산성에서 포로가 된 3만 7천 명으로 충당하고 나머지는 군사건 군노건 간에 모두 귀향시킬 방침이라고 했다.

강철의 설명을 들은 조영호는 그들이 먹어 댈 식량을 생각하니 늦으면 늦을수록 나라에 큰 부담이 된다는 것을 새삼 깨닫고는 마음이 급해졌다.

"말씀을 듣고 보니 한시가 급한 일이라고 생각됩니다. 소장은 오늘부터 홍석훈 장군이나 우수기 장군과 함께 군사를 선발하는 일에 착수하겠습니다."

"그렇게 해 주시오. 본장이 도와 드릴 일은 없겠소?"

총리대신의 말이 떨어지기가 무섭게 조영호가 손사래를 치면서 사양했다.

"아닙니다! 개국 초기라 모두 바쁘실 텐데 그럴 필요 없습니다. 비조기도 소장이 직접 조종하겠습니다. 다만, 수황군장에게 부탁하여 수황군 다섯 명만 쓸 생각입니다."

그동안 배달국에서 최고의 전력(戰力)을 자랑하던 군사가 특전군이었고 그들에 대한 총지휘는 조영호가 맡았었다. 그런데 지난번 내각 발표에서, 그 특전군이 도성 방어와 황궁을 수호하는 수황군으로 개편되었고 수황군장인 지소패 소령 휘하가 되었다. 상황이 이렇게 되었으니 아무리 그들을 훈련시키고 지휘하던 조영호라고 하더라도 이제는 수황군장에게 부탁해야 하는 입장인 것이다.

"알겠소! 그렇게 하시오."

"감사합니다. 더 이상 하실 말씀이 없으시면 소장은 나가 보겠습니다."

군례로 인사를 한 조영호는 총리부에서 물러 나갔다.

이튿날 내각회의가 이루어지고 있는 총리부, 상석에는 총리대신인 강철이 앉아 있고 좌우로 각부 대신들을 비롯한 배달국 신료들이 자리를 잡고 앉아 있었다.

육군사령인 우수기로부터, 오늘 회의 불참자는 군사 선발 작업 중인 홍석훈 총장과 조영호 총장이라는 보고를 받고 난 총리대신은 알았다는 대답과 함께 입을 열었다.

"오늘 회의를 시작하기 전에 먼저 백기 장군의 의견을 묻겠소. 감문주 토벌(討伐)군의 승전 기념식은 내정부에서 책임지고 준비하는 것이 어떻겠소?"

"각하! 소장 역시도 참전했던 장수 중에 하나인데 괜찮겠습니까?"

"그것이 무슨 문제겠소?"

"알겠습니다. 그렇다면 저희 내정부에서 맡도록 하겠습니다."

아직도 통역을 통해야만 대화가 가능한 백기였지만, 곁에서 한글 강사가 통역을 하고 있다고는 믿어지지 않을 정도로 그가 하는 질문이나 대답은 언제나 명쾌했다.

"하하! 그럼 되었소. 그 문제는 해결되었고…… 백기 장군! 전에 백제국에서는 전사자를 어떻게 처리해 왔소?"

"어떤 처리를 말씀하시는지요?"

"나라를 위해 목숨을 바친 군사들에게 무엇인가 보상을 했을 것이 아니요?"

"백성이 나라를 위해 죽는 것은 당연한 일인데 무슨 보상이 있었겠습니까? 여태껏 한 번도 그런 일은 없었습니다."

"흠……! 국세청장!"

"네, 각하!"

"국세청장은 이번 삼년산성에서 전사한 우리 제국군들에 대한 예우로 매년 쌀 다섯 섬씩을 유족들에게 지급하시오. 우리 배달국은 나라를 위해 목숨을 바친 사람들을 결코 잊지 않을 것이기 때문이요."

국세청장이 대답도 하기 전에 부여장이 먼저 대꾸를 했다.

"각하! 앞으로도 전쟁이 있을 때마다 적지 않은 군사가 죽을 터인데, 그들 모두에게 그렇게 해 준다면 그 많은 쌀을 어떻게 감당하시려는 것입니까?"

그러자 광공업부 총감인 강진영이 말을 받았다.

"사비 공께서 염려하시는 것도 일리가 있지만, 소장은 총리대신께서 말씀하신 대로 따르는 것이 옳다고 봅니다. 그리고 하루빨리 전사자 보상 기준도 만들어야 할 것입니다. 아마 폐하께서도 당연하다 하실 것이요."

부여장은 강진영까지 나서서 총리대신의 말이 옳다고 말을 하니 더 이상 할 말이 없었다.

"……."

국세청장이 그때서야 대답을 했다.

"각하! 명하신 대로 매년 쌀 다섯 섬씩을 전사자 유족들에게 지급하겠습니다."

"그러시오. 자, 그럼 이제부터 각부에서는 논의할 안건들을 말씀해 보시오."

총리대신의 말에 좌우를 한 번 살피던 박상훈이 먼저 입을 열었다.

"과학부 총감인 소장이 먼저 말씀드리겠습니다. 옹진에 오십만 킬로와트짜리 발전기 설치와 각 공방(工房)들의 배치를 끝냈습니다. 오늘부터는 공방별로 기계들을 설치하고, 과학 발전 계획에 따라 사업을 추진해 나갈 것입니다. 물론 광공업부에서 필요한 광물을 제때에 공급해 주셔야 가능한 일이니 적극적인 협조를 부탁드리겠습니다."

박상훈의 말이 끝나자, 광공업부 대신인 김백정이 입을 열었다.

"저희 광공업부에서는 강진영 총감의 자문에 따라 신촌현(보령)의 흑연과 적성현(赤城縣: 단양)의 석회석, 만노군의 철광, 잉리아현(화순)의 탄좌 개발을 준비하고 있습니다."

투항한 지가 꽤 세월이 흘러서인지 신라 국왕이던 김백정은 천족 장군들이 알아들을 수 있을 정도로 한결 자연스럽게 말을 하고 있었다.

"광공업부의 책임이 막중하오. 수고를 해 주시오."

총리대신의 당부하는 말에 김백정이 말을 이었다.

"알겠습니다, 총리대신 각하! 그리고 지금 채굴 인력이 없으니 가능하시면 이번 삼년산성의 포로 중에 일만을 저희 광공업부로 넘겨 주셨으면 합니다."

강철은 그 말을 들을 때까지 광산 개발 인력에 대해서는 전혀 생각지도 못했던 부분이었다. 그러니 그동안 머릿속으로 구상하던 인력

운용 계획을 다시 짜야 할 판이었다.

"흠! 그렇게 해 봅시다."

이번에는 농어업부 대신인 부여장이 입을 열었다.

"저희 부서에서는 황제 칙령에 따라 균분제 실시를 준비하고 있습니다."

"알겠소. 남녀노소를 가리지 않고 모든 백성들에게 경작권을 줘야 한다는 것을 명심하시오."

다음으로 상업부 대신인 부여망지가 입을 열었다.

"제국상단의 목관효 중령에게 구드래와 기벌포에 있던 큰 관선 다섯 척을 넘겨주었습니다. 그리고 총감 각하의 말씀에 따라 나라 안에 있는 수륙 상단을 모두 조사할 계획입니다."

"그러시오. 목 중령에게는 가능한 지원을 아끼지 마시고, 특히 상단을 조사할 때는 그들의 활동에 지장을 주지 않도록 하시오."

"네! 알겠습니다."

대답을 하고 난 부여망지는 강철을 쳐다보면서 진지한 어조로 물었다. 아마 자기 판단에는 중요한 문제라고 생각했던 모양이었다.

"그리고 구드래 나루를 어떻게 할지가 문제입니다."

"구드래 나루를 어떻게 하다니요?"

"그동안 구드래 나루에는 다른 나라의 상단들까지 드나들었었는데 계속 그냥 놔둬야 할지 아니면 폐쇄해야 할지 고민 중에 있습니다."

"폐쇄를 하려는 이유는 무엇이요?"

"예, 우리 배달국의 천병기가 혹시 노출이 될까 하는……?"

"하하하! 그런 염려는 하지 마시오. 그들이 본다고 해도 상관없소.

구드래는 상단들이 사용하는 항구로 하고, 기벌포는 군항으로 사용하면 되겠구려."

"예, 알겠습니다."

"그런데…… 다른 나라 배들이 드나든다면 도성 안에서도 다른 나라 사람들이 더러는 보였을 텐데 본관은 한 번도 본 적이 없으니 무슨 이유요?"

"각하! 그 이유를 말씀드리면, 다른 나라 사람은 사신으로 오는 경우를 제외하고는 도성 안으로 들어올 수도 없고 거주할 수도 없습니다. 그들은 주로 도성 밖 구드래 나루 근처나 사비수 건너편에 정해진 지역에서만 거주하고 활동하는 것입니다."

"아! 그래서 보질 못했구려. 알겠소."

강철이 고개를 끄덕였다. 그런데 옆에서 대화 내용을 듣고 있던 과학 총감인 박상훈이 부여망지를 쳐다보며 물었다.

"그렇다면 구드래 항구로 들어오는 상단 중에 외국 상단도 있다는 말씀인데, 그들은 주로 어느 나라 장사꾼들이요?"

"예! 수와 왜는 자주 오는 편이고, 진납(캄보디아)이나 천축(인도) 상인들도 일 년에 한두 번씩 들르곤 합니다."

"흠, 상업부 대신께서는 혹시 타국 배가 들어오면 꼭 본장에게 말해 주시오. 그들에게 부탁할 게 있어서 그렇소."

"알겠습니다."

상업부 대신의 보고가 끝나자 이번에는 내정부 대신인 백기가 입을 열었다.

"소장이 맡은 내정부에서는 이미 나라 안 곳곳에 폐하의 칙령과 승전 소식을 전했습니다. 국세청에서도 잉여 노비 회수와 '헌납 창구'로 이름을 붙인 기부 창구를 개설하여 일을 시작했습니다. 또한, 지방 조직을 검토 중에 있습니다."

백기의 보고에 고개를 끄덕이며 강철이 좌중을 향해 물었다.

"흠, 혹시 말씀하실 분이 더 있으시오?"

"……."

"하실 말씀이 없으신 것 같으니 본관이 몇 말씀드리겠소. 오늘부터 다른 변동이 없는 한 고구려와 우리의 경계는 북으로 칠중하(七重河: 임진강), 동으로는 익현현(翼峴縣: 속초)으로 하겠소. 그리고 신라와의 경계는 동쪽으로 감문주(김천) 남쪽으로는 금관군(金冠郡: 김해)을 경계로 하오. 그리고 배달국 백성들에게 부과할 세금은 어찌했으면 좋겠소?"

강철의 물음이 있자, 내정부 대신인 백기가 입을 열었다.

"구 백제국은 토지세와 인두세 그리고 특산품 진상 외에 군역이 있었습니다. 그 요율은 때에 따라 달랐는데 근래에는 전쟁이 많아 생산량의 삼할을 거두고 있었습니다."

"그렇소? 앞으로는 백성에게 부담시키는 것은 세 가지로 통일하도록 검토해 보시오. 우선 모든 백성이 농토를 가지게 될 터이니 농지세는 당연할 것이오. 또 더러는 농사를 짓지 않고 염전이나 사냥 같은 다른 일을 하는 백성들도 있을 것이니 그들에게 부과하는 세를 사업세라 하겠소. 마지막으로 나라에서 필요로 할 때 노동력으로 부담하는 것을 부역세로 하여 그 기준을 정해 보도록 하시오."

이때 백기 옆에 있던 홍수가 아직도 어색한지 조심스럽게 입을 열었다.

"각하! 소금을 생산하는 염전은 나라에서 직접 운영해 왔는데, 이

제부터는 백성들도 할 수가 있다는 말씀입니까?'

그의 질문에 강철은 신중한 답변이 필요한 질문이라는 것을 깨달 았다. 고대에는 소금이 국가재정에 중요한 수입원이었다고 배웠던 기억이 얼핏 생각났기 때문이다.

"역시 국세청장다운 질문이오. 소금을 생산하는 것이야 백성들이 하지만, 나라에서 모두 사들여야 할 것이오."

홍수는 당연히 그렇게 되어야 한다는 뜻인지 고개를 끄덕였다.

그것을 본 백기가 대답을 했다.

"알겠습니다. 농지세와 사업세, 부역에 대한 기준을 정해 보도록 하겠습니다."

"그렇게 하시오."

"그리고 삼만 칠천의 포로가 당도하면 이전처럼 노약자와 외동아 들, 노부모가 있는 자들은 귀향시키시오. 그 외로는 모두 군노로 삼 아 일만은 광공업부로 넘겨 채굴 인부로 쓰고, 일만은 수군사령에게 넘겨 군항 공사와 조선소 공사 인력으로 쓰도록 하시오. 나머지 인 원은 내정부에서 도로 공사에 활용토록 하되 명심하실 것은 그들이 비록 군노 신분일지라도 잘 곳과 먹는 것만큼은 소홀하지 않도록 하 시오."

"예! 명심하겠습니다."

내성부 대신인 백기의 대답을 끝으로 회의가 끝났다.

신료들은 발걸음을 재촉하여 자신들이 근무하는 관아로 돌아갔고, 강철도 회의 내용을 태황제에게 보고하기 위해 편전으로 향했다.

강철로부터 회의 내용을 보고받은 태황제는 몇 가지 당부를 했다.

첫째로 지방 조직은 신라 서라벌을 통합할 때까지 우선 급한 대로 기존 지방 조직을 활용하라는 것과, 두 번째로 전국 주요 지역에 지방관을 파견하되 지방관 1명과 한글 강사를 몇 명씩을 묶어 보내고, 세 번째로 지방관이 부임한 곳의 지명(地名)을 가능한 현대 지명과 일치시킬 것이며, 네 번째로 지방관을 파견하기 전에 나라에 도량형을 가능한 10진법으로 통일시켜야 한다고 강조했다.

다섯 번째로 부임시킬 지방관에게는 한글뿐만 아니라 아라비아숫자와 통일시킨 도량형에 대한 교육을 시켜야 할 것이고, 여섯째 그들에게 도량형에 맞춰 제작한 표준화시킨 저울, 자, 됫박을 부임지에 가지고 갈 수 있도록 할 것과 마지막으로 중앙과의 신속한 연락 체계를 확립하도록 할 것을 주문했다. 아울러 지방관은 당성에서부터 따라왔던 군사들이 충성심이 가장 높으니 그들 중에서 가능한 많이 선발해 보라는 말까지 덧붙였다.

강철은 총리부로 돌아오는 길에 태황제의 당부를 되새기며 언제 그런 깊은 생각까지 하고 있었는지, 나라를 다스린다는 것이 결코 쉬운 일이 아니라는 것을 새삼 깨닫고 있었다.

여기는 만노군의 세금천(洗錦川) 변에 있는 야로촌이었다.

낮이 짧은 겨울 초입이라 그런지 벌써 해는 뉘엿뉘엿 서산 귀퉁이를 기웃거리고 있었다. 초가집 굴뚝에서 연기가 피어오르는 저녁 시간임에도 쟁강거리며 쇠를 두드리는 소리가 마을 어귀까지 역력히 들리고 있었다.

'따―각! 따―각! 따―각!'

'히히히― 힝!'

동구 밖에 언뜻언뜻 보였던 2필의 말이 어느새 허름한 초가집 20

여 호가 옹기종기 모여 있는 마을 안으로 들어서고 있었다. 그들은 바로 이곳 촌주의 아들인 한지철과 그를 보좌하는 부관이었다.

마을 한쪽 편에 있는 제일 큰 집 앞에 말을 세운 지철은 안에서 들리는 쇠 담금질 소리에 '늘 들어도 정겹다.'는 생각을 하면서 말에서 내렸다.

그는 말고삐와 허리춤에 찼던 칼을 풀어 부관에게 넘겨주었다.

쇠부리*일을 하던 그가 당성토평군에 자원입대하여 전쟁터로 갔던 지도 벌써 여러 달이 흘렀다. 당시 국원소경 부성주 격인 염장 장군 휘하의 십장(什長)이 되어 배달국에 쳐들어갔다가 이제는 반대로 배달국의 장수가 되어 고향집을 다니러 온 것이다. 떠난 지 반년이 넘어 찾아오는 집이건만 크게 변한 것은 없어 보였다.

"여기가 소령님 댁입니까?"

"음! 그래. 들어가자."

"예!"

부관이 칼과 고삐를 받아 쥐면서 묻는 말에 짧게 대답을 한 그는 열려 있는 대문 안으로 성큼성큼 걸어 들어갔다.

"어머니!"

아직도 어린애 같은 치기가 남아 있는지 어머니를 먼저 찾았다. 쇠를 두드리는 시끄러운 소리에도 아들의 목소리를 들었는지 허름한 옷을 걸친 중년 부인이 댓바람에 뛰어나오며 외쳤다.

"아니고…… 야! 내 새끼 아니가?"

공방 안에 있던 부친 한미굴도 기미를 알아차리고 공방 건물에서 급히 나왔다. 그 뒤로 일하던 야장(冶匠)들도 주르르 뒤따라 나왔다.

---

*쇠부리: 쇠를 녹이고 다뤄 가공하는 모든 제철 작업(주조, 단조, 제강 등)을 일컫는 고유어.

"쇠동이 왔느냐?"

"어서 와라. 이게 얼마 만이냐? 참으로 반갑다……."

아버지의 말에 대답할 틈도 없이 공방에서 일하는 야장들이 한마디씩 안부를 묻는 것이었다.

"어머니! 아버지! 편안하셨습니까? 아저씨들도 잘 지내셨고요?"

안부 인사가 끝나자, 한지철의 등을 떠밀다시피 안방으로 데리고 들어간 모친은 눈물이 글썽글썽해진 눈으로 이리저리 자식의 얼굴을 뜯어보며, 병색은 없는지 야위지는 않았는지 살펴보더니, 동행해 온 부관을 의식하지도 않고, 덥석 자식을 품에 안았다.

"어이구, 내 새끼! 그래 아픈 데는 없고?"

"예, 없어요."

이어 부친이 들어오자 슬며시 모친 품에서 빠져나온 한지철은 그들에게 자기 부관을 소개했다. 그러고 나자, 그동안 어떻게 지냈냐는 물음에서부터 시작해서 숨 돌릴 틈도 없이 질문이 쏟아졌다. 그는 부모가 묻는 말에 꼬박꼬박 알기 쉽게 설명을 곁들여 가며 대답을 했다.

신라군에 자원입대해서 당성으로 갔는데, 공격도 못해 보고 눈 깜짝할 사이에 포로가 됐다는 대목에선 '아이쿠, 저걸 어째!' 하며 안타까워하더니, 명에 따라 자신은 그곳에서 쇠부리 일을 다시 하게 되었다는 대목에선 다행이라는 말을 여러 번이나 뇌까렸다.

거기서 하던 일은 주로 무기들을 녹여서 농기구를 만드는 작업을 했다는 말에 부친은 고개를 갸우뚱거리며 되물었다.

"하면, 전쟁하는 무기를 모두 녹여서 농사짓는 연모를 만들었단 말이냐? 그런 경우도 다 있더냐?"

그로서는 이해가 되지 않는 일이었다. 통상적으로 백성들의 농기구까지 거둬들여 무기를 만든다고 하면 말이 될까 오히려 그 반대라니 의아스럽게 생각할 만도 했다.

"농사짓는 백성들에게 나눠 줘야 한다고 그런 겁니다. 그러니 태황제 폐하께서 보통 사람과는 다르신 거지요. 하늘에서 내려오신 분이라 달라도 보통 다른 분이 아니에요."

지철의 부모는 연신 감탄을 연발하면서 얘기를 재촉했다.

자기는 위에서 시키는 대로 매일 열심히 농기구를 만들고 있는데 어느 날 폐하께서 지나가시다가 일하는 것을 보셨다고 하자, 그다음에 어떤 일이 일어났을까 다들 조바심을 내며 귀를 쫑긋거렸다.

그런데 폐하께서는 한참 동안 일하는 것을 지켜보시더니 크게 칭찬을 하시면서 이름도 내려 주시고, 높은 장수로 삼아 주셨다는 대목에 이르자, 부친이나 모친이 그게 웬 광영이냐며 박수를 치면서 함빡 웃음을 머금었다.

"애야! 폐하께서 이름을 지철이라고 지어 주신 게냐?"

"그럼요! 쇠를 잘 안다고 지철이라는 이름을 내려 주셨어요. 그래서 한지철이 된 겁니다."

"그건 그렇고, 높은 장수라면 얼마나 높은 장수가 된 것이냐?"

하고 넌지시 부친이 물었다. 이때 옆에 잠자코 앉아 있던 부관이 얼른 대답을 했다.

"소령이라는 계급이신데요. 신라에서 장수였던 염장 장군님보다 두 단계 아래이십니다. 부하는 천 명쯤 거느릴 수 있는 겁니다."

부관이 아들에게 존칭을 써 가며 하는 설명을 듣고는 부하가 1천 명이나 되는 높은 벼슬이라니 높기는 높은 것 같은데 도대체 어느 정도인가 실감이 나질 않았다.

"그러면 신라 벼슬로 친다면 뭐쯤 되는 것이냐?"

그 말에 쇠동이가 어깨를 으쓱하며 자랑스럽게 대답했다.

"남들이 대아찬쯤 된다고 하던데요."

"대아찬이라고 했느냐? 대아찬이면 진골 벼슬이 아니더냐? 허어! 이렇게 경사스러울 데가! 집안에 큰 경사가 났구나!"

아들 벼슬이 신라의 17관등 중에 다섯 번째 관등인 대아찬과 같다고 하자 그는 크게 놀라며 입을 다물지 못했다. 대아찬은 진골 이상만이 오를 수 있는 높은 관등으로 쇠붙이나 다루는 장인(匠人)으로서는 언감생심 꿈도 꾸지 못할 자리였다.

그로서는 자신의 조부(祖父)가 가야국 구형왕 때, 꽤 높은 벼슬을 했었다는 것을 늘 자랑삼아 입에 달고 살았는데, 자식이 조부보다도 훨씬 높은 벼슬을 받았다 하니 꿈인지 생시인지 분간이 안 될 정도였다.

마음 같아서는 덩실덩실 춤이라도 추면서 단박에 마을 사람들에게 알리고 싶어 엉덩이가 들썩거렸지만, 우선은 아들 얘기를 마저 듣는 것이 중요하다는 생각에 꾹 눌러 참고 있었다.

이어서 지철은 배달국 황제께서 백제 왕을 사로잡아 항복을 받고, 나라를 사비성으로 옮겼다는 것과 자신은 나라 안의 모든 공방을 책임지는 공업청장이 되었다고 했다.

이곳 만노군에 있는 철광산 시설을 크게 늘릴 계획이라는 것과 거기서 생산되는 철광석을 철괴로 가공하자면 대형 제철로(製鐵爐)가 필요하다고 말했다. 그래서 시설을 더욱 크게 확장할 준비를 해 놓으라는 말을 전하려고, 오늘 이렇게 말미를 내서 왔다고 말했다.

"하하하! 그러면 이 애비에게 명령을 내리려고 온 것이란 말이냐?"

"히히! 말이 그렇게 되나요? 어쩝니까? 나랏일을 하는데 아무리 아버지라고 해도 명을 내릴 입장이라면 내려야지 별수 있겠어요?"

아들이 천진스럽게 웃으며 농처럼 하는 대꾸에도 부친은 마냥 좋은지 너털웃음으로 받아 주고 있었다.

"캬! 핫! 핫! 알았다, 알았어! 아무리 애비라 해도 자식 명령을 받아야 할 입장이라면 받아야지…… 암, 그렇고 말구! 이제 나라에 높은 사람이 돼서 애비에게 명을 내리는 위치라는데 방법이 없지."

"아버지! 이곳 만노군도 배달국 땅이 되었으니 군령(郡領)이 올 겁니다. 혹시 필요한 것이 있으시면 군령한테 달라고 하세요. 아셨지요? 혹시 군령이 금방 안 오면 국원성으로 가서서 김술종 장군하고 상의하세요. 그러면 틀림없이 도와줄 겁니다."

"군령이라는 게 뭐냐?"

"예, 신라에서 말하는 당주나 태수를 배달국에서는 군령이라고 해요."

"아! 그래? 알았다. 얘야! 그런데 국원소경에서 사대등(仕大等)으로 계시던 그 김술종 아찬 어른을 말하는 것이냐?"

"예! 그 김술종 장군님 맞아요."

"아서라! 그 높은 어른이 나를 만나 주기나 하겠느냐?"

"무슨 말씀이세요? 만나 줄 겁니다. 만약에 연통을 넣어도 안 되면, 공업청장이 보내서 왔다고 제 얘기를 하세요. 그러면 틀림없이 만나 줄 겁니다."

"흠, 잘 알겠다. 그렇지 않아도 신라가 전쟁에 져서 여기도 배달국인가 뭔가 하는 나라 땅이 됐다는 말을 듣고는 서라벌로 떠나야 하

나 어쩌나 걱정하고 있었단다. 그런데 이제 네가 배달국 신하가 됐다 하니 네 말대로 해야지 어쩌겠느냐?'

한지철은 이곳에 있는 제철로와 야로공방의 시설을 확장할 준비를 해 달라는 말과 함께 인근에 수소문해서 유능한 장인들을 더 모으라고 주문했다. 비용은 나라에서 줄 것이라는 말도 빼놓지 않았다.

그리고 이곳 철광 개발을 총감독하실 분이 신라 왕이던 진평왕이라고 하면서, 아마 이곳 야로촌에도 들를지도 모르겠다고 하니 한미굴이 기겁을 했다.

"그러면 신라 왕이신 폐하께서 여기를 오신다는 말이냐?"

"예! 그런데 지금은 왕이 아니에요. 배달국 장군이 돼서 광산과 철괴를 만드는 제철로를 관리하는 벼슬을 받았어요. 그러니 혹시 오시더라도 폐하라고 하지 마세요."

"그러면 뭐라고 해야 되냐?"

"장군님이라고 하시면 돼요. 그것이 제일 편할 것 같네요."

"지금 서라벌에 계신 왕은 어찌 되는데?"

"그 왕은 가짜예요. 진짜 왕이셨던 김백정 장군이 자리를 비운 사이에 반란을 일으켜 왕을 뺏었으니 역적이에요."

한미굴은 정황을 잘 몰랐지만 자식이 그렇다니 그런 줄 알 뿐이었다. 그 사이 지철의 모친은 부엌으로 나가, 어느새 푸짐한 저녁상을 차려 가지고 들어왔다. 그러고는 아들뿐만 아니라 부관에게까지 이것저것 반찬을 놓아 주는 것이었다.

식사가 끝나자 마을 사람들이 하나둘씩 모여들었지만 더 이상 방이 비좁아 들어앉을 틈이 없게 되자, 넓은 공방에 숯불을 지피고 그곳으로 자리를 옮겼다. 그 자리에 모인 마을 사람들 역시 주로 지철에게 질문을 했고, 그는 답변을 하다가 더러는 부관에게 대신 말하게 했다.

대부분이 야장들인 마을 사람들은 풍문에 듣던 대로 배달국에서는 장인들을 높이 대우해 준다는 사실을 알게 되자 입을 벙긋거리며 모두들 기뻐서 어쩔 줄 몰라 했다.

그 덕분에 자신도 장수가 되었고, 나라에 있는 모든 공방들을 책임지는 큰 벼슬에 올랐다고 말하자 그렇지 않아도 자식을 자랑하고 싶던 한미굴이 나서서 그 벼슬은 신라로 말하면 진골 이상만 할 수 있는 자리라고 덧붙였다. 그 자리에 있던 마을 사람들 모두가 부러워하는 것은 당연했다.

이어서 배달국에서는 왕이라 하지 않고 태황제라 하는데 왕보다 더 높은 분이라고 말하면서, 태황제 폐하와 함께 하늘에서 내려오신 천장(天將)이 열네 분이 더 있다고 말해 주었다.

천장들을 천족장군이라 하는데 전쟁도 칼이나 창, 도끼 같은 무기로 하는 것이 아니라 안개와 연기, 벼락을 쳐서 한다고 하자 도무지 믿질 않는 눈치였다. 그럴 때마다 옆에 있는 부관이 자신이 겪었던 일을 더 실감나게 설명해 주니 그때서야 긴가민가하면서도 조금씩 믿어 가는 눈치였다.

특히 천장들은 새를 맘대로 부리며 하늘을 날아다니는데 서라벌로 가서 신라 왕도 잡아 왔고, 사비성으로 가서 백제 왕자도 잡아 와 항복을 받아 냈다는 말을 하자 정말 도깨비들인가 보다고 떠들어 댔다.

사비성을 지금은 중천성이라고 하는데 그곳에는 밤새도록 번갯불을 켜 놓아 밤에도 대낮처럼 밝다고 말해 주자, 모두들 하루빨리 구경을 가야 되겠다고 이구동성으로 말하는 것이었다.

자신이 바쁜 시간을 쪼개어 이곳에 온 이유는 제철로와 야로공방 시설을 크게 늘리고 유능한 장인들을 더 모으라는 말을 하려고 왔다는 것도 잊지를 않았다. 그러자 나라의 큰 장수가 되어 돌아온 너는 이제 우리 야로촌의 자랑인데 어떤 어려움이 있어도 하라는 대로 해 놓을 터이니 염려 말라고 마을 사람들 모두가 다짐을 하는 것이었다.

　밤이 깊었는데도 마을 사람들이 돌아갈 기미를 보이지 않고 계속 뭉그적대자 참다못한 모친이, 내일 먼 길 가야 할 아이 피곤하다고 내쫓듯이 돌려보냈다.

　이튿날 아침이 되었다. 지철이 입고 있는 속옷이 너무 헐은 것을 눈여겨봤던지, 모친은 새 속옷 한 벌을 내주며 이것은 지금 입고 가고 다른 한 벌은 행장 꾸러미에 넣어 놨으니 자주 빨아 입으라고 말했다. 버선도 몇 족 꾸려 넣었다는 말도 덧붙였다. 어미가 자식을 아끼는 마음은 한결같듯이 지철이 모친도 예외가 아니었다.

　행장을 꾸려 집을 나서자, 모친은 다시 객지로 떠나는 아들을 안쓰럽게 바라보며 눈물을 찔끔거리고 있었다. 이때 옆에 서 있던 부친이 칼이 든 가죽 칼집을 지철이 손에 쥐어 주었다. 원래 지철이 칼은 칼집이 없고 손잡이만 얇은 소가죽으로 여러 번 감은 볼품없는 것이었다. 그렇지만 적어도 배달국 내에서는 그 칼을 우습게 보는 사람이 없었고, 함부로 만지지도 못했다. 그것은 태황제가 직접 '견황검(見皇劍)'이라는 이름까지 내려 준 검이었기 때문이었다.

　어젯밤 아들의 말 중에 지철이 만든 볼품없는 칼을 보신 황제께서 '견황검'이라는 검 명까지 내리시고 늘 차고 다녀도 된다는 허락까지 하셨다는 말을 주의 깊게 들은 한미굴은 밤새워 칼집을 만들었다. 그리고 마지막 작업으로 그 칼집 위에 불에 달군 인두로 '견황

검' 이라는 글자까지 새겨 넣은 것이었다.

부친이 손에 쥐어 주는 한결 고급스럽게 변한 칼집에서, 칼을 뽑아 보고는 맘에 들었는지 환하게 웃으며 입을 열었다.

"아버지, 고맙습니다."

이때 옆에 서 있던 모친이 한마디 했다.

"네 아버지가 그것 만드시느라고 밤새 방에도 안 들어오고 공방에 서 날을 샜단다."

"허어! 쯧쯧쯧. 저런, 여편네 보게. 그런 쓸데없는 말을 왜 하누? 그러는 임자는 밤새 바느질을 안 했는감?"

지철이 빙그레 웃으면서 부모님이 감정 없이 토닥거리는 것을 지켜보고 있는 사이에, 길을 떠난다는 말을 들었는지 몇몇 동네 사람들이 버선 짝과 가죽신 같은 선물들을 들고 와서는 보따리에 넣어 주는 것이었다.

겸연쩍은 마음으로 고맙다는 인사를 하고 난 지철은 부관과 함께 말에 올라 뒤를 한 번 돌아다보고는 말채찍을 휘둘렀다. 지철의 눈에는 자식을 객지로 떠나보내는 아쉬움으로 손을 흔들고 있는 부모와 부러운 눈으로 바라보고 있는 마을 사람들의 모습이 투영되고 있었다.

배달국의 수도인 중천성에는 오늘따라 많은 군사들이 내성 바깥을 감싸고 있는 나성(羅城) 주변에 보이고 있었다. 중천성에는 외부로 통하는 다섯 개의 문이 있었다. 부소산성과 연결된 북문과 공주 쪽으로 향하는 동북문, 논산 쪽인 동문, 장항 쪽인 남문, 마지막으로 구드래 나루로 통하는 서문이 그것이었다. 그중에서 가장 큰 2개의 성문 중에 하나인, 동북문 성루에는 평소와 달리 수많은 깃발이 펄럭이고 있었다. 그 깃발들 중에서 가장 크고 화려한 깃발에는 태극을 중심으로 좌우에 다섯 개의 발을 가진 황룡이 여의주를 물고 하늘을 향해 날아오르는 자수가 놓아져 있었다. 오족황룡기(五足黃龍旗)! 바로 배달국 태황제를 상징하는 깃발이었다.

백제 오악기(五樂器)라고 일컬어지는 소(簫)와 완함(阮咸), 고(鼓), 금(琴), 적(笛)의 연주 소리가 은은히 울려 퍼지는 가운데, 지금 이곳에는 삼년산성에서 승전하고 돌아오는 제국군에 대한 대대적인 환영식 행사를 앞두고 있는 것이다.

거기에는 고사부리성에서 사택적덕의 일당이었던 예다군을 토벌하고 돌아온 해수와 은상 장군은 오늘 승전군에 포함되지 않았다는 점이다. 그 토벌전은 삼년산성 전쟁과는 성격을 달리한다는 부여장의 의견을 받아들여 이틀 전, 그들에게는 별도로 격려하는 자리가 있었기 때문이다.

중천성 동북문을 중심으로 성 안밖에는 도성 백성들 뿐만 아니라, 전국 각지에서 몰려온 백성들로 인산인해를 이루고 있었다.

이미 추수가 끝난 뒤라 텅 빈 대왕벌에는 승전군과 포로들이 설자리를 구분하는 새끼줄이 띄워져 있었고, 성벽 곳곳에는 확성기가 설치되어 있었다.

이때 성문 안에 몰려 있던 인파 사이를 쫙 갈라서 길을 내며 양옆으로 수황군 군사들이 늘어섰다. 얼마 지나지 않아 '태황제 폐하 납시오!' 하는 외침 소리가 들려오고, 갈라진 인파 사이의 길을 따라 수황군장인 지소패의 경호를 받으며 태황제와 신료들이 나타났다. 그들은 앉을 자리가 마련된 문루(門樓) 위로 올라갔다.

태황제가 먼저 용좌에 앉고 강철을 비롯하여 천족장군들과 부여장, 김백정 등 신료들이 앉았다. 진봉민은 멀리까지 훤히 트인 대왕벌을 바라보았다.

불과 1백 년 전에만 해도 이곳은 갈대가 우거진 깊은 늪지대였다. 그런데 당시 백제 왕이던 성왕은 나라의 힘이 강대해지자 신하들의 거센 반대를 물리치고, 웅진에서 이곳으로 도성을 옮기는 결단을 내렸다. 질퍽거리는 땅에 도성을 조성한다는 것이 쉽지는 않았지만, 물길을 내고 흙을 가져다 단단히 다진 다음 그 위에 성곽을 쌓고 궁궐도 지었다.

그 공사와 맞물려 도성 앞뜰 역시 대대적으로 관개수로를 정비하여 지금처럼 농사까지 지을 수 있도록 만든 것이었다. 그때부터 백성들은 이 뜰을 대왕평(大王坪) 또는 대왕벌로 부르기 시작했다.

진봉민은 문득 백제 시대의 유적들이 제대로 남아 있지 않았던 현대를 회상하면서 '이 시대의 유물과 유적들이 저 벌판 어딘가에 묻히고 깨어져 현대에선 찾아보기가 어려웠던 것이리라!' 생각하니 울적한 마음을 금할 수가 없었다. 한 왕조의 흥망성쇠가 한낱 물거품 같다는 생각이 들었기 때문이다.

이때 은은히 울리던 악기 소리가 갑자기 높아지는 것을 깨닫고 주변을 둘러보니, 왼쪽으로부터 개선군의 행렬이 새까맣게 몰려오고 있었다. 물론 그 행렬 속에는 포로가 반이 넘었지만, 그늘은 대왕벌로 들어오면서 승전군과 포로로 구분되어 순서대로 대오를 맞춰 서고 있었다.

승전군 1만 6천, 포로가 3만 7천이니, 그 넓은 들판을 가득 메우다시피 하고 뒤끝은 보이지도 않았다. 마지막으로 짐을 실은 소와 말,

수레들이 들어서는 것을 끝으로 행렬은 끝이 났다. 포로들은 모두 추수가 끝난 들판에 무릎이 꿇리어졌다.

부여의자가 먼저 마이크를 잡았다. 승전 기념행사 준비는 내정부에서 했지만, 행사 사회는 부여의자가 맡기로 했던 것이다.

"모두 들으시오. 소장은 구 백제국 왕자이던 배달국 육군 중령 부여의자라고 하오. 우리 배달국 장졸들이 삼년산성에서 대승을 거두고 돌아온 오늘, 태황제 폐하를 모시고 승전 기념식을 갖게 되었소. 이 자랑스러운 기념식에 소장이 사회를 맡게 되었음을 우선 알리는 바이오."

사회를 맡게 되었다는 부여의자의 말을 들은 백성들이 '와!' 하는 환호성을 질렀다. 그 소리가 잦아들기를 기다리던 부여의자가 다시 입을 열었다.

"지금부터 삼년산성 승전 기념식을 거행하겠습니다. 우선 승전군의 총사를 맡았던 백기 장군이 태황제 폐하께 승전 보고를 올리겠습니다."

말이 끝나기가 무섭게 미리 귀환 대열에 합류했던 백기가 뛰어나와, 성루 위에 있는 태황제를 향해 군례를 올리고는 보고를 시작했다.

"태황제 폐하! 국원성의 총사를 맡았던 소장 백기를 비롯하여 삼년산성 총사 부여사걸 외 일만 육천 명의 배달국 장졸들은, 삼년산성으로 쳐들어온 신라군을 격파하고 돌아왔음을 고하옵니다."

"백기 장군을 비롯한 제장들 모두 수고가 많았소!"

이 말이 확성기로 통역이 되자, 백성들의 함성은 또다시 하늘을 찔렀다.

"다음은 태황제 폐하께 전공(戰功)을 보고 드리겠습니다."

그러자 이번에는 참전군 대열에서 부여사걸이 뛰어나와 군례를 올렸다.

"태황제 폐하! 배달국 육군 소장 부여사걸이 전적을 고하겠사옵니다. 이번 전쟁에서 여섯 명의 장수를 포함해 신라군 삼만 칠천 명을 사로잡고, 군량곡 구천 석과 소 삼백 두, 말 이천 두 외에 수레를 포함한 다량의 물품을 노획하였사옵니다."

"노고가 크셨소."

또다시 함성이 중천성과 대왕벌에 메아리쳤다.

"마지막으로 배달국 태황제 폐하께서 칙어를 내리시겠습니다."

태황제가 잠시 뜸을 들이자, 주위가 쥐 죽은 듯이 조용해졌다.

"모두 들을 지어다! 과인은 알고 있었노라! 칠십 년 전 신라가 동맹국이던 백제를 배신하고 명농(明穠)*과 네 명의 좌평을 비롯해 군사 삼만을 죽인 원한이 있음을! 명농이 누구던가! 그의 원대한 포부로 말미암아 이곳 도성이 생겨났고, 바닷길을 통하여 여러 나라와 두루 교제를 나누는 나라가 됐던 것이다. 그토록 출중하던 명농을 죽였으니 그 죄를 어찌 말로 다 형용하리요! 그럼에도 그 죄를 깨닫지 못하고 이번에는 과인의 나라를 공격하는 죄를 범했도다. 이에 과인은 칠십 년 전의 죄까지 묻기로 결심했노라. 하여 용맹스럽고, 충성스러운 우리 장졸들을 보내 모조리 사로잡게 하였다. 모두 들을 지어다! 이제 과인이 삼년산성 대첩에서 백제의 옛 원한을 갚아 수었으니 그동안 가슴속에 맺혀 있던 신라에 대한 앙금을 모두 털어 낼지어다. 과인은 천명에 따라 저 대륙으로 나아갈 것이다. 우리 배달국 백성들의 가슴은 저 대륙까지 감싸 안을 수 있을 만큼 넓어야 하느

---

* 명농(明穠): 백제 성왕의 이름.

니…… 명심하라! 배달국 앞에 감히 맞설 적은 없다는 것을!"

태황제의 우렁찬 목소리를 듣고 통역을 통해 내용까지 알게 되자, 누군가 먼저 만세를 부르기 시작했다. 그것을 시작으로 만세 소리는 대왕벌에 울려 퍼지고 부소산 정상에서 울리는 종소리조차도 삼켜 버렸다. 문루에 있던 장수들도 격정을 이기지 못하고 백성들을 따라 만세를 부르기 시작했다.

"만세! 만세! 만세!"

"만세! 배달국 만세! 태황제 폐하 만세!"

그 순간 충혈된 눈과 눈물 콧물이 범벅된 얼굴로 만세를 부르는 백성들을 본다면 그 어느 누구라도 감동하지 않을 수 없었으리라!

실상 이번 삼년산성 대첩은 그동안 천족장군들이 거둔 승리와는 달랐다. 이 시대에 없는 신무기를 앞세워 싱겁게 승리했던 이전과는 달리, 비록 비조기가 지원을 했다고는 하지만, 실제로 전쟁을 지휘하고 치른 것은 이 시대의 장수들과 군사들인 것이다.

부소산 정상에서 시간을 알리는 종소리가 또다시 울려 퍼졌다. 1시간이 흘렀다는 것을 알 수 있었지만, 그래도 만세 소리는 그칠 줄을 몰랐다. 이제는 자리를 떠야겠다고 생각한 태황제가 천천히 문루를 내려와 편전으로 향하자 길옆에 섰던 백성들이 무릎을 꿇고 절을 하기 시작했다.

전율이 일었다! 진봉민은 절을 하고 있는 백성들을 향해 자신도 모르게 다가가 어깨를 토닥거려 주기도 하고 손을 얹기도 했다. 이런 자상한 태황제의 모습에 만세 소리는 더욱 거세어지고 심지어는 엉엉 소리 내어 우는 자들까지 있었다.

또다시 1시간이 지났음을 알리는 시각 종이 울리고 나서야 간신히 편전에 도착할 수 있었다. 태황제가 편전 안으로 들어가 좌정을 하자, 뒤따라 들어온 강철도 자리에 앉았다. 그는 아직도 감동의 여운이 가시지 않았는지 눈자위가 붉게 충혈되어 있었다.

"폐하! 폐하께서는 오늘 같은 일이 있을 줄 어떻게 아셨사옵니까?"

"무얼 말씀이요?"

"전날 삼년산성에서 승리한 백기 장군이 한발 앞서 돌아왔을 때를 말씀드리는 것이옵니다. 그때 승전 기념식을 준비하라고 하시면서 이를 계기로 우리 백성들의 충성심이 높아지고 신라와 백제 출신 백성들이 단합하는 계기가 될 거라고 하지 않으셨사옵니까?"

"그랬소만……."

"그렇게 될 걸 어떻게 아셨느냐는 말씀이옵니다."

"아, 그거야 역사적 사실로 미루어 나도 짐작만 했을 뿐이오."

"소장은 오늘 문득 한 가지 사실을 깨달았사옵니다. 맞는 것인지는 어쩐지는 모르겠지만……."

"호! 뭔데 그러시오?"

"현대에서도 지역 갈등이 심각했는데, 그것이 바로 이 시대부터 시작된 것이 아닐까 하는 생각 말씀이옵니다."

"글쎄요? 지역 갈등이 딱히 언제부터 시작됐는지는 나도 잘 모르겠소. 허지만 이 시대로 와 보니 백제와 신라 백성들 사이에 갈등이 있다는 것만은 확실한 것 같소."

"소장도 그렇게 느꼈사옵니다."

"앞으로라도 그런 낌새가 있으면 따끔하게 호통을 쳐서 하루빨리 갈등이 해소될 수 있도록 노력해야 할 거요."

"옳으신 말씀이옵니다. 천족장군들에게도 늘 염두에 두라고 지시

하겠사옵니다. 그리고 오늘 폐하께서 하신 말씀은 압권이었사옵니다."

"하하하! 총리대신이 또 과인을 놀리시는구려."

진봉민이 웃으며 말하자 강철이 손사래를 치면서 대답했다.

"아니옵니다. 정말로 백성들의 마음을 훤히 꿰뚫어 보시는 것만 같았사옵니다."

"그렇다면 과인이 군중을 선동한 것이란 말씀이구려. 과인은 현대에서 정치가들이 하던 그런 행동을 무척이나 혐오했었는데……."

진봉민이 애써 부정하려는 모습을 보고, 강철은 자신이 말한 의도는 그게 아니라는 듯이 고개를 흔들며 말했다.

"그렇지 않사옵니다. 오늘 일은 선동과는 다르다고 생각하옵니다. 삼국지에서 조조가 전쟁에 패하고 도주할 때 갈증에 허덕이는 부하들에게 '저 산을 넘어가면 매실 밭이 있다.'고 하여 위기를 넘긴 적이 있질 않사옵니까? 매실의 신맛을 기억하고 있던 부하들의 입속에 침이 고이게 하여 갈증을 해소하게 했다는 고사(古事) 말씀이옵니다. 오늘 하신 말씀도 그와 같이 백성들에게 희망을 일깨워 주신 것이라 생각하옵니다."

"하하! 꿈보다 해몽이 좋은 것 같소."

"하하하! 그리고 폐하! 이제는 신라를 어떻게 처리할지 방침을 정해야 하지 않겠사옵니까?"

"총리대신 생각은 어떠시오?"

"그들에게 남아 있는 군사라야 몇 명 되지 않으니, 이 기회에 서라벌까지 점령했으면 하옵니다."

"과인의 생각은 좀 다르오. 전에 말했듯이 과인은 그대로 놔두었으면 하오."

그러고는 이유를 설명하기 시작했다.

이제 그들은 군사로 징집할 만한 장정이 별로 없다는 것, 경영하는 국토도 비좁아 군량미도 부족하다는 것, 그리고 가장 중요한 것은 이미 사기가 땅에 떨어져 배달국을 공격하겠다는 생각은 더 이상 엄두도 내지 못할 것이라고 내다봤다. 오히려 지금 점령하면 일부 세력들이 반란을 꾀할 것이고, 그들을 진압하자면 괜히 민심만 잃을 뿐이니 스스로 무너지도록 놔두는 것이 현명하다는 생각이었다.

"폐하! 그럼, 고사(枯死) 전략이란 말씀이옵니까?"

"하하하! 그것을 고사 전략이라 해야 하나?"

"예, 스스로 말라죽도록 하는 것이 고사 전략이 아니면 무엇이겠사옵니까? 우리는 이제부터 내치에만 힘쓰면 된다는 말씀이 아니겠사옵니까?"

"하하! 그럼, 고사 전략이라고 치고 내치에 힘을 쓰도록 하시구려. 허지만 언제 왜국 함대가 들이닥칠지 모르니 그 점도 잘 살펴야 될 거요."

"그 점은 이미 정보사령에게 일러 놓았사옵니다."

"잘 하셨소. 그리고 이번에 포로가 된 김서현을 비롯한 장수들이 하루속히 한글을 깨우칠 수 있도록 해 주시오."

"알겠사옵니다. 그리고 목 낭자를 빈으로 봉하기로 하셨다니 잘하신 것 같사옵니다. 언제쯤 국혼(國婚)을 거행하는 것이 좋겠사옵니까?"

"흠…… 닷새 후 어전회의에서 간단히 치릅시다."

"알겠사옵니다. 행사까지 크게 하자고 권하지는 않겠사옵니다. 소장 이제 물러가옵니다."

"하하하! 권해도 크게는 안 할 작정이었소!"

강철이 돌아가고 나자 태황제인 진봉민은 오늘 하루를 되새겨 보았다. 자신이 생각해도 백성들에게 화해하는 마음과 용기를 북돋워 주는 기회를 주었다고 생각하니 무엇보다도 흐뭇했다.

이튿날부터 배달국 도성인 중천성은 물론, 나라 안에 여러 가지 풍문들이 떠돌고 백성들은 생동감이 넘쳐흘렀다.

하늘님이 오셔서 황제가 되셨단다. 그분은 하늘을 날아다니고 번개도 맘대로 부린다더라. 오늘 밤에라도 사비성이던 중천성에 가 보면 대낮처럼 환하게 밝힌 번갯불을 볼 수 있다더라. 재주만 있으면 높은 벼슬을 받는다더라. 백제 사람, 신라 사람 가리지 않고 똑같이 대우한다더라. 그동안 푸대접을 받던 장인들조차도 높이 대우해 준다더라.

기껏 신라국 최말단 조위 벼슬에 있던 만노군 야장이 장수가 되었다더라. 차공, 조선공, 채광공, 외국어, 의학, 야장, 복사(服師), 양주인(釀酒人), 도공(陶工) 같은 장인들을 뽑기 위한 과거 시험이 치러진다더라. 거기에서 뽑히면 대신도 되고 장군도 된다더라. 백성들에게 땅도 그냥 나눠 준다더라. 전쟁에 나가서 죽어도 식솔들이 먹고 살 수 있도록 매년 나라에서 쌀을 준다더라. 소문은 꼬리에 꼬리를 물고 삽시간에 배달국 방방곡곡을 뒤덮었고, 전쟁에 시달리던 백성들은 이제야 살맛이 났다고 흥거워했다.

반면에 백제에서 행세깨나 하던 호족들은 죽을상이 됐다. 하루아침에 벼슬이 잘리고 노비를 내놓아야 했다. 재물도 두 달 안에 헌납하라니, 말이 헌납이지 뺏는 것이나 다름이 없었다. 그렇다고 어설

피 피해 보려고 하다가는 무슨 봉변을 당할지도 모를 일이었다. 비슷한 처지에 있는 자들과 의논을 해 보고도 싶었지만 '낮말은 새가 듣고 밤 말은 쥐가 듣는다.'고 했으니 그것조차도 겁이 났다. 게다가 그 책임자가 꼿꼿하기로 소문난 홍수라니 뒷구멍으로 빠져나갈 방법도 없어 보였다.

백두(白頭)*가 되어 집으로 돌아온 그들은 그날부터 두문불출하며 오직 이 난국을 타개할 방안에 골머리를 싸맬 뿐이었다.

---

* 백두(白頭): 벼슬이 없는 사람.

천재

승전 기념식을 거행한 지 벌써 보름이 지나고 있었다. 배달국 조정
은 겉으로 보기에는 차분한 나날을 보내고 있었지만 실상은 눈코 뜰
새 없이 바쁘게 돌아가고 있었다.

지금 편전에서는 황룡포를 입은 태황제가 홍룡포 차림인 강철과
대화를 나누고 있었다. 그들이 입고 있는 옷은 그동안 보지 못하던
것들이었다. 처음 이곳 사비성으로 왔을 때, 진봉민은 변품에게 자
신이 입을 황룡포와 황룡군포, 천족장군에게 줄 홍룡포와 홍룡군포
를 만들라고 명했었다.

며칠 후에 변품이 가져온 옷을 보고 만족한 진봉민은 천족장군들
에게 그것을 나눠 주었던 것이다. 그런 이유로 평소와 다른 옷차림
을 하게 된 두 사람이 편전에서 나누는 대화 내용은 얼마 전에 백제
에서 반정을 일으켰던 사택 일당이 왜국에 청했던 군사에 대한 내용
이었다. 태황제는 얼굴을 찡그리며 낭패라는 듯이 탄식을 했다.

"허어 참! 왜군이 오다가 돌아갔다니…… 그렇다면 누군가가 그들에게 이곳의 동정을 알려 준 것이 아니요?"

"정확히는 알 수 없으나, 그럴 수도 있을 것이옵니다."

왜군들이 쳐들어오다가 되돌아갔다는 것을 알게 된 태황제는 낙심천만이었다.

"계획에 차질이 생겼구려. 그들을 모두 붙잡아 군노를 만들려고 했는데…… 쯧쯧쯧……! 그래야 지금 있는 군노들을 한글교육만 시켜 귀향시킬 수 있었을 텐데 말씀이요. 아깝군! 아까워……!"

"폐하! 그들이 언젠가 오기는 올 것이옵니다. 오천 군사로 탐라(제주도) 근처까지 왔다가 돌아갔다고 하니, 이곳 상황을 전해 듣고는 군사가 적다고 판단했을지도 모르는 일이옵니다."

"글쎄……? 나중에 그들이 온다 한들 뭐하겠소? 지금 당장이 문제지. 흐음! 장인께서 얻은 정보라면 잘못된 정보일 리도 없고……."

"아마 정보는 정확할 것이옵니다. 다른 사람도 아닌 국구(國舅)*이신 오양 공(五洋公)께서 보내 온 전갈이니까요."

오양 공은 목관효 수군 중령의 작호였다. 며칠 전 어전회의에서 목단령을 빈으로 봉하고 상빈(商嬪)이라는 작호를 내렸다. 동시에 국구가 된 그녀의 부친인 목관효 역시 공작에 봉한 다음 오대양을 누비라는 뜻으로 오양 공이라는 작호를 내렸었다.

"돌아간 자들을 억지로 도로 오라고 할 수도 없는 노릇이고…… 허참! 그런데 오양 공께서는 어떻게 탐라에서 일어난 일을 알 수 있었다고 하오?"

"얼마 전부터 상업부에서는 전국에 있는 내륙 상단과 해상 상단의

---

* 국구(國舅): 왕이나 황제의 장인.

실태를 조사하고 있는 중이옵니다. 그 일에 오양 공이 운영하는 제국상단이 깊숙이 관여하고 있는 모양인데, 그 과정에서 정보를 쉽게 입수할 수 있는 연락 체계를 만든 것 같사옵니다."

강철의 설명을 듣자 지금까지 낙심하던 표정과는 달리 '아하!' 하고 감탄을 하면서 입을 열었다.

"그것 참 생각지도 못한 기발한 발상이요. 교통이 발달하지 않은 이 시대에 그나마 장삿길을 오가는 상인들이 가장 많은 정보를 획득할 수 있을 테니…… 그것 참!"

"소장도 그래서 적극 그들을 활용해 보라고 정보사령에게 일렀사옵니다."

"잘하셨소."

"특별한 말씀이 없으시면, 소장도 이제 물러가겠사옵니다."

"그러시오. 과인도 궁 안이나 한번 살펴보아야겠소."

총리대신이 물러가자 진봉민은 세미전으로 갔다.

태황제가 납시셨다는 외침에 새색시인 목단령이 반가워하는 얼굴로 달려 나왔다.

"어서 오시옵소서, 폐하!"

"음…… 상빈! 어서 들어갑시다."

"예."

빈으로 책봉된 목단령이 화려한 색깔의 긴 치마저고리를 갖춰 입고 있으니 이젠 제법 나이가 들어 보였다.

원래 이 시대의 여자들 특히 처녀들은 대개 저고리에 바지를 입고 단이 길지 않은 치마를 덧입었는데, 그것이 눈에 거슬리던 진봉민이 현대에서 입는 긴 치마저고리 사진 몇 개와 쪽진 머리, 댕기 머리를 보여 주었었다. 그런데 어느 날부터인가 상궁 이하의 궁녀들은 모두 댕기 머리로 변해 있었고, 치마도 평소보다 긴 치마로 바뀌어져 있었던 것이다.

그들의 의상이 현대에서 보던 것보다 더 단아해 보이자 '사진으로 잠깐 보여 줬을 뿐인데…… 목단령이 눈썰미가 있구나!' 하는 생각을 하며 속으로 흐뭇해했던 진봉민이었다.

책봉식에서도 긴 치마저고리와 쪽진 머리 형태를 갖춘 그녀가 등장하자, 새로운 모양의 궁장을 본 신료들은 모두 입을 벌린 채 다물 줄을 몰랐다. 그 의상이 충분히 감탄을 자아낼 만큼 품위와 아름다움이 돋보였기 때문이었다.

진봉민을 방 안으로 안내한 상빈이 물었다.

"폐하, 어찌 대낮에 세미전으로 오셨사옵니까?"

"허허! 과인은 밤에만 세미전에 와야 하오?"

"아닙니다, 폐하……."

진봉민이 짓궂은 표정으로 되묻는 말에 그녀는 자신의 물음이 잘 못됐다는 것을 깨닫고는 얼굴을 붉히며 기어들어 가는 소리로 대답했다.

열흘 전, 혼례식 겸 책봉식이 있은 이후에 진봉민은 매일 밤마다 세미전을 찾았다. 그렇게 함께 밤을 지내고 아침에 편전으로 나갔던 태황제가 웬일로 낮 시간에 들렀나 싶어서 물었는데, 태황제가 짓궂게 되물으니 부끄럽지 않을 수가 없었던 것이다.

그녀가 홍당무가 된 얼굴로 안절부절못하자,

"하하하! 과인이 농을 좀 했소. 실은 상빈과 함께 궁이나 한 바퀴 돌아 볼까 하여 들렀소. 바쁘지는 않소?"

"예, 신첩…… 그리 바쁜 것은 없사옵니다."

"잘됐소. 그럼, 같이 나갑시다."

태황제와 상빈은 손을 잡고, 좌궁을 나서 정전 앞마당을 지나 우궁으로 들어섰다. 내궁은 정전 이외에도 태황제가 생활하는 공간인 좌궁과 조정 신료들이 일하는 우궁으로 이루어져 있었다. 즉, 우궁은 총리부를 비롯하여 각 부서의 관청이 모여 있는 곳이었다.

태황제는 건물마다 부서 이름이 쓰인 현판을 올려다보곤 혹시 신료들이 일하는데 방해나 되지 않을까 싶어, 안으로는 들어가지 않고 다시 옆 건물로 발걸음을 옮기곤 했다.

우궁을 다 돌고 나자 이번에는 외청으로 발걸음을 옮겼다. 외청은 우궁에 있는 건물만으로는 조정 대신들이 일할 공간이 부족하여, 내궁 밖에 관청 건물들을 지었는데 그곳을 가리키는 말이었다.

그곳에는 관인(官人)들만 다니는 우궁 안길과는 달리 백성들도 수시로 오가고 있었다. 황룡포 차림인 태황제와 궁복 차림인 상빈이 서로 손을 잡고 천천히 걷고 있는 모습은 마치 한 쌍의 원앙처럼 보였다.

수황군과 궁녀들의 시종(侍從)을 받으며 걷고 있는 그들의 모습은 당연히 백성들의 눈에 띄었고, 태황제의 행차임을 알아본 그들은 존경의 예를 표하면서 허리를 굽혔다. 특히 아녀자들은 곁눈질로 상빈의 옷 모양까지도 유심이 살피고 있었다.

어느 한 골목으로 접어들었을 때, 어린아이들이 사방치기 놀이를 하고 있었다. 그들이 노는 모양을 재미있다는 표정으로 지켜보던 태황제가 발걸음을 멈추고 머리가 헝클어진 아이 하나를 가까이 불렀다.

머뭇거리며 다가오는 아이를 더 가까이 다가서게 하여, 머리카락을 들추어 살펴보고는 '그럴 줄 알았다.'는 듯이 고개를 끄덕였다. 아이를 돌려보낸 그는 다시 발걸음을 옮기기 시작했다.

상빈이 궁금한지,

"폐하! 무엇을 그렇게 주의 깊게 살펴보셨사옵니까?"

"하하하! 아이 머리에 서캐가 많구려."

하고 대수롭지 않게 대답했다.

"예……."

어린아이들 머리에 서캐가 많은 것이야 당연하다고 생각한 그녀 역시도 더 이상은 묻지 않았다.

외청이 있는 길에는 언뜻 보아도 관인으로 보이는 자들이 빈번히 왕래하고 있었고, 관청인 곳은 새 현관을 달거나 청소를 하는 곳도 있었다.

도중에 '국세청'이라고 쓴 현관이 걸린 큼직한 건물 앞에 이르자 태황제가 발걸음을 멈추었다. 문득 이곳이 홍수 소령이 책임을 맡고 있는 국세청이라는 생각이 들자, 괜스레 안을 살펴보고 싶어진 그는 시종하는 궁인들에게 아무 소리도 내지 말라고 이르고는 대문 안으로 들어섰다.

시종하는 궁녀가 집무실로 보이는 방문을 막 열려는 찰나에, 갑자기 안에서 예사롭지 않은 큰 소리가 흘러나왔다.

이상한 낌새를 눈치챈 태황제는 옆에 있는 상빈에게 안에서 늘리는 말을 통역하라고 낮은 목소리로 명했다. 상빈은 무슨 말인지 깨닫고 안에서 들려오는 말을 고대로 통역하기 시작했다.

"네 이놈, 홍수야! 알량한 점구부 대덕이나 하던 네가 언제부터 내 앞에서 고개를 빳빳이 들고 눈을 부라렸더냐? 전 같으면 꼬리를 말고 찍소리도 못할 놈이!"

"허어! 무슨 그리 험한 말씀을 하시오? 소관은 태황제 폐하께서 내리신 황명을 수행할 따름이오. 헌데 공은 가노가 마흔다섯 명이나 되니, 허락된 두 명을 뺀 나머지 마흔세 명을 내놓아야 하오. 황칙을 거역할 셈이시오?"

"네 이놈! 관인이란 자들이 다 그렇고 그렇게 살아오지 않았더냐! 네놈이 눈감아 주면 될 일을 박정하게 구는 이유가 대체 무엇이냐? 세상이 바뀌었다고 나를 깔보는 게냐? 전 같으면 당장 이 자리에서 물고를 내겠다만…… 흥! 두고 봐라! 내가 아무리 힘이 떨어졌기로서니 군대부인(君大夫人)께 말씀드려 네놈 하나 혼내 주지 못할까?"

"혼을 내든지 말든지 그건 공이 알아서 하시고, 전에 관인들이 어떻게 살아왔건 그 또한 내 알 바가 아니오. 난, 태황제 폐하께서 내리신 황명만 충실히 수행하면 족할 따름이오."

"하긴 그렇지. 네놈이 그리 빡빡하게 구니 승차를 못하고, 기껏 점구부 대덕이나 하고 있었던 것이 아니더냐? 쯧쯧쯧…… 세상 참! 어쩌다가 폐한지 뭔지 하는 사람 눈에 띄어 벼락출세를 했다만, 그렇게 고지식하게 굴면 얼마 못 가서 떨려 날 줄 알아라!"

"허허! 떨려 날 때는 떨려 나더라도 그때까지는 부끄럽지 않게 내 소임을 다할 뿐이오."

밖에서 듣고 있던 진봉민은 어이가 없었다. 옆에서 통역하던 상빈이 참다못해 호종(護從)하는 궁인에게 태황제 폐하께서 행차하셨음을 알리라고 명했다.

"물리시오! 태황제 폐하 납시오!"

궁인이 외치는 소리에 안이 잠시 소란스럽더니, 국세청장인 홍수가 달려 나와 허리를 굽히고 예를 올렸다.

"태황제 폐하! 상빈마마! 어서 오시옵소서."

"오! 홍수 청장 노고가 크시오."

그러자 홍수가 안쪽을 가리키며 말했다.

"폐하! 누추하오나 어서 안으로 드시옵소서."

"그러십시다. 상빈도 함께 듭시다."

"예에."

국세청장인 홍수 소령이 앞서서 태황제를 방 안으로 안내했다.

조밀하게 짠 멍석이 깔려 있는 사무실 안에는 긴 집무용 탁자와 의자들이 놓여 있었으며, 안에 있던 자들은 모두 바닥에 부복해 있었다. 태황제는 자연스럽게 상석에 놓인 의자에 앉으면서 홍수에게 물었다.

"국세청장! 밖에서 들으니 큰 소리가 나던데 어찌 된 일이오?"

그러자 국세청장 홍수가 아뢰었다.

"폐하! 요사이 가끔씩 벌어지고 있는 사소한 일이옵니다."

"그렇소? 가끔 있는 사소한 일이라……? 그럼, 그 사소한 일이라는 것이 대체 무엇이오?"

"예, 폐하! 말씀드리기 송구하오나, 폐하께서 황칙으로 선포하신 노비상한제와 헌납 금품에 대한 조그마한 저항이옵니다."

"호오! 저항이라? 누가 감히 과인이 내린 칙령에 저항을 한다는 말씀이오?"

"폐하, 황공하게도 더러 그런 자가 있으나 크게 상심하실 일은 아니옵니다."

"그래요? 밖에서 듣자 하니 짐을 호칭함에 불경스러운 언사까지 오가던데 상심할 일이 아니라?"

"황공하옵니다, 폐하! 그것은 전 왕조에서 점구부 대덕에 불과하던 소신이 달솔 급에 해당되는 국세청장으로 보임이 되어, 덕이 부족한 소신으로 비롯된 일이옵니다. 괘념치 마시옵소서."

"흠! 그렇다면 대덕에 불과하던 공을, 조정의 요직에 앉힌 과인이 잘못되었다는 말이구려!"

하고 태황제가 다그치자 등골이 서늘해진 홍수가 당황하며 말을 더듬었다.

"폐…… 폐하, 그런 뜻이 아니오라……."

쩔쩔매고 있는 홍수에게서 눈길을 뗀 태황제는 바닥에 부복해 있는 자들을 향해 눈길을 돌렸다.

"조금 전에 국세청장에게 언성을 높인 자가 누구인가?"

"……."

부복한 다섯 명의 복색으로 보아 가장 좋은 옷으로 치장하고 있는 자가 그랬음이 분명해 보이자,

"그대가 조금 전에 국세청장에게 언성을 높였는가?"

"소인은…… 언성을 높인 것이 아니오라……."

"네 이놈! 그것이 언성을 높인 것이 아니면 무엇이란 말이더냐? 과인 앞에서도 군대부인을 내세울 참이더냐?"

"아니옵니다. 천부당만부당하신 말씀이옵니다."

"네 이름이 무엇이냐?"

"소인 기미(岐味)라 하옵니다."

"기미라고? 오호라! 네놈이 바로 군대부인이던 은고를 등에 업고, 하늘 높은 줄 모르고 만행을 일삼던 그 기미라는 놈이구나!"

여기서 말하는 군대부인 은고는 부여의자의 부인이었다. 이때는 보통 높은 벼슬에 있는 사람의 부인을 높여서 대부인이라 불렀고, 특히 왕자의 부인을 군대부인이라고 했다.

"……."

"여봐라! 수황군은 즉시 이자를 포박하여 내정부로 압송한 다음, 황제 칙령에 명시한 대로 탈세와 황제 불경죄를 물어 참하라고 전하라! 또한 국세청장은 이자와 이자의 일족이 소유한 재산을 몰수하고 관노로 삼도록 하시오."

그 말을 들은 기미는 큰소리치던 기백이 다 어디로 갔는지, 그 자리에서 그만 혼절하고 말았다.

태황제의 추상 같은 명령이 떨어지자 홍수는,

"폐하! 분부대로 거행하겠사옵니다."

하고 대답을 하면서 머리를 조아렸다.

"덧붙여 수황군은 군장인 지소패 소령에게 일러, 연말까지 수황군 두 명을 국세청에 파견하여 홍수 소령을 보좌토록 전하라."

"예! 분부 거행하겠사옵니다."

대답을 한 수황군 군사 하나가 부리나케 밖으로 나갔다.

그런 연후에 자리에서 일어난 태황제는 홍수를 쳐다보며 부드러운 어조로 말했다.

"국세청장은 앞으로도 오늘과 같이, 과인이 맡긴 책임을 소신껏 처리하도록 하시오. 과인은 공이 올곧게 소임을 다할 줄로 믿겠소."

"폐하! 분부 명심하겠사옵니다."

고개를 끄덕인 태황제는 상빈과 함께 궁으로 돌아왔다.

한편, 내정부 대신 백기는 기미를 끌고 온 수황군으로부터 태황제의 명과 사건의 자초지종까지 알게 되자 가슴이 덜컥 내려앉았다.

그는 평소에도 기미가 뒤를 봐주던 군대부인을 믿고, 갖은 패악을 저질러 왔다는 것을 잘 알고 있었다. 그렇기 때문에 기미를 참형에 처하라는 태황제의 명은 백번 지당하다고 여겼다.

그러나 문제는 군대부인 은고였다. 오늘 태황제께서는 은고에 대해서는 아무런 말씀이 없으셨다고 하지만, 그냥 넘어갈 문제가 아니라는 생각이 들었다. 얼마 전까지 자신이 모시던 왕이요, 왕자가 아니던가! 어떻든 그들에게 화가 미치기 전에 알려 주는 것이 최소한의 도리라고 생각하고는 서둘러 상업청으로 부여의자를 찾아갔다.

부여의자를 만난 백기는 오늘 국세청에서 있었던 일과 폐하가 듣고 계신 자리에서 기미는 군대부인이 자기 뒤를 봐주고 있다고 공공연히 떠벌렸다는 사실을 전해 주었다. 오국적법에 의해 그자는 참수로, 그 일족은 재산 몰수와 노비 신분으로 강등되는 처분이 내려졌다는 사실도 말했다.

오늘은 폐하께서 군대부인의 처벌을 거론치 않으셨지만, 아무리 생각해도 그냥 넘어갈 일은 아닌 것 같아 전해 주러 왔노라고까지 덧붙였다.

부여의자는 그 말을 전해 주고 돌아가는 백기에게 '고맙다.' 는 인사조차 하는 둥 마는 둥 하고, 부친이 근무하고 있는 농어업부로 한달음에 내달았다. 그러고는 부여장에게 백기로부터 들은 오늘의 일을 고하였다.

아들로부터 사건의 전말을 모두 들은 부여장은 문득 집안 단속을 잘하라던 태황제의 말을 기억하고는 섬뜩한 생각에 등에서 식은땀까지 났다.

잠시 의논을 한 두 부자는 한시라도 빨리 조치를 취해야 한다는데 의견이 일치되자 거처인 남궁(南宮)으로 급히 달려갔다.

부여의자는 자신의 부인인 은고를 대청으로 불러 기미가 오늘 국세청에서 벌인 작태를 말한 다음, 그동안은 분수없이 하는 행동도 눈감아 주었으나 이제는 일족의 안위가 위태로운 지경에 이르렀으니 이 집에서 떠나라고 명했다. 그녀는 남편인 부여의자에게 그동안의 잘못된 처신을 용서해 달라고 울고불고 매달렸지만 이미 엎질러진 물이었다.

이 소문은 삽시간에 중천성 안에 퍼져나갔다. 기미가 노비상한제와 헌납 금품에 대한 불만으로 국세청장 홍수와 다투고 있을 때, 마침 그곳에 행차한 태황제와 상빈의 눈에 띄어 기미는 참수되고 일족이 노비가 되었다는 것이었다. 더불어 군대부인 은고도 남편인 의자에 의해 집안에서 내쳐졌다는 소문까지 꼬리를 물었다.

소문이란 것이 참으로 묘해서 사실보다 부풀려지기 마련이었다. 이미 그런 일이 있을 줄 미리 알고, 태황제가 상빈과 함께 국세청에 납시었으며 태황제는 무슨 일이 일어날지 앞일을 훤히 꿰뚫어 본다는 소문이었다.

이러한 소문들이 나돌자 그동안 구시렁대며 눈치만 보던 호족들이 앞다투어 잉여 노비를 국세청에 반납하고, 헌납하는 금품 역시도 액수와 불량이 훨씬 많아졌다는 후문이었다.

동짓달이 며칠 남지 않은 어느 날 오전이었다. 세미전에서 수랏상을 물린 후에 편전으로 나온 태황제는 상빈이 하던 꿈 얘기가 떠올라 얼굴에 피식! 미소가 어렸다.

"폐하, 신첩이 어젯밤 꿈을 꾸었사옵니다."

"그래 무슨 꿈이요?"

"폐하께서 넓디넓은 바다에서 게를 잡으시는 꿈이었사옵니다."

"하하! 상빈이 요사이 옛집이 그리운 모양이구려."

하며 대수롭지 않게 받아넘겼다. 당성에서 태어나고 자란 목단령에게는 바다는 잊으려 해도 잊을 수 없는 마음의 고향임을 잘 아는 진봉민이었기 때문이다.

그는 문득 생각난 듯이 변품을 찾았다. 태황제가 찾는다는 전갈을 받은 변품이 부리나케 편전으로 들어와 깊숙이 부복을 하고는 찾는 연유를 물었다.

"폐하, 찾아 계시옵니까?"

"그렇소, 궁청장! 전에 과인이 도성 근처에 공방이나 제철로가 있는지 알아보라고 했었는데, 알아보셨소?"

"예, 국세청장인 홍수 소령에게 알아보았더니 일모산(一牟山)군에 큰 야로(冶爐)가 있다고 하옵니다."

일모산은 충남 연기군을 일컫는 삼국시대 지명으로 당시에도 백제가 그곳에 군청 소재지 격인 치소(治所)를 설치하고 있었기 때문에 일모산군으로 부르고 있는 것이다.

그 말을 들은 태황제는 밝은 표정으로 명을 내렸다.

"오! 그렇소? 그러면 내정부 대신인 백기 장군과 국세청장인 홍수 소령, 그리고 총감 중에 도성에 있는 분이 있으면 모두 오라고 하시오."

'예.' 하고 대답한 변품이 백기와 홍수 그리고 이일구와 강진영을 데리고 들어오는 데는 그리 오랜 시간이 걸리지 않았다.

그들은 들어오자마자 예를 올렸다.

"폐하, 찾으셨사옵니까?"

"어서들 오시오. 그런데 이 장군과 강 장군은 공주에 계시질 않고 어떻게 도성에 계셨소?"

이일구는 과학부 총감, 강진영은 광공업부 총감으로서 평소에는 웅진에 머무는데, 오늘 따라 도성에 있으니 태황제가 의아해서 물은 것이었다.

"예, 일 때문에 잠시 총리부에 들렀던 길이었사옵니다."

"오호! 그랬었소? 잘됐구려. 과인이 일모산군에 가 보려 하는데 바쁘지 않으시면 함께 가지 않겠소? 그곳에 제법 큰 제철소가 있다 해서 말이오."

하는 태황제의 말에 이일구가 즉시 물었다.

"일모산이라면 어디를 말씀하시는 것이옵니까?"

"충남 연기군이요."

"아하! 그렇사옵니까? 소장들은 이곳에서 볼 일을 다 끝냈기 때문에 특별히 바쁠 것은 없사옵니다. 그럼, 소장이 비조기를 준비토록 하겠사옵니다."

"그러시오. 다른 분들은 어떻소?"

"소장들도 당장 급한 일은 없사옵니다."

백기 등도 함께 갈 시간이 있다고 대답하자 말을 들은 태황제가 먼저 자리에서 일어나며 말을 했다.

"그럼, 가 봅시다."

그들은 편전을 나와 비조기에 올랐다.

일모산을 향해 날아가고 있는 비조기에서 내려다보니 골짜기마다에는 많은 눈이 쌓여 있었다. 올겨울 들어 여러 차례 눈이 내렸으니 당연한 것이리라.

다른 일행들과는 달리 처음 비조기를 타 보는 홍수는 약간의 두려움과 함께 훤하게 내려다보이는 산천이 마냥 신기하기만 하였다.

출발한 지 15분이 경과됐을 즈음에 창밖 멀리에 보통 마을보다 너덧 배는 커 보이는 촌락이 나타났다. 마을 상공에 이르자 요란한 소리를 들었는지 추운 날씨에도 많은 마을 사람들이 밖으로 나와 하늘을 올려다보고 있었다.

홍수가 마을 한가운데 있는 커다란 공터를 가리켰다. 그곳에 비조기가 착륙을 시작하자 한쪽에 치워 놓았던 눈들이 분분히 날아오르고 있었다. 바깥에 휘날리던 눈과 먼지가 가라앉기를 기다려 비조기에서 내린 일행은 홍수가 안내하는 대로 이곳 야로의 책임자가 산다는 커다란 집으로 향했다.

하늘에 떠 있는 비조기를 올려다보던 마을 사람들은, 그 물체가 자신들 쪽으로 내려오는 것을 보고는 겁이 났는지, 어느새 집안으로 들어가 보이지도 않았다. 일행이 대문 앞에 이르렀을 때 홍수가 나서서 집안을 향해 외쳤다.

"여봐라! 안에 아무도 없느냐?"

"야로 수장(首匠)은 어서 나와 명을 받아라!"

"여봐라! 야로 수장은 어서 나와 태황제 폐하를 배견토록 하라! 배달국 태황제 폐하께서 납시셨느니라."

연거푸 안을 향해 외치자 얼마 지나지 않아 나이가 들어 보이는 사람 하나가 대문을 열고 나왔다. 그는 경계하는 눈초리로 일행을 둘러보다가 낯이 익은 홍수를 발견하고는 넙죽 엎드려 머리를 조아렸다.

"일모산 야로의 수장인 전부례(全扶禮)이옵니다. 찾아 계시옵니까?"

홍수는 자신을 향해 예를 올리고 있는 그를 보고는 당황해하면서 얼른 팔을 뻗어 제지하려고 했지만, 이를 눈치챈 태황제가 손을 흔들며 그냥 놔두라는 손짓을 했다. 이러지도 저러지도 못하고 엉거주춤한 자세가 된 홍수의 모습은, 황송해서 어쩔 줄 몰라 하는 표정까지 합쳐져 저절로 웃음이 나올 지경으로 우스꽝스러웠다.

꿇어 엎드려 예를 올리고 있는 전부례 역시도 백제국이 배달국으로 이름이 바뀌었으며, 신라를 크게 물리쳐 옛 원한까지 갚아 주었다는 소식은 이미 듣고 있었다. 그는 속생각으로 이들은 분명히 새로 들어섰다는 배달국의 높은 어른들임이 분명하다고 나름 결론을 내리고는, 그런 생각을 해낸 자신이 스스로 대견스러웠다.

태황제는 태황제 대로 홍수의 우스꽝스러운 모습에 웃음을 참으면서, 한편으로는 자신들의 급작스러운 방문으로 야로 수장이라는 자가 지금 제정신이 아닐 거라는 생각이 얼핏 들었다.

그는 변품을 돌아보면서 말을 했다.

"궁청장은 통역을 하도록 하시오."

"예!"

"그대가 이곳 야로의 수장이오?"

"그렇사옵니다."

진봉민은 야로 수장이 추운 날씨에 땅바닥에 무릎을 꿇고 있다는 것을 깨닫고는 급히 명했다.

"야로 수장은 자리에서 일어나도록 하시오."

'예.' 하는 대답과 함께 자리에서 일어난 전부례는 그때서야 방문한 상대들을 하나씩 살펴보는 것이었다.

이런 전부례의 행동을 알아차린 홍수가 따끔하게 주의를 줬다.

"전부례는 예를 갖추어라! 배달국 태황제 폐하 앞이니라."

'예!' 하고 또다시 대답은 했지만 아직도 상황을 파악하지 못하고 어리둥절하기는 마찬가지였다.

태황제는 빙그레 웃으며 다시 입을 열었다.

"여기서 이럴 것이 아니라 일단 안으로 들어가십시다."

"전부례 수장은 폐하께서 안으로 드시도록 배종토록 하라!'

홍수의 명이 있자, 허리를 굽히며 '예!' 하고 대답을 하면서 전부례는 앞장서서 일행을 대청으로 안내했다. 진봉민이 대청마루에 걸터앉자 다른 장군들은 공손히 섬돌 아래에 시립을 했다.

그때서야 이곳을 방문한 어른이 누구인지를 정확히 파악했는지, 전부례는 댓돌 아래에 허겁지겁 다시 무릎을 꿇으며 입을 열었다.

"폐하! 소신 일모산 야로의 수장 전부례, 문후 올리옵니다."

"전부례 수장은 일어나시오."

"황공합니다, 폐하!'

"그대는 백제국에서 직관이 어찌 되었소?'

"좌군(佐軍)이었사옵니다."

옆에 있던 홍수가 좌군은 구 백제국의 16관등 중 14번째 관등이라고 설명했다.

"음…… 그러면 이곳에 다른 직관을 가진 자는 없소?'

"좌군 직관은 소인밖에 없사옵고, 극우(克虞) 직관에 있는 야장이 세 명이 더 있사옵니다. 그 외는 모두 직관이 없는 철간(鐵干)들이옵니다."

극우라는 벼슬은 16관등 중 마지막 16번째의 관등이라고 역시 홍수가 설명했다. 당시에는 수공업 등의 천한 일에 종사하던 사람들을 간(干)과 척(尺)으로 불렀다. 그중에서 국가에서 필요로 하는 철을 생산하거나 철제품을 만들기 위해 부역을 시키는 자들을 철간이라 하고, 대대로 세습되어 그 일을 하는 자를 철척(鐵尺)이라 했다. 물론 철간과 철척은 하층민에 속했다. 이러한 역사적 사실을 기억한 진봉민은 고개를 끄덕이며 입을 열었다.

"그렇구려. 흐음! 이일구, 강진영 장군!"

"예, 말씀 하시옵소서!"

"두 분은 지금 즉시 이곳의 시설과 기술 수준을 파악해 보시오. 궁청장과 국세청장도 함께 가서 두 분 장군을 도와주시오."

"예! 알겠사옵니다."

대답을 마친 네 사람은 전부례의 안내를 받으며 야로가 있는 뒤채로 사라졌다. 1시간쯤 지나자, 그들이 뒤채로부터 나왔다.

태황제가 궁금한지 급하게 물었다.

"모두 살펴보셨소? 보시니 어떠셨소?"

"폐하! 대단하옵니다. 소장이 살펴본 바에 의하면 하늘에 있던 작은 제철소에 비견될 정도였사옵니다. 다만, 제철로에 갈탄 계열의 연료를 쓰고 있기 때문에, 열량 부족으로 인하여 철의 순도가 떨어진다는 것이 문제점이었사옵니다. 나중에라도 유연탄만 확보한다면 고품실의 철을 생산하는 데도 전혀 문제가 없어 보였사옵니다."

태황제는 큰 기대를 하지 않다가 의외의 말을 듣게 되자 기쁜 표정을 지으며 되물었다.

"그것이 사실이오? 그 정도로 대단한 시설이란 말이오?"

"예, 그렇사옵니다. 게다가 여기에는 공업사에 해당하는 단야공방도 같이 붙어 있어, 제철로에서 만든 철괴를 사용해서 제품도 생산한다고 하옵니다."

철로 제품을 만들기 위해서는 여러 단계가 필요하지만 크게 세 단계가 필요했다. 우선 광산에서 철 성분이 함유된 광석을 캐내는 채굴 과정과, 다음으로는 용광로나 제철로 혹은 고로(高爐)라고 부르는 뜨거운 화로 속에 캐낸 철광석을 집어넣고 녹여서 순수한 철만 뽑아내는 제련 과정이다. 이때 녹아나오는 액체 상태의 철을 일정한 크기로 굳히는데, 이렇게 굳힌 덩어리를 철괴라고 부르고, 이 철괴는 다시 단야공방이라고 부르는 공장으로 보내져 실생활에 필요한 여러 가지 제품으로 가공되는 것이었다. 그러니 이곳은 제철소와 제품 공장이 한 곳에 붙어 있는 셈이다.

"호오! 전부례 수장!"

"예! 분부하시옵소서."

그사이에 철척과 철간으로 보이는 자들이 하나둘씩 모여 들어 안마당을 꽉 메우고 있었다.

"그런데 공은 야장을 몇 년이나 했소?"

"아뢰옵기 황공하오나, 소인에 집안은 철척으로 사대째 야장을 하고 있사옵니다. 그런 연유로 소인 역시 아주 어릴 적부터 쇠를 만지기 시작하여 어언 사십여 년 남짓이 되었사옵니다."

말을 들어 보니 그의 집안은 대대로 세습해서 철을 다루는 일을 해 온 철척이었던 것이다.

"흠! 사십 년이라…… 그렇다면 이곳에는 그대보다 높은 기술을 가진 야장은 없겠구려!"

"아니옵니다, 폐하! 소인보다 쇠의 물성(物性)을 더 잘 아는 자가 스물이 넘사옵니다."

"아니? 스무 명이 넘는다는 말씀이오?"

"그렇사옵니다. 야장 중에 열 명 정도가 소인보다 원철(原鐵)을 더 잘 다루고, 단야장 중에도 십여 명이 소인보다 단철(鍛鐵)을 더 잘 다루옵니다."

원철이라 하면 제품으로 만들기 전의 철괴를 말하는 것이다. 그러니 원철을 잘 다룬다는 것은 광석에서 철을 뽑아내는 제철 기술이 뛰어나다는 말이었고, 단철을 잘 다룬다는 것은 철괴를 두드리거나 녹여서 물건을 만드는 가공 기술이 뛰어나다는 말이었다.

"허어! 그런데도 관직을 가진 자가 그리 적단 말씀이오?"

"원래 간척(干尺)들은 벼슬에 오를 수가 없사옵니다. 하오나 소직은 아둔함에도 조상 때부터 이 일을 물려받았던 연유로 말직이지만 좌군이라는 벼슬을 받아 이곳을 책임지는 수야장을 맡고 있는 것이옵니다."

"흠! 그렇구려. 그랬어…… 강진영 장군!"

"예, 폐하!"

"여기에 있는 기술자 중에 제일 기술이 좋은 자를 하늘 수준과 비교한다면 어느 정도라고 생각하오?"

"기능장 수준이옵니다."

장지원은 망설임 없이 현대와 비교해도 부족함이 없는 최고 수준이라고 대답했다.

"음, 그렇다면 앞으로 기술 수준을 기능장 수준과 기능사 일급, 기능사 이급 수준으로 구분하도록 하고, 기능장 수준은 중령으로, 기능사 일급 수준은 중위로, 기능사 이급 수준은 상사로 임명하는 것이 어떻겠소?"

"폐하! 조금 높은 듯싶으나, 체계적으로 기술 교육을 시키는 곳이 없다는 것을 감안한다면 그렇게 하여도 큰 문제는 없을 것이옵니다."

강진영의 말을 들은 태황제는 고개를 끄덕이며 변품을 불렀다.

"궁청장은 들으세요."

"예, 폐하!"

"전부례 수장에게 물어 기술의 고하대로 명단을 만들어 보세요."

"예! 소장 분부대로 하겠사옵니다."

명을 받은 변품은 전에 진봉민이 주었던 연필과 메모지를 꺼내더니 전부례에게 물어 기술의 고하대로 장인들의 이름을 받아 적었다.

"폐하! 명단을 다 작성하였사옵니다."

"그럼, 이곳에 있는 장인들에게 최고 기술을 가진 자들은 중령으로, 나머지는 기술의 고하에 따라 적정한 계급에 임명될 것임을 알려 주시오. 그리고 배달국에서는 기술이 높은 장인에 대해서는 장군으로도 임명할 것이라는 것을 알려 주시오."

"알겠사옵니다, 폐하!"

명을 받은 변품은 마당에 모여 있는 자들이 다 들을 수 있도록 태황제가 말한 내용을 자세하게 설명해 주었다. 그러자 마당에 모여 있는 자들이 삼삼오오 서로 수군대는 소리가 들렸다. 갑자기 그들 중에서 약관의 나이로 보이는 자가 앞으로 나와 진봉민 앞에 무릎을 꿇고는 말을 했다.

"폐하! 소인은 석해(昔解)라고 하옵니다. 저분 말씀이 사실이옵니까?"

"그래, 사실이니라."

"하오면 철(鐵)만 잘 다룰 줄 알면 나라의 높은 벼슬을 할 수 있다는 말씀이옵니까?"

"허허허! 어떤 기술이든지 재주만 있다면 그만한 대우를 해 줄 것이야."

"예에……!"

석해의 대답이 있자 진봉민은 다시 변품을 쳐다보며 입을 열었다.

"궁청장은 들으세요."

"폐하! 하명하시옵소서."

"앞으로 몇 달 후에 나라에서 과시(科試)를 보는데, 과목은 철을 다루는 야장술(冶匠術)이나 배를 만드는 선장술(船匠術) 같은 기술 한 가지와 한글이라는 것을 말해 주시오. 그리고 한글은 강사들이 마을마다 와서 가르칠 것이라고 전하시오. 이번 과거 시험에서 좋은 성적을 받으면 마찬가지로 높은 벼슬을 내리겠다고 하시오."

"예, 폐하!"

대답을 한 궁청장 변품이 태황제가 전하라는 내용을 알기 쉽게 설명하면서 전해 주자, 귀를 기울여 관심 있게 듣던 그들은 또다시 자기들끼리 소곤거리면서 좋아라 하는 모습이었다.

그들의 모습과는 달리 석해는 진봉민 앞에 무릎을 꿇은 채 그대로 앉아 있었다. 그 모습을 의아하게 생각한 태황제가 물었다.

"그래 더 할 말이 있느냐?"

"폐하! 한 가지 여쭈어 보아도 되겠는지요?"

"말해 보거라."

"폐하께서도 철선(鐵船)을 만들 수 없다고 보시는지요?"

심각한 얼굴로 석해가 밑도 끝도 없이 내뱉는 말에, 시끌벅적하며 흥겨워하던 무리들이 일순 조용해지면서 모두 얼굴색이 변했다. 그와 동시에 옆에 시립해 있던 야로 수장인 전부례가 해쓱해진 얼굴로 일갈을 하는 것이 아닌가!

"네 이놈! 석해야! 어느 안전이라고 또 무슨 헛소릴 지껄이는 게냐?"

이때 태황제가 그를 손으로 제지하며 물었다.

"아! 잠시…… 잠시…… 전부례 수장! 이자의 야장술은 어느 정도요?"

"폐하! 아뢰옵기 황공하오나, 저 아이가 철을 다룬 지는 갓 두 해밖에 되질 않았사오나 머리가 총명한데다가 소인도 놀랄 만큼 쇠의 물성을 빨리 깨우쳐 이제는 이곳에서 철을 제일 잘 다루긴 하옵니다. 하오나 일을 하다가도 가끔 저런 헛소리를 하여 핀잔을 듣곤 하오니, 폐하께서는 저 아이의 무례함을 용서하여 주시옵소서!"

이런 수야장의 염려와는 달리 태황제와 이일구, 강진영은 '철선'이라고 하는 석해의 말을 듣고는 속으로 소스라치게 놀라고 있었다.

"단 이 년 만에 철을 제일 잘 다룬다고?"

"그렇사옵니다."

철을 40년 동안이나 다루어 온 전부례가 서슴없이 2년 만에 이곳에서 철을 제일 잘 다룬다고 하니 어이가 없어도 너무 없었다.

"야로 수장! 짐이 석해라는 자에게 잠시 물어볼 말이 있으니 공은 나서지 마시오."

"예! 폐하, 알겠사옵니다."

"그래 이름이 석해라 하였느냐?"

"그렇사옵니다. 소인 석해라 하옵니다."

"흠…… 철선이라 하였느냐? 그렇다면 네가 말하는 철선이라는 것이 무엇이더냐?"

진봉민이 철선이 무엇이냐고 되묻자, 석해의 얼굴에는 언뜻 실망하는 빛이 스쳤다. 철선이 무엇이냐고 되묻는 것으로 봐서 역시 모르고 있는 것이 분명하다고 제 깐에는 지레 짐작한 때문이었다.

"예! 소인이 말한 철선은 쇠로 만든 배를 말하는 것이옵니다."

"그럼, 네 생각을 말해 보거라."

"폐하! 이 년 전까지 소인은 배를 만드는 선장술을 배웠사오며, 이곳에 와서는 철 야장술을 배워 이제는 웬만큼 철을 다룰 줄 알게 되었사옵니다. 그래서 소인은 분명히 철선을 만들 수 있다고 생각하는 것이옵니다."

비록 궁청장의 통역이었지만 말하는 품새로 보아도 여간 똑똑해 보이질 않았다.

"호! 그래? 그런데 그 말을 과인에게 하는 연유는 무엇인고?"

"폐하께서는 소인의 생각이 옳은지 그른지 아실 것 같아 감히 앞뒤 분간 없이 여쭈었사옵니다."

태황제는 슬며시 이일구와 강진영의 눈치를 살펴보았다. 그들 역시도 자신과 마찬가지로 놀라도 보통 놀란 눈치가 아니었다.

환하게 미소 띤 얼굴로 고개를 끄덕인 진봉민은 말을 했다.

"그래! 만들 수 있느니라. 암! 만들 수 있고 말고! 만들어 보고 싶으냐?"

이번에는 오히려 무릎을 꿇고 있던 석해의 표정이 변했다.

"폐하! 만들 수 있지요? 정말 만들 수 있는 것이지요?"

"암! 그렇대도……! 과인이 허언을 하겠느냐? 과인이 타고 온 것도

하늘을 나는 철선이니라. 배가 하늘도 날아다닐 수 있는데 하물며 물엔들 못 다니겠느냐?'

"폐하! 소인 꼭 만들어 보고 싶사옵니다. 적병이 화살을 쏴도 끄덕 없는 그런 철선을요……."

"하하하! 그래 만들도록 해 줄 터이니 과인을 따라가겠느냐?'

그 말이 통역되기가 무섭게 당연히 따라가겠다는 듯이 고개를 끄덕이며 대답했다.

"예? 정말이시옵니까? 소인 같은 천한 것이 따라가도 되겠사옵니까?'

"하하하! 그래 따라오려무나. 함께 가자꾸나."

그는 떼를 쓰는 아이 같은 천진스런 석해의 행동을 보면서 오랜만에 가슴속이 다 후련해질 정도로 호쾌한 웃음을 쏟아 냈다.

이젠 가야겠다며 자리에서 일어난 진봉민은 흐뭇한 얼굴로 다들 기술에 정진하라 이르고는 비조기에 올라 도성으로 향했다.

궁으로 돌아오는 내내 석해는 신기한 듯 반짝이는 눈망울로 아래를 내려다보기도 하고 기내를 둘러보기도 하면서 호기심을 감추지 못하고 있었다. 그런 모습을 바라보고 있는 태황제 얼굴에도 싱글벙글 미소가 넘쳤다.

이 시대에 벌써 철로 만든 배를 생각하는 천재가 있다니! 게다가 철 기술과 조선 기술까지 배웠다니 더할 나위 없는 인재가 아닌가! 이런 인재들을 두루 찾아내 용기를 북돋아 주고 마음껏 기량을 발휘하게 해 주어야 한다는 의무감이 마음속에서 점점 크게 자리를 잡아 가고 있었다.

중천성에 당도하자마자 태황제는 변품에게 총리대신을 불러오라고 명하고는 편전으로 들어갔다. 태황제가 좌정을 하고 나서야 장수들도 조심스럽게 자리를 잡고 앉았다. 멀뚱히 서 있던 석해도 따라 앉으려고 하자 국세청장인 홍수가 조용히 일렀다.

"석해는 태황제 폐하께 숙배를 올리고 난 다음 자리에 서 있도록 하라."

그 말에 어찌할 줄 몰라 어리둥절하고 있는 석해를 재미있다는 듯이 웃음 띤 얼굴로 바라보던 태황제가 입을 열었다.

"너는 궁에 처음 와 보는 것이겠지?"

"예, 폐하! 그렇사옵니다."

"하하하! 국세청장, 나중에 예법을 일러 주도록 하고 오늘은 그냥 넘어가시구려."

"폐하! 어리석은 백성에게는 존체의 지엄하심과 예를 바르게 갖추도록 가르쳐야 할 줄로 아옵니다. 헤아려 주시옵소서."

"국세청장 말씀이 백번 옳아요. 그러면 총리대신이 올 동안 예법을 가르쳐 보시구려."

"알겠사옵니다, 폐하!"

대답을 한 홍수는 석해를 향해 조근조근 일렀다. 원래 황궁을 출입할 때는 의복이 정갈하여야 하나, 오늘은 의복이 정결치 않음에도 특별히 태황제 폐하께서 어여삐 여겨 궁에 들 수 있었다는 것을 말해 주었다. 그리고 나서 숙배를 올리는 방법 등 궁중 예법을 차근히 일러 주자, 눈을 반짝이며 듣고 있던 석해는 가르쳐 준 대로 공손히 예를 올리는 것이었다. 그리고는 한쪽 편으로 가서는 손을 모으고 다소곳이 섰다.

진봉민이 그 모습을 자상한 눈길로 쳐다보며,

"이제 그만 앉아라."

"예!"

석해가 무릎을 꿇고 앉는 것을 바라보던 진봉민이 물었다.

"그래 궁에 처음 들어와 보니 어떠냐?"

"소인은 꿈만 같사옵니다."

"물론 그렇겠지. 짐이 너에게 철선뿐만 아니라, 만들고 싶은 것을 다 만들 수 있게 해 줄 게야. 우선 너에게 가르침을 베풀 스승을 소개해 줄 것이니 성심껏 배우도록 하라."

"알겠사옵니다."

밖으로부터 총리대신이 입시해 있다고 고하는 소리가 들렸다. 어서 드시게 하라는 대답과 함께 강철이 들어와 굴신하여 예를 올리고는 자리에 앉으며 물었다.

"행차 길은 흡족하셨사옵니까?"

"그렇소. 과인은 늘 오늘 같은 날만 있었으면 좋겠소. 여기에 있는 석해는 선장술과 철 야장술에 뛰어난 자라 하오. 이 사람이 글쎄 다짜고짜 과인에게 철선을 만들겠다고 하질 아니겠소? 과인은 물론이고 이일구 장군과 강진영 장군도 많이 놀랐소. 총리대신은 천족장군들과 함께 이 사람을 평가해 보시고 쓸 만하면 하늘의 지식을 가르쳐 보시구려."

쓸 만한 인재인지 평가해 보고 현대 지식을 가르쳐 보라는 말에 강철 총리대신은 '이자가 어느 정도이기에 폐하께서 저러시나?' 의문스러웠다.

"폐하, 알겠사옵니다!"

"총리대신은 들으세요. 과인이 장수들과 일모산군에 있는 제철로를 살펴본 자세한 결과는 이일구 장군과 강진영 장군에게 들으시면 될 것이요. 과인은 그곳에서 이십여 명에 이르는 뛰어난 장인들을 보았어요."

"허! 그렇게 많았사옵니까? 참으로 다행스러운 일이옵니다."

"그렇소! 여간 다행한 일이 아니요. 기술자들의 명단은 궁청장이 가지고 있으니 직관 부여를 검토해 보시오."

"알겠사옵니다, 폐하!"

"이미 과인과 함께 하늘에서 내려온 장군들은 포항제철의 예를 봐서 잘 알겠지만 제철 산업이 선행되지 않고서는 공업화를 이룰 수가 없어요. 그러한 점을 유념하여 지금 있는 제철소의 규모도 늘리고, 순도가 높은 철을 뽑아낼 수 있도록 시설을 개선해 나가야 할 것이요. 특히 유능한 기술자는 하루아침에 만들어지는 것이 아니니, 우선은 그런 기술을 가진 장인을 찾아내는 데 주력하고, 향후에는 양성해 낼 방안도 강구해야 할 것이요."

"지당하신 분부시옵니다. 내각에서 다각도로 방안을 강구해 보겠사옵니다."

"하하하! 그러시오. 모두 수고하시었소. 바쁘실 텐데 이제 그만들 나가 보세요."

총리대신과 신료들이 석해를 데리고 물러 나가자, 진봉민은 등받이에 기대어 일모산을 잘 다녀왔다는 뿌듯한 마음에 젖어 들었다.

'흠…… 상빈의 꿈이 바로 석해라는 인재를 얻는 꿈이었나?

게를 잡는 꿈은 '중요한 사람을 만나게 된다.'는 해몽이 있는 것 또한 사실이었다.

내치(內治)

천명 2년(단기 2951년, 서기 618년) 3월 1일이 되었다.

세상사와 상관없이 흘러가는 것이 세월이던가! 배달국이 당성에서 중천성으로 옮겨온 지도 벌써 다섯 달이 지난 것이다. 그동안 배달국에는 토지와 노비 반납에 불만을 품은 토호들이 일으킨 두 차례의 반란이 있었을 뿐, 그 외로는 별 탈이 없었다.

이 시대에는 씨족 위주로 인간관계가 이루어지고 촌락도 형성되었으며, 장자(長子) 우선의 원칙이 엄격하게 적용되고 있었다. 그러니 집안의 큰아들에게 가통이 이어지는 것은 당연하고, 씨족에 따라서는 나머지 형제들이 큰아들의 소유물로 간주되는 경우도 있을 정도였다.

마을의 촌주라는 자리도 대개 그 마을을 이루고 있는 씨족 구성원들 중에서 가장 영향력이 큰 자가 맡는 것이 당연시되었으며, 촌주의 결정은 적어도 그 마을 안에서는 법처럼 통용이 되었다.

이렇게 지역에서 행세깨나 하는 자들을 통틀어 토호라고 하는데 땅과 노비도 많을 수밖에 없었다. 이런 자들에게 새로 들어선 배달국에서는 땅과 노비를 내놓으라고 하니, 그들로서는 불만이 크지 않을 수가 없었던 것이다.

그나마 눈치가 있는 자들은 불만을 억누르며 은인자중하고 있었지만, 제 깐에 행세깨나 한다고 으쓱대던 자들은 불만을 참지 못하고 행동으로 옮겼다. 자신이 데리고 있던 노비들이나 집안 일족들을 충동질하여 군령이 있는 치소로 쳐들어간 것이다.

그러나 그들이 군령의 치소에 다다르기도 전에 그들 앞을 막아선 것은 배달국 군사들이 아니라, 치소 근방에 사는 다른 마을 촌민들이었다. 군령들이 전해 주는 배달국의 정책 내용을 소상히 알고 있던 치소 근처에 사는 촌민들이 반역은 용납할 수 없다고 막아선 것이었다.

장소는 다르지만 비슷한 시기에 일어난 두 반란이 똑같이 이렇게 다른 마을 촌민들의 힘에 의해 진압이 되었다. 물론 두 반란 중에 하나는 마을 촌민들 사이에 싸움으로까지 번져 적지 않은 사상자가 발생했지만, 다른 쪽은 반란을 일으켰던 토호가 스스로 물러나는 바람에 그런 불상사는 일어나지 않았다.

결국 두 번의 반란은 조정에서 알지도 못하는 사이에 술잔 속 태풍처럼 제풀에 스러져 버렸다. 나중에 이러한 사실을 알게 된 조정에서는, 내정부 대신인 백기와 감찰군장인 해론이 직접 현장으로 가서 경위를 조사하고 처리했다.

사상자가 발생한 반란에 대해서는 오국적법에 의해 죄를 물어 수괴인 토호를 참수하고 마을 촌민 모두를 노비로 삼았다. 평화롭게 해결된 반란에 대해서만큼은 관대하게 처리하라는 태황제의 명에 따라 촌주만 노비로 삼고 촌민들의 죄는 불문에 붙였다.

아울러 그들을 막아 낸 촌민들에 대해서는 모두를 도성으로 오게 하여 1계급씩 특진을 시키고 태황제가 직접 그들을 격려했다. 특히 반란을 막다가 죽은 자에 대해서는 배달국에서 정한 전사자 보상 기준에 준하여 2계급 특진과 무공훈장이 추서되었고, 남아 있는 가족에게 매년 쌀 5섬씩을 주겠다는 증표가 내려졌다. 또한 다친 자들에 대해서도 특진 및 훈장이 수여되었고 위로하는 뜻에서 한 집에 쌀 20섬씩이 주어졌다.

이런 소문이 난 이후부터 백성들은 나라를 위해 죽는다는 것을 큰 영광으로 알고 더더욱 나라에 충성하게 되는 계기가 되었다.

나라 안에 큰 탈이 없었던 것과 마찬가지로 나라 밖도 역시 평온했다. 주변에 있는 신라나 고구려에서는 별다른 군사적 움직임이 없었던 것이다. 아니 도발을 하고 싶어도 할 수가 없었다고 해야 옳았다.

고구려는 수나라와 전쟁을 치른 후유증에 남쪽으로 눈을 돌릴 겨를이 없었고, 신라는 신라대로 배달국과의 전쟁에서 패배한 이후, 심한 몸살을 앓고 있었다. 덕분에 배달국은 내치에만 전념할 수 있었던 것이다.

매월 초하루는 영관급 이상이 참석하는 어전회의가 열리는 날이다. 용상에 앉아 있는 태황제가 신료들을 내려다보면서 입을 열었다.

"배달국이 중천성에서 개국 행사를 한 지도 벌써 다섯 달이 지났소. 다행히 삼년산성 대첩 이후, 나라 밖이 조용하여 우리 제국은 나라의 기틀을 다지는데 주력할 수 있었소. 모두 신료 여러분들이 애쓴 공이라고 생각하오. 아울러 예고한 대로 오늘자로 새로운 조정 직관을 발표하겠소. 조정 직관을 발표하기 전에 우선 우리 배달국에서 일할 새로운 장수 분들을 임명하겠소."

하고는 지난 삼년산성 대첩에서 포로가 되었던 김서현, 건품, 알천, 동소를 육군 소장으로 임명하고, 비리야를 육군 중령으로 필탄을 육군 소령으로 임명했다. 이어서 삼년산성 대첩에서 10인장에 불과했던 계백이 3천 군사를 지휘하여 대승을 거두었던 전공을 재평가하여 임시로 부여했던 육군 대위에서 육군 소령으로 승진을 명했다.

그리고 일모산 야로촌 수장이던 전부례와 철간이던 석해를 육군 중령에 임명했는데, 그들 모두가 오늘에야 임명을 받는 것은 그동안 한글과 군사훈련 그리고 충성도 평가가 며칠 전에 끝났기 때문이다.

또한 태황제의 장인인 목관효에게 진즉에 오양 공이라는 공작의 작호를 내렸음에도 중령 계급에 그냥 놔두는 것은 작위에 걸맞지 않는다고 총리대신이 강력히 주장하는 바람에 마지못해 그를 수군 소장으로 승진시켰다.

태황제가 신규 장수들과 승진자들에 대한 임명 절차가 끝나자 변품을 쳐다보면서 지시했다.

"궁청장은 조정 내각을 발표하시오!"

그러자 궁청장인 변품이 한 발 앞으로 나와 입을 열었다.

"태황제 폐하의 명을 받아 배달국 조정 직관을 발표하겠습니다."

하고는 큰소리로 발표를 시작했다. 그것은 지난해 개국 선포식에서 발표했던 1궁 6부 체제에서 건설부가 추가된 1궁 7부 체제로 만들고 외교청을 비롯해 몇 개의 하위 부서를 새로 두는 내용이었다. 모든 관직과 책임자 이름을 발표한 변품이 원래 서 있던 자리로 돌아가자, 태황제가 다시 입을 열었다.

"모두 들으시오. 지난 개국 초에 배달국 조정 직관을 발표한 이후,

오늘 새롭게 조정 직관을 조정하였소. 맡으신 대로 소임을 다해 주시길 당부하오."

"예!"

"이제 하실 말씀이 있으신 분은 말씀해 보시오."

강철이 먼저 나섰다.

"폐하! 소신이 먼저 말씀을 올리겠사옵니다."

"총리대신 말씀해 보시오."

"예, 그동안 우리 제국의 군사를 소수 정예화하기 위하여 수황군 군사를 제외한 군사들과 군노들 중에서 칠천 칠백 명을 선발하여 한글교육과 군사훈련을 실시하고, 성적에 따라 최종적으로 칠천 명을 확정하였사옵니다."

"오! 그러면 계획했던 대로 이제 우리 군사 숫자가 칠천 삼백이 된 것이오?"

"그렇사옵니다. 수황군이 삼백에, 특전군 이천, 육군 삼천, 수군이 이천으로 총 칠천 삼백이옵니다. 다만, 수황군과 특전군만 하늘에서 가져온 천병기로 무장을 시켰고, 육군과 수군은 전부터 그들이 쓰던 구식 장비를 그대로 사용하고 있사옵니다."

"그거야 가져온 천병기 숫자가 적으니, 새로 만들 때까지는 어쩔 수 없는 일이 아니오? 이제 국방을 맡을 상비군이 갖추어졌으니, 충주를 비롯해 당성이나 김천 방위사령부에 주둔시켰던 군사도 이들로 교체해야 되지 않겠소?"

"이미 계획하고 있사옵니다."

배달국은 전국 각지의 지명을 대부분 현대 지명으로 바꾸어 부르고 있었다.

"그렇다면 다행이요."

"한 말씀 더 드리겠사옵니다. 군노 상황을 말씀드리면 폐하께서 명하신 대로 삼년산성에서 포로가 된 신라 군사 삼만 칠천 중에 노약자와 외동아들, 노부모가 있는 자들을 포함하여 이천을 선별해 귀향시키고, 나머지 삼만 오천을 군항 공사와 광산 개발 그리고 도로 공사에 배정하였사옵니다."

"음…… 간단히 말해서 우리의 군사는 칠천 삼백 명이고 군노가 삼만 오천이라는 말씀이구려."

"예, 그렇사옵니다."

"잘 알겠소! 고생하셨소."

총리대신의 말이 끝나고 이번에는 과학부 총감인 박상훈이 나섰다. 과학부에는 아직 대신 자리가 공석이었기 때문에 총감이 직접 나선 것이다.

"폐하! 소신 과학부 총감 박상훈 말씀드리겠사옵니다."

"박 장군, 말씀해 보시오."

"예, 저희 과학부에서는 광공업부에서 넘겨받은 흑연으로 연필심 생산에 착수하였고, 종이와 비누 또한 생산을 시작하였사옵니다."

"비누를 생산했다는 말씀이요?"

"그렇사옵니다. 처음에는 돼지기름을 사용하여 만들어 봤는데 세탁용으로는 쓸 만하였고, 다음으로는 여인들이 머릿기름으로 사용하고 있는 동백유로 비누 제조를 해 보았더니 품질뿐만 아니라 향기까지 뛰어나 세면용으로 생산하고 있사옵니다."

"대량생산은 가능하오?"

"물론이옵니다. 이미 대량생산 채비를 갖추었사옵니다."

"오호! 대량생산이 된다니 다행이요. 비누는 그렇다 치고…… 연필은 연필심만 있다고 되는 게 아니잖소?"

"그렇사옵니다. 반쪽의 나무 원통 사이에 연필심을 넣고 아교풀로 마주 붙여서 손으로 쥘 수 있도록 제품을 만들어야 하옵니다. 워낙 섬세한 작업이라 출궁시켰던 궁녀들에게 맡겼사옵니다."

처음 배달국이 중천성으로 옮겨 왔을 때, 변품은 궁녀들 중에 상궁 이상의 궁녀와 20세 이상의 궁녀는 모두 궁에서 내보냈었다. 그 사실을 알게 된 태황제는 그들 중에 오갈 데 없는 궁녀들은 따로 모아 의식주를 해결해 주고 일감도 주라고 일렀는데, 그들의 숫자가 무려 1백여 명이나 되었다. 그렇지만 그녀들에게 맡길 마땅한 일감이 없어 고민하던 궁청장은 연필을 붙이는 작업에 일손이 필요하다는 말을 듣게 되었고, 다행히 손끝이 섬세한 여자들이 하기에는 안성맞춤이었다. 그래서 결국 그녀들의 일감이 된 것이었다.

"그것 참으로 잘되었소. 그 물품은 생산과 동시에 모두 상업부로 넘겨 백성들은 싼 값에 구해 쓸 수 있도록 하고 수출품으로도 활용해 보시오."

"예! 그리고 머리에 있는 서캐를 제거할 수 있는 약품을 개발해 보라는 폐하의 명에 따라 디디티를 합성해 냈사옵니다. 곧 대량으로 생산되어 전국에 보급할 수 있을 것이옵니다."

전에 태황제가 성안을 돌아보는 중에 아이들 머리에 서캐가 새하얗게 붙어 있는 것을 보고는 살충제를 만들어 보라고 과학부에 지시했던 적이 있었다.

"디디티는 독성이 있질 않소?"

"피부 속에 쌓인다는 문제점이 있으나 사용하지 못할 만큼 큰 문제는 아니옵니다."

"그렇다면 다행이요. 하지만 우리가 하늘에 있을 때와는 달리 찬밥 더운밥을 가릴 처지가 못 된다는 것이 안타깝소. 우리 백성들에게는 무료로 지급하여 벼룩, 이, 진드기를 제거할 수 있도록 하고 한편으로는 수출품으로도 활용해 보세요."

"알겠사옵니다."

이번에는 신라 국왕이던 김백정이 한 발 앞으로 나섰다.

"폐하! 소신 광공업부 대신 말씀드리겠사옵니다. 두 달 전부터 시작한 보령의 흑연과 단양의 석회석은 하루 채굴량이 상당한 수준에 이르렀고, 요사이는 진천의 철광과 화순의 탄광 개발을 위한 굴착 작업을 진행 중에 있사옵니다."

신라 진평왕이었던 김백정이 배달국에 망명하여 지하자원의 개발을 책임지는 광공업부 대신을 맡아 요즈음 그 역할을 톡톡히 해내고 있었다.

"참으로 애쓰셨소!"

이어 농어업부 대신 부여장이 나섰다.

"폐하! 농어업부 대신 말씀드리겠사옵니다."

"오! 사비 공 어서 말씀해 보세요."

태황제는 만면에 미소를 띠면서 말하기를 재촉했다. 그가 이렇듯 다른 사람과는 달리 부여장을 부드럽게 대하는 데는 이유가 있었다.

몇 달 전 기미가 국세청에서 난동을 부리다 효수된 사건이 있었는데, 이때 그자가 부여의자의 부인인 은고를 등에 업고 그랬다는 것을 알면서도 부여장이나 부여의자와 연루시키지 않고 덮어 주었다. 그 이유는 백제 국왕이던 부여장이 배달국에 잡히자 부인인 사택 왕후가 친정아버지와 공모하여, 그를 폐위시키고 왕자인 교기를 왕의 자리에 앉히는 반역을 저질러 결국 그녀가 참수에 처해진 일이 있었던 터였다. 그런데 며느리까지 기미의 난동 사건에 연루시키면 부자가 모두 아내를 잃게 되는 불상사가 생길 것을 염려하여 태황제가 모른 척했던 것이다. 그러나 이런 황제의 생각과는 달리 내정부 대신인 백기를 통해 자초지종을 알게 된 부여장은, 평소에도 그녀가 소인배들의 뒤를 봐주고 있다는 소문을 들어오던 차에 이런 일까지 있게 되자 그녀를 집안에서 내쳐 버렸다.

이러한 사실을 알게 된 태황제는 부인은 죽고 며느리까지 쫓아낼 수밖에 없었던 그가 안쓰러웠지만, 그렇다고 남의 가정사에 왈가왈부할 수도 없는 노릇이었다. 물론 그들에게는 부인이 둘씩이나 있었기 때문에 홀아비가 된 것은 아니었으나, 그들 부자가 모두 정부인(頂婦人)을 잃고 의기소침하지나 않을까 염려하여 애처롭게 생각하고 있는 터였다.

"신이 관장하는 농어업부에서는 총감이신 김민수 장군의 자문에 따라, 하늘에서 가져오신 작물인 고구마 묘판 설치를 시작으로, 각종 작물의 종자를 생산하기 위한 일에 착수하였사옵니다."

"수고하셨소. 고구마는 구황작물로써 백성들의 식량 역할을 톡톡히 해낼 것이요. 그 외에도 목화를 비롯하여 고추, 감자, 옥수수, 양파, 당근, 양배추 역시 헐벗고 굶주리는 백성들을 위하여 꼭 필요한 작물들이니 종자 생산에 심혈을 기울이도록 하세요."

"예! 명심하겠사옵니다."

다음으로는 상업부 대신인 부여망지가 한 발 앞으로 나와 고했다.

"폐하! 소신 상업부 대신 부여망지 아뢰옵니다. 신의 상업부에서는 금속화폐를 만들어 유통시키고자 하옵니다. 이름은 제국통보(帝國通寶)로 하고, 화폐의 재질은 금전, 은전, 철전 세 종류로 정하였으며, 화폐를 만들 틀은 과학부에 의뢰하였사옵니다."

"화폐를 만든다니 참으로 대견한 일이오. 우리 화폐가 우리나라뿐 아니라 여러 나라에서도 두루 통용될 수 있도록 해 보시오."

"예! 그리고 며칠 전에 오양 공인 목관효 장군이 상단을 이끌고 대륙인 산동으로 출항했음을 보고 드리옵니다. 덧붙여 나라 안에 있는 모든 수륙 상단을 조사한 결과 큰 상단 두 개를 포함하여 모두 열네 개의 상단이 있었사옵니다. 총감이신 민진식 장군의 자문에 따라 이들에 대한 체계적 조직과 지원을 위한 방책을 강구하고 있사옵니다."

"호오! 그렇소? 과인은 그들에게 큰 기대를 하고 있어요. 조사가 완료되었다니 큰 상단의 강수에게는 소장 계급을 주고, 작은 상단 강수에 대해서도 적정한 계급을 부여토록 하시오. 가능한 그들이 상업 활동을 자유롭게 할 수 있도록 도와주시오."

"예, 명심하겠사옵니다."

마지막으로 내정부 대신인 백기가 입을 열었다.

"폐하! 신 내정부 대신 백기 말씀드리겠사옵니다."

"말씀해 보시오."

"우선, 오국적법에 의하여 처리키로 한 사택 일족에 대한 처리가 모두 끝났사옵니다. 노비로 삼은 자들과 몰수한 재산은 국세청에 넘겼사옵니다."

'흐음!' 하는 입소리를 낸 태황제가 더 이상 가타부타 말이 없자, 백기는 계속 고하기 시작했다.

"그리고 전국 133개 군의 군령들에게 명했던 호구조사가 완료되었사옵니다. 현재 우리 제국 경계 안에 있는 촌락수는 대촌(大村)이 1,640마을, 소촌이 3,430마을, 총 가구수는 32만 2천 호이고 총인구수는 161만 4천 명으로 조사되었사옵니다."

"오! 인구조사를 하고 있다더니, 드디어 완료되었구려. 161만 4천 명이라…… 흠, 앞으로 마을 촌주에게 계급을 부여할 때는 대촌일 경우 소위 계급을, 소촌일 경우에는 상사 계급을 부여토록 하시오. 계속 말씀해 보시오."

"예, 알겠사옵니다. 노비상한제에 의해 회수된 잉여 노비들은 관직에 맞게 분배하였고, 남은 인원은 농어업부에 넘겨 농업시험장을 일구는데 쓰도록 하였사옵니다. 그리고 헌납 창구에 들어온 곡식과 금, 은, 포, 비단은 일단 국세청에서 보관하고 있사옵니다."

"수고하셨소! 국세청장의 노고가 컸구려."

지금 국세청에 관련된 보고를 국세청장인 홍수가 하지 않고 백기가 하고 있는 이유는, 국세청이 내정부에 소속된 예하 기관이었기 때문이다.

"소신 역시도 국세청장의 고생이 컸다고 생각하옵니다. 또한 지난 연말까지 토지를 소유했던 자들로부터 농지세를 징수하고 있사옵니다. 이들에 대한 세율은 구 백제국이 적용했던 세율대로 소출의 이할을 징수하고, 올해부터는 새로운 제국 조세법에 의해 소출의 일할을 농지세나 사업세로 징수할 것이옵니다."

말을 마치자마자 태황제가 고개를 갸웃하더니 입을 열었다.

"그런데 내정부 대신! 올해부터는 토지 분배에 따라 백성 일인당 소유 면적이 정해져 있으니 별 문제가 없겠지만, 작년까지는 토지를 많이 가졌던 자와 적게 가졌던 자가 있었을 텐데?"

"그렇사옵니다."

"그렇다면 일률적으로 이할을 거둘 것이 아니라 많이 가졌던 자에게는 이할을 거두더라도, 작은 땅을 가졌던 자들에게는 세율을 낮춰 주는 것이 이치에 맞질 않소?"

"그렇기는 하오나 그렇게 한다면 이미 거두어들인 세금은 어찌할지……."

"그것이 무슨 문제겠소? 차이만큼 돌려주면 될 것이 아니요? 그러니 조정에서 방침을 정할 때는 신중을 기해야 하는 것이요. 한 번 정한 것을 번복하는 것은 썩 바람직한 일이 아니지만, 백성들의 부담을 덜어 주는 일이니 적극 검토해 보시오."

"알겠사옵니다. 그리고 군노비들을 동원하여 실시하고 있던 도로 공사는 겨울철이라 진척이 늦어져 도성에서 장항까지의 공사를 이제야 간신히 끝냈사옵니다. 이제 이곳에서 충주까지의 공사가 이루어져야 할 것이옵니다. 그래서 총리부로부터 배정받아 공사에 활용하던 일만 오천의 군노비들을 건설부 대신인 은상 장군에게 넘겨주었사옵니다."

"수고하셨소. 동절기에 그만한 진척이면 잘한 일이라 생각하오. 그동안 내정부에서 여러 가지 일을 하느라고 노고가 크셨다는 것을 잘 아오. 그런 이유로 이번에 건설부를 새로 만든 것이요. 앞으로 모든 공사는 거기서 관장하면 훨씬 힘을 덜게 될 것이요."

"성은이 망극하옵니다."

내정부 대신인 백기의 보고를 끝으로 어전회의는 끝이 났다.

배달국이 개국한 것은 지난해 11월이었지만, 본격적으로 나라의 기틀이 다져지기 시작한 것은 이때부터라고 해도 과언이 아니었다.

그중에 결정적인 것이 전국 133개 군에 군령을 파견하여 백성들을 다스리게 한 것이었다. 그들을 통해 전국적으로 도량형을 통일시키고, 한글교육과 위생교육을 실시하였으며, 인구조사를 실시한 일 외에도 그들의 공헌은 지대했다.

평양 금수산을 등지고 서 있는 고구려 장안성(長安城)은 유유히 흐르는 대동강과 어우러져 그림 같은 자태를 뽐내고 있었다.

조당(朝堂) 안에는 듬직한 체구인 영양태왕인 고대원이 평소와 다름없이 옥좌에 앉아 있고, 대대로(大對盧)인 연태조와 울절인 강이식, 고식, 을지문덕 그리고 주부인 연휘만을 비롯한 신료들이 좌우에 시립해 있었다.

병색이 짙은 연태조가 왕을 향해 입을 열었다.

"폐하, 신라에서 온 사신이 며칠째 알현을 청하고 있는데, 이제는 가납하시는 것이 어떻겠사옵니까?"

"흥! 과인은…… 그자들의 낯짝도 보고 싶지 않소! 누차 말하거니와 우리가 수나라와 싸우는 사이에 뒷구멍으로 그들이 해 온 작태를 생각해 보시오!"

연태조로서는 사실 왕이 저렇게 화를 내는 것도 무리가 아니라고 생각했다. 자신들이 4차에 걸쳐 수나라와 전쟁을 치르는 동안, 신라는 한강 남쪽에 있던 국경을 넘어 고구려 땅을 야금야금 갉아먹으며, 결국 임진강까지 기어 올라왔으니 얄미울 만도 했다.

"소신 역시도 폐하와 같은 생각이옵니다. 그렇다고 만나 주지도 않고 이곳에 계속 머무르게 할 수야 없질 않겠사옵니까? 게다가 배달국이라는 오랑캐가 육로로 오는 사행(使行)길을 막고 있어, 험한

동해 바닷길로 돌아서 도성까지 왔다고 하옵니다."

영양태왕은 환갑이 넘은 연태조를 내려다보면서 '대대로도 이젠 많이 늙었구나.' 하는 생각에 연민을 느꼈다. 젊었을 때 같으면 자신이 먼저 사신들을 내치자고 주장했을 법한데, 이젠 많이 너그러워졌는지 그들의 알현을 허락하라고 거듭 주청하고 있는 것이다. 게다가 그는 요사이 툭하면 병석에 눕기를 거듭하고 있었다.

"음…… 정 그렇다면 그들을 들라 하시오."

"예, 폐하!"

대답을 한 연태조는 밖을 향해 외쳤다.

"신라 사신들을 들게 하라!"

그 말이 떨어지기가 무섭게 기다렸다는 듯이 신라 사신들이 들어왔다. 그들은 조당으로 들어오면서 좌우에 도열해 있는 고구려 신료들의 얼굴에 불쾌감이 덕지덕지 묻어 있는 것을 모를 리가 없었다.

분위기가 심상치 않음을 간파한 그들은 행여 꼬투리라도 잡힐까 전전긍긍하며 옥좌 앞에서 넙죽이 허리를 굽혀 고했다.

"신국(臣國)인 신라국 예부령(禮部令) 이찬 동대, 고구려 태왕 폐하께 문후 올리옵니다."

"신라국 대나마 만세(萬世), 태왕 폐하 전에 문후 올리옵니다."

신라에서 온 사신은 동대와 만세였다. 그들 두 사람은 외교를 담당하는 사람들로 특히 만세는 10여 년 전에 수나라까지 다녀왔던 외교통이었다.

막상 그들의 얼굴을 대하자 영양왕은 속에서 울화가 치미는지, 흰 수염을 부르르 떨며 퉁명스럽게 물었다.

"그대들은 무슨 일로 예까지 온 것인가?"

분위기도 분위기일뿐더러 고구려 국왕의 말본새가 여간 퉁명스럽지 않자 동대는 조심스럽게 입을 열었다.

"태왕 폐하! 소신은 신라 국왕께서 상국(上國)인 고구려 태왕 폐하께 올리라는 국서와 공물을 가지고 왔사옵니다."

말을 한 동대는 옆에 있는 만세가 들고 있던 두루마리와 커다란 금거북이가 놓인 쟁반을 받쳐 올렸다. 그것을 고구려 내장관이 건네받아 왕 앞에 있는 어탁에 공손히 올려놓았다.

영양왕 고대원은 인상을 찌푸린 채 말하기도 귀찮은 듯이 턱으로 국서를 가리키며 내장관에게 읽어 보라는 표시를 했다. 국서를 조심스럽게 다시 집어 든 내장관은 두루마리를 펼치고는 큰소리로 읽기 시작했다.

"노객(奴客)인 신라 국왕 국반은 삼가 주인이신 고구려 태왕께서 만세 영락을 누리시기를 엎드려 축원하옵니다. 우선 노객이 주인의 곤경을 틈타 변경을 어지럽힌 것에 대해 부복하여 죄를 청하옵니다. 실상 그런 우(愚)를 범한 것은 배달국에 귀부한 김백정이 저지른 일이었사오니, 이러한 연유를 살피시어 부디 혜량하여 주시옵기를 바라옵니다. 하옵고 근자에 근본도 알 수 없는 자들이 나타나 노객의 땅을 유린하더니, 급기야는 백제를 침탈하여 사비에 배달국이라는 나라를 세우고, 백제가 갖고 있던 땅에 더하여 그 바깥 경계를 칠중하에서부터 감문주까지로 선포하였사옵니다. 덧붙여 만약 이를 침범할 시에는 가만히 두지 않겠다고 으름장까지 놓고 있는 실정이옵니다. 태왕께서는 부디 군사를 내어 저 무지몽매한 무리들에게 대국의 무서움을 가르쳐 주시옵기를 엎드려 청하나이다. 만약 태왕께서 노객에게 군사를 내어 도우라고 명하신다면, 기꺼이 군사를 내어 감문주로 치고 올라가겠사오니, 태왕께서는 칠중하를 넘어 아리수로 쳐내려오시옵소서. 저들의 군사가 고작 일만도 채 되지 않는다고 하오니, 저들이 설사 신묘한 재주가 있다고 하여도, 폐하의 군사 앞에서는 가을바람에 낙엽처럼 변할 것이옵니다. 이번에 저 도적들을 멸하고 노객이 도생(圖生)한다면, 앞으로 국원성을 경계로 하여 절대 태왕의 땅을 넘보지 않을 것임을 약조하옵니다. 적으나마 조공을 바치면서 노객 김국반 삼가 올리옵니다."

내장관이 읽기를 마쳤다.

신라 왕이 스스로를 낮추어 노객을 자처하면서, 주인의 나라인 고구려가 출병해 주기를 간청하는 내용이었다. 노객이란 말은 노예란 말과 같은 의미로 주로 속국의 왕이 주국의 군주에게 자신을 낮추어 말하는 외교적 용어로 사용되고 있었다.

신라 왕이 보낸 국서 내용을 들은 영양왕은 노엽던 마음이 약간은 가셨다. 광개토 대제 때까지는 스스로 신하의 나라임을 자인해 오던 신라나 백제가 그 이후에는 언제 그랬냐는 듯이 수차례나 변경을 침범해 오질 않았던가! 그때마다 고구려는 군사를 몰아가서 혼내기도 하고 달래기도 하였으나, 최근에는 수나라와 싸우느라 남쪽 변경을 침범하는 신라를 혼내 줄 여력이 없었다. 그래서 결국에는 나라 경계가 임진강인 칠중하까지 밀려 올라오게 된 것이었다. 그런데 홀연히 나타난 배달국이라는 무리에게 멸망 직전에까지 몰린 신라가 원병(援兵)을 청하면서, 스스로 노비라고 칭하는 말을 다시 듣게 되니 그나마 위로가 되는 것이었다.

"흠, 사신들은 물러가 있으라. 그대들의 국주(國主)가 보낸 국서 내용에 대하여는 짐이 다시 살펴보겠노라."

"예! 태왕 폐하!"

대답을 한 신라 사신들이 뒷걸음쳐 물러 나갔다.

그들이 완전히 나간 것을 확인한 태왕이 입을 열었다.

"신라 국왕이 보낸 국서 내용에 대해 경들은 어찌 생각하시오?"

왕의 물음이 떨어지자마자 울절 강이식이 앞으로 나왔다.

"태왕 폐하! 그렇지 않아도 부소갑(扶蘇岬)*에서 올린 표문에 의하면 칠중성에 신라국 깃발이 아닌 태극이 그려진 깃발과 오백여 기마군이 머물고 있다 하옵니다. 게다가 수나라는 양 현감이 일으킨 반란을 시작으로 내환에 시달리고 있다 하니 그쪽은 걱정할 일이 아니라고 여기옵니다. 하오니 이 기회에 우리가 남쪽으로 쳐내려가 저들을 도륙하는 것이 마땅하다고 아뢰옵니다."

울절이라는 벼슬에 있는 강이식의 말은 힘이 들어가 있었다.

강이식이 누구던가! 지난 20여 년 전인 서기 597년, 당시 수나라 황제인 문제가 고구려를 칠 명분을 얻기 위해 조공을 바치고 봉작을 청하라고 요구해 왔다. 이에 화가 난 고구려는 강이식을 병마 원수로 삼아 영주성을 선제 공격하여 영주총관 위충의 부대를 깨 버렸다.

이후 강이식은 그 여세를 몰아 기마병 1만과 보병 5만으로 임유관까지 쳐들어가서 수나라 30만 대군을 무찌르는 대승을 거두고 돌아왔다. 이토록 뛰어난 지략과 용맹을 겸비한 강이식이 나서서 군사를 일으키자고 주청하고 있는 것이다.

"흠, 강 장군의 말씀도 일리가 있소. 다른 분들의 생각은 어떠시오?"

그렇게 말한 태왕이 신하들을 훑어보았다.

"태왕 폐하, 소신 을지문덕 아뢰옵니다."

---

* 부소갑(扶蘇岬): 황해도 개성.

"오! 을지 공 말씀해 보시오."

"자고로 지피지기면 백전불태(知彼知己百戰不殆)*라 하였사옵니다. 우리가 그들에 대해 아는 것이라곤 밀파했던 우리 쪽 간자들이 보내온 이해할 수 없는 정보들 뿐이옵니다. 그들이 하늘을 날고 벼락을 마음대로 부린다든가, 채 일만도 되지 않는 군사로 백제를 침탈했다는 등 얼토당토않은 내용들 뿐이옵니다."

하고는 잠시 숨을 고르는 사이에 태왕이 물었다.

"그럼, 어떻게 하자는 말씀이요?"

"폐하! 소신의 생각으로는 저들이 개국을 했다고 하니, 축하를 명분 삼아 우선 사신을 보내보는 것이 옳을 것이옵니다. 그렇게 저들의 동정을 살펴보고 난 연후에 방책을 강구하는 것이 합당할 것이옵니다."

병법에도 맞고, 사리에도 어긋남이 없는 말이었다.

"흠…… 동정을 엿보자?"

그러자 병색이 짙은 얼굴로 힘겹게 서 있던 연태조가 나섰다.

"폐하! 소신 대대로 아뢰옵니다. 우리의 찰갑 기마병이 출병을 한다면 저들을 무찌르지 못할 리야 없겠지만, 아무리 내란 때문에 우리 쪽으로는 눈 돌릴 여유가 없는 수나라라고 할지라도, 우리로서는 경계치 않을 수가 없사옵니다. 이러한 때에 배달국이라는 하찮은 도적들을 치기 위해, 남쪽으로 많은 군사를 돌린다는 것은 위험천만한 일이라 사료되옵니다. 하여 소신은 을지 공의 의견이 상책이라 여기옵니다."

그러자 즉각적인 출병을 주장하던 강이식도 오히려 울절인 을지문

---

* 지피지기 백전불태(知彼知己百戰不殆): 적을 알고 나를 알면 위태로움이 없다. (손자병법)

덕의 의견에 동조하고 나섰다.

"소장이 즉시 출병을 주청하였으나, 소장의 생각보다는 을지 울절의 의견이 더욱 탁견으로 여겨지옵니다."

강이식이 자신의 주장을 철회하자, 태왕은 다시 한 번 좌중을 돌아보며 더 할 말이 없는지 묻고는 수염을 쓸어내리며 말을 했다.

"그럼, 을지 울절의 의견대로 배달국에 사신을 보내기로 하겠소. 어느 분이 다녀오시겠소?"

막상 태왕의 말이 떨어지고 한참이 지나도 선뜻 나서는 자가 없었다. 사실 먼 길에 고생도 고생이지만 그들에 대해 아는 것도 없고, 설사 간다고 한들 융숭한 대접은커녕 오히려 홀대를 당하지 않으면 다행인 사행길이었다. 그러니 누가 선뜻 가겠다고 나서겠는가!

시간이 흘러도 가겠다는 자가 없자 을지문덕이 입을 열었다.

"태왕 폐하! 소신이 계책을 내었으니, 신이 다녀오도록 하겠사옵니다."

"허허허! 참내……! 을지 울절이 가시겠다고?"

"예! 폐하, 신이 직접 저들의 동정을 살펴보고 돌아오겠사옵니다."

영양왕으로서는 아무도 사신으로 가겠다는 자가 없는 마당에 그나마 을지문덕이 가겠다고 나서 주니 다행이라고 생각되었다.

"을지 울절이 가시겠다고 하니 보내기는 하오만, 하찮은 도적 무리에게 높은 직관인 울절을 보낸다는 것이 영 내키지를 않는구려. 그럼, 개국 축하 사절이라는 명분으로 가되, 정사는 을지문덕 울절이 맡아 주시고 부사와 서장관으로는 누구를 데려가시겠소?"

고구려 조정의 벼슬로는 대대로가 으뜸이요, 그다음이 울절 또는 태대형이라 부르는 관직이었다. 대대로는 1명이지만 울절은 여러 명이 있었다.

"폐하! 사신의 직관이 높아야 저들은 함부로 대하지 못할 것이옵니다. 하옵고 부사로는 대형 직에 있는 연자발을, 서장관으로는 태학박사 이문진을 천거하옵니다."

을지문덕으로서도 신료들이 모두 가기를 꺼려하는 상황에서 막상 부사를 천거하려니 마땅치를 않았다. 그래서 어쩔 수 없이 자신을 잘 따르며 수나라와의 전쟁 때에 자신의 부장(副將)으로 참전했던 연자발과 자신과는 사돈지간인 이문진을 천거한 것이었다.

"알겠소, 그렇게 하시오. 출발은 언제 하시려오?"

"행장이 꾸려지는 대로 바로 하겠사옵니다."

"음, 그래도 명색이 축하 사절이니 선물을 가져가야겠지…… 맥궁 오십 벌을 가져가도록 하오."

그 말을 들은 을지문덕이 펄쩍 뛰면서 입을 열었다.

"아니 되옵니다, 폐하! 맥궁은 우리 고구려에서만 만들 수 있는 활인데 저들의 손에 그런 귀한 무기를 쥐어 주다니요? 황금이나 담비 가죽인 초피(貂皮)가 제격일 듯싶사옵니다."

역시 그 말이 옳다고 생각한 영양왕이 고개를 주악거리며 대꾸를 했다.

"옳은 말씀이오. 허면 황금 이십 근과 초피 삼백 벌을 가져가도록 하시오. 그리고 사행 행렬은 장대하게 꾸려 대국의 위엄을 보이도록 하시오."

"알겠사옵니다."

영양왕이 축하 선물로 가져가라는 황금과 담비 가죽인 초피의 물량이 적지 않았던 것은, 스스로를 대국이라고 생각해서 소국이라고 여기는 배달국에 후덕함을 보이려는 속셈이었다.

"신료들은 들으시오!"

"예, 태왕 폐하!"

"이제 을지 울절이 배달국을 다녀오면 그 결과에 따라 군사를 움직일 수도 있소. 그러니 언제든지 출전할 수 있도록 만반의 준비를 해 놓으시오. 그리고 연 대대로는 신라 사신들을 돌려보내되, 돌아가서 군사를 출병시킬 준비를 하고 기다리라 이르시오."

"예, 알겠사옵니다. 태왕 폐하!"

바야흐로 영원한 적도 없고 영원한 우방도 없다는 말이 바로 이런 것인가! 그동안 자신들의 땅을 잠식해 오던 신라가 막상 몸을 낮추면서 도와달라고 매달리자 도와주는 쪽으로 방향을 급선회한 것이었다. 이러한 결정으로 말미암아 고구려는 결국 남쪽에서 일어나고 있는 걷잡을 수 없는 소용돌이 속으로 빠져들게 된다는 것을 아는 사람은 그 자리에 아무도 없었다.

배달국 수도인 중천성 편전에서는 태황제를 비롯하여 총리대신인 강철과 보름 전에 배달국 육군 소장에 임명된 김서현이 대화를 나누고 있었다.

"김 장군! 장군은 두 명의 아들을 두지 않으셨소? 과인이 알기로 유신과 흠순으로 알고 있소만, 유신은 이제 나이가 갓 스물이 되었을 테고……."

김서현은 태황제가 자신의 자식들에 관해 훤히 꿰고 있다는 사실에 속으로 적잖이 놀랐다.

"폐하! 그렇사옵니다. 유신은 이제 스물셋이옵니다."

"흠…… 과인이 하늘에 있을 때부터 장군의 아들인 유신이 뛰어난 재목이었음을 잘 알고 있소이다."

세상의 어느 부모가 자기 자식이 뛰어나다는데 싫어할 부모가 있겠는가!

"어찌 미거한 소장의 자식 놈을 아시옵니까?"

"하하! 그뿐인 줄 아시오? 장군이 진천에서 태수로 있을 때, 별을 품는 꿈을 꾸지 않으셨소? 그리고 만명 부인이 태기가 있어 김유신을 낳은 것이 아니요?"

세상에! 자신이 꾸었던 태몽까지 알고 있으니 김서현으로서는 기겁할 노릇이었다.

"……!"

태황제가 본론은 말하지 않고 주변적인 얘기만 거듭하자 단 아래 앉아 있던 강철이 재촉하는 투로 물었다.

"폐하! 김서현 장군을 부르신 연유가 있으실 텐데 어서 말씀하시옵소서."

"허허! 총리대신이 보채는 것 같소이다. 김서현 장군! 과인이 장군을 부른 것은 장군의 아들에게 일을 좀 맡겨 볼까 해서요."

그렇지 않아도 김서현 역시 태황제가 무슨 말을 할까 궁금하던 차였다.

"일이라 하시면?"

"장군도 아시다시피 신라는 지금 고립무원의 처지에 놓였소이다. 그들은 지금쯤 국면을 타개하기 위해 몸부림을 치고 있을 것이요. 대륙에 있는 수나라에 군사를 청하려 해도 그들 역시 지금 내전 상태이니 도와줄 여력이 없다는 것쯤은 아실 테고, 그렇다면 자연히 고구려를 찾아가리라는 것은 불문가지 아니겠소?"

"소장도 그리 생각하옵니다. 이제 하소연을 할 데라고는 고구려밖에 없사옵니다. 하오나 고구려가 쉽게 도와주지는 않을 것이옵니다. 신라는 지난 몇 년간 고구려 땅을 침범한 잘못이 있기 때문이옵니다."

태황제는 김서현이 생각보다는 주변국 정세를 읽는 감각이 있다는 것을 깨달았다.

"흠……! 과인 생각이오만, 신라가 고구려에 도움을 청한다면 그들은 도와주기 전에 틀림없이 우리에게 사신을 보낼 것이요. 우리를 살펴보고 나서 만만해 보이면 그때는 가차 없이 군사를 몰아올 테고……."

그 말에 김서현이 넌지시 물었다.

"폐하, 하오면 차제에 서라벌을 도모하심이 어떻겠사옵니까? 분란의 싹은 되도록 빨리 잘라 버릴수록 유리한 법이옵니다. 신이 알고 있는 바로는 상대도 되지 않을 것이라 여기옵니다만!"

"그건 그렇소."

"하온데……?"

"힘으로 무너뜨린다면야 그까짓 일이 뭐가 어렵겠소. 그러나 여러 대에 걸쳐 이어 온 나라를 무력으로 제압하려 들면 많은 인명이 다치게 되오. 그래서 스스로 항복해 오기를 기다리고 있는 것이요. 모름지기 백성이 있어야 나라도 있는 것이요. 군사도 따지고 보면 모두 백성들이니 그들을 다치게 하고 싶지 않다는 말씀이요."

그 말에 김서현은 고개가 절로 숙여지면서, 삼년산성에서 자신이 지휘하던 수많은 군사가 포로로 잡힐 때에도, 그나마 죽거나 다친 자가 적었던 이유를 비로소 깨닫게 되었다.

"소장도 폐하께서 인명을 아끼신다는 것을 익히 들어 알고 있사옵니다."

김서현이 대꾸를 하자마자 이번에는 강철이 맞장구를 쳤다.

"폐하! 소신이 생각하기에 그들은 곧 무너질 것이라 생각하옵니다. 정보에 의하면 우리가 귀향시켰던 군노들이 신라로 돌아가, 배달국에 대한 소문을 내는 바람에 나라 안이 어수선하기가 이를 데가 없다고 하옵니다. 더욱이 그들 중에 다수는 벌써 가족을 모두 데리고 우리 땅인 김천, 상주 쪽으로 이주해 오고 있는 실정이라고 들었사옵니다."

"그럴 것이요. 그들은 이곳에서 몇 달 동안 군노로 있으면서 보고 들은 것이 있으니, 돌아가서 소문을 내는 거야 당연한 일이 아니겠소? 그래서 김서현 장군이 아들에게 서찰을 보내 과인의 뜻을 알게 하자는 것이요."

그때서야 태황제가 의도하는 바를 깨달았는지 김서현은 되물었다.

"하오면 소장이 차라리 자식에게 은밀히 전갈을 보내, 이곳으로 오도록 부르면 어떻겠사옵니까? 유신이 직접 이곳을 보면 백 마디 말보다 나을 것 같사옵니다."

"그렇게 하면 더 좋겠지만, 신라가 국경 단속을 심하게 할 터인데 위험하지 않겠소?"

"아! 그 점은 크게 심려치 않으셔도 될 것이옵니다. 소장 역시도 근래에 국경을 넘어 배달국으로 넘어오는 신라 백성들이 많다는 말을 들었사옵니다. 눈치가 있는 아이니 알아서 할 것이옵니다."

"흠…… 그럼, 좋도록 하시오. 다만, 조심하라는 말과 함께 어떻게든 임말리 소장이 주둔해 있는 김천까지만 피신해 오라고 전하시오."

"예, 폐하! 명하신 대로 그리하겠사옵니다."

대화를 끝낸 태황제는 김서현을 먼저 돌려보낸 다음 총리대신과 단 둘이 대좌를 했다.

"총리대신! 근자에 공주에 있는 과학부 제장들의 근황은 어떠하오? 짐이 통 살펴보지를 못했구려."

태황제가 묻자, 강철은 얼굴을 환하게 펴면서 대답을 했다.

"폐하! 그들에 대하여 궁금해하시니 말씀드리겠사옵니다. 공업청장인 한지철 그 사람도 대단한 천재임에는 틀림없지만, 석해 그 사람은 도대체 어떻게 된 사람인지, 소장도 두 손 두 발 다 들었사옵니다. 그런 천재가 있다는 자체가 도저히 믿기지를 않사옵니다. 하여튼 천재 중에 천재이옵니다."

"하하하! 어느 정도인데 그러시오?"

"글쎄, 엔진의 원리를 설명해 주고 나서 자동차를 보여 주었더니, 그 작동 과정을 금방 이해를 했다고 하기에 소장도 깜짝 놀랐사옵니다. 현대라면 노벨상을 받아도 몇 개는 받을 만한 인재라고 박상훈 총감이나 이휘조 장군도 혀를 내두를 정도이옵니다."

"호오? 세계적인 천재라고 우리가 그토록 자랑스럽게 생각하던 박상훈 총감조차 혀를 내두를 정도란 말씀이오?"

"그렇다 뿐이겠사옵니까? 폐하! 얼마나 총명한지 소신이 반해서 아우를 삼았을 정도이옵니다. 의동생을요……! 곧, 큰일을 해낼 사람이옵니다. 박상훈 총장을 비롯해서 과학부 총감들 뿐만이 아니라 다른 부서의 총감들까지 그 사람 때문에 골머리를 싸매고 있사옵니다."

"아니? 그건 또 무슨 말씀이오?"

"글쎄, 한마디 해 주면 두세 마디를 알아듣는 천재인데다가, 궁금

중이 생길 때마다 찾아가서 계속 질문을 퍼부어 대니, 골머리를 싸맬 수밖에 더 있겠사옵니까? 여하튼 천재라는 표현도 부족할 정도이옵니다."

"허어! 그래요? 과연 그쯤이나 되니 총리대신이 의동생을 삼았겠지만 듣는 내가 더 즐겁소."

"소장도 그 사람을 볼 때마다 배달국의 복이구나! 하는 생각이 들곤 하옵니다."

"허허! 하기야 짐도 연기군에서 처음 봤을 때, 철선이란 말을 꺼내는 순간 온몸이 감전된 것 같은 전율을 느꼈으니……."

"폐하! 게다가 재미난 얘기가 있사옵니다."

"재미난 얘기라니? 빨리 들어 보고 싶소. 어서 말씀해 보시오."

"석해, 그 사람이 어디서 데려왔는지 자기보다 더 어리거나 비슷한 또래를 셋씩이나 데려와서는, 박상훈 총장에게 자기가 데리고 일할 사람인데 계급을 어떻게 하였으면 좋을지 시험해 봐 달라고 하더랍니다."

"오호! 그래서요?"

"그래서 박상훈 총장이 시험을 해 보니, 그들 또한 다들 대단한 수재들이라 어떤 계급을 줘도 아깝지 않겠다는 마음이 들었다고 하옵니다. 그 보고를 받은 소장은 발명청장인 석해 중령과의 위계 관계도 있고 하여, 소령 계급을 주면 되겠다 싶어 그렇게 임명했사옵니다."

"아니? 그런 인재가 세 명씩이나 어디서 튀어나왔단 말씀이오?"

"석해 중령의 말을 빌리자면 자신이 배 만드는 기술인 선장술과 철 야장술을 배우면서 알게 된 자들이라고 하옵니다."

"음, 참으로 대견하오! 우리 백성들 중에는 그렇게 뛰어난 인재들이 많이 있다는 말이 아니겠소? 우리는 그런 천재들을 모두 찾아내어 기량을 펼칠 수 있게 해 주어야만 하오."

"당연하신 말씀이옵니다. 더욱이 그동안 천대를 받아 왔던 기술자들이 장관급 관직에 임명되었으니 사기가 높아진 이유도 있겠지만, 원래 사람들이 충직하고 성실해서 천족장군들도 칭찬을 아끼지 않고 있사옵니다."

"과인도 살펴보겠지만, 총리대신도 앞으로 그들의 능력을 보아 가며 사기를 북돋아 줘야 할 것이요."

"알겠사옵니다."

"다시 말하지만 자고로 되는 집안은 며느리가 잘 들어오고, 될 성싶은 나라에는 인재가 모이는 법이라 했소. 우리는 그런 인재들이 모여들기를 기다리기보다는 찾아내야 할 것이요. 이 점을 명심해 주시오."

"예, 명심하겠습니다!"

대화가 끝나고, 물러 나가는 강철의 뒷모습을 바라보면서 진봉민은 과연 자신들이 잘해 내고 있는 것인지 한편으로는 걱정도 되었다. 지금 시대가 미분화된 사회라고는 하지만, 기껏 역사학자에 불과하던 자신이 나라를 다스린다는 자체가 뭔가 부족하다는 느낌을 지울 수가 없었다. 혹시나 과학이라는 흉물스러운 도구를 가지고 와서 영광된 나라를 만들어 보겠다는 명분으로 순박한 사람들을 희롱하는 것이 아닌가? 하는 자책이 들 때도 한두 번이 아니었다.

가끔가다 도지는 마음의 갈등이지만, 그때마다 '이제 와서 어떻게 할 것인가? 양심에 비추어 부끄러움이 없도록 나라를 다스려야겠다.'는 다짐으로 스스로를 위로할 뿐이었다.

수렁에 빠진 고구려

며칠 후, 총리대신인 강철이 정보사령인 무은 소장을 대동하고 급히 편전으로 들어왔다. 태황제는 싱글거리는 강철을 쳐다보며 물었다.

"무슨 좋은 일이 있으시오? 웬일로 총리대신의 표정이 그렇게 밝은 것이요?"

"폐하! 그들이 오고 있다고 하옵니다."

평소와 달리 호들갑스러울 정도로 흥분하고 있는 강철을 보면서 함께 온 무은 소장의 표정을 살펴보니 그는 오히려 무덤덤했다.

"허어 참! 밑도 끝도 없이 온다니 도대체 누가 온다는 말씀이요?"

"예, 폐하께서 예상하신 대로 고구려에서 사신들이 온다고 하옵니다."

"난 또 뭐 대단한 일인 줄 알았소. 그들이 바보가 아닌 다음에야 당연한 수순인데…… 뭘?"

별일이 아니라는 듯이 시큰둥하게 말하는 태황제를 쳐다보며 강철은 이래도 대단한 일이 아니냐는 듯이 급히 말을 되받았다.

"폐하! 사신단의 정사가 을지문덕이라 하옵니다!"

을지문덕이라는 말을 듣고서야 태황제는 깜짝 놀라며 되물었다.

"뭐요? 을지문덕이라 했소?"

"예! 정사는 을지문덕이고 부사로는 연자발, 서장관으로는 이문진이 온다고 하옵니다."

"연자발과 이문진까지!"

진봉민이 듣기에도 까무러칠 만한 인물들이었다. 연자발은 외교관으로서만 알려져 있으나 실제로는 수군에 대해서 깊은 조예가 있을 뿐만 아니라 상당한 전공까지 쌓은 장수였다. 을지문덕이 청천강인 패수에서 수나라와 싸울 때에도 수전에 대해서만큼은 부장인 그에게 조언을 받을 정도였다. 더욱이 문서와 협상에도 밝아서 나이가 든 후에는 왜국에 파견되는 등 주로 외교 업무를 담당하였는데 역사 기록에는 주로 외교 업적에 대해 여러 차례 기술되어 있기 때문에 문관으로 더 알려진 탓이었다.

서장관으로 온다는 이문진 역시 100권에 달하는 고구려 역사서인 '유기(留記)'를 요약해서 '신집(新集)'이라는 5권의 책으로 엮어 낸 대학자였다. 태황제가 현대에서 역사학을 연구할 때, 책은 남아 있지 않고 삼국사기에 이름만 기록되어 전해지고 있어 아쉬웠는데, 바로 그 책을 쓴 대학자를 실제로 만나게 된다니 흥분되지 않을 수 없었다.

강철은 원래 공격적인 면이 강하고 철심장이라는 별명이 있을 정도로 웬만한 일에는 눈도 깜짝하지 않는데, 이토록 들떠 있는 것은 다 이유가 있었던 것이다. 한반도 전쟁사에서 볼 때에 육군에는 을 지문덕이요 해군에는 이순신이라고 회자되던, 그 영웅 중에 한 사람을 만난다고 생각하니 어찌 설레지 않겠는가?

놀란 태황제가 말끝을 흐리자 옆에 있던 무은이 입을 열었다.

"폐하! 그들이 파주 칠중성에서 하루를 머물고, 당성인 화성으로 향했다고 하옵니다. 그들 사행단 수뇌부는 정사와 부사 그리고 서장관으로 구성되어 있고, 찰갑 기마병 오십 인과 사행 인부 십 인이 호종을 한다고 하옵니다."

무은의 말을 들은 진봉민이 문득 정신을 차리며 궁금하다는 듯이 물었다.

"그 정도의 사신단이라면 규모는 어떤 편이요?"

"호종 군사의 숫자를 살피면 큰 편에 속하옵니다."

고구려 사신단에 대한 자세한 정보를 들은 태황제는 잠시 말없이 생각에 잠겼다.

이윽고 강철을 쳐다보며 입을 열었다.

"총리대신! 이번에 오는 고구려 사신들을 우리 배달국의 장수로 만들어야겠소."

그 말을 들은 강철이 눈을 똥그랗게 뜨면서 물었다.

"그럼, 체포를 하시겠다는 말씀이옵니까?"

"허어! 사신을 체포할 수야 없질 않겠소? 스스로 망명하게 만들었으면 하오. 일단 그들이 오면 철저히 무시하시오."

"폐하! 무시하다니요? 우리에게 망명하게 만들려면 거창한 환영식을 해 주고 설득하는 편이 낫질 않겠사옵니까? 그들은 자기 나라인 고구려에 대한 충성심과 자부심이 강해서 망명은 기대하기가 어려울 것이옵니다."

"아니오! 성대한 환영식을 해 주면 오히려 고구려가 무서워서 그러는 줄 알거요. 일단 그들이 이곳 도성으로 오면 여장을 풀게 하고 자유롭게 행동하도록 놔두시되, 정보사에 명해서 그들의 행동을 잘 살피라고만 하시오. 그런 다음 한 닷새쯤 지나고 나서 과인이 그들을 만나 볼 것이요."

"그런 다음에는 어찌하시려는 것이옵니까?"

"과인이 그들을 만난 다음에는, 총리대신이 그들을 비조기에 태우고 임진강 너머 고구려 진지 하나를 적당히 공격하고 돌아오시오. 그럼 되오."

말을 마친 태황제는 고개를 끄덕이며 빙그레 미소만 띨 뿐 더 이상 할 말이 없다는 태도였다. 태황제가 저런 표정을 지을 때는 이유를 물어봤자, 설명해 주지 않는다는 것을 잘 알고 있는 강철은 무은과 함께 편전을 물러 나왔다.

작년 삼년산성 전쟁에서 승전을 했을 때도 성대한 기념식을 하라고만 명했지 이유를 설명해 주지 않아 나중에야 그 이유를 알게 되지 않았던가!

편전을 물러 나오면서 강철은 태황제의 의도가 무엇일까? 곰곰이 생각해 보았다. 이때 옆에서 함께 걷고 있던 무은이 강철의 눈치를 살피고는 슬며시 한마디를 던졌다.

"폐하께서 '만천과해(瞞天過海)'의 계를 쓰라는 말씀이 아닐까요?"

"만천과해라……? 그것은 하늘을 속이고 바다를 건넌다는 계책이 아니오?"

강철도 육사 시절에 병법을 배웠기 때문에 만천과해라는 말은 알지만, 어떻게 을지문덕에게 그 계책이 해당되는지는 알 수가 없었다.

"예, 각하! 폐하께서 비조기에 그들을 태우고 고구려 진지를 공격하라는 말씀이 있으셨는데, 그때 고구려 군사들에게 우리 비조기에 타고 있는 을지문덕 일행을 보게 한다면, 그들은 틀림없이 돌아가서 을지문덕 일행이 고구려를 배신했다고 말할 것입니다."

무은이 하는 말을 듣던 강철은 속으로 '아하!' 하는 감탄이 흘러나왔다. 손자병법에서 말하는 만천과해의 요체는 경계심을 풀게 하여 목적을 달성하는데 있었다. 예를 들어 생소한 사람이 닭을 잡으려면 닭이 도망가는 통에 잡기가 쉽지 않지만, 평소 모이를 주던 주인이 모이로 유혹하면 경계심을 풀고 다가오기 때문에 쉽게 잡을 수 있는 이치와도 같은 것이다.

사신 일행을 비조기에 태워서 고구려 진영을 공격하면 첫째로 을지문덕 일행은 우선 비조기의 무서움을 알게 될 터이고, 둘째로 공격받은 고구려 군사들은 을지문덕이 고구려를 배신하고 적들과 함께 자신들을 공격했다고 조정에 고할 것은 자명한 일이었다. 결국 을지문덕 일행은 자신도 모르는 사이에 고구려를 배신한 꼴이 되니, 돌아가지도 못하고 결국 망명을 하지 않을 수 없을 것이었다.

"무은 장군 말씀이 일리가 있소. 다만, 하늘에서 오신 폐하께서 그런 작은 계책을 일일이 설명하시기가 싫으셨을 것이요."

"소장도 그리 생각은 하고 있습니다만, 폐하께서 어차피 인간 세상에 강림하셨으니, 싫으셔도 미욱한 인간들에는 인간 세상의 계책을 쓰실 수밖에는 없는 일이라 생각합니다."

"옳은 말씀이오. 그렇지만, 우리 천족장군들이 인간들이나 쓰고 있는 작은 계책들을 써야만 한다는 것이 안타깝소."

권위가 떨어지면 통치하기가 어렵다는 것을 잘 아는 강철은 시치미를 뚝 떼고 너스레를 떨었다.

작년부터 배달국은 한강까지 넓은 도로를 개설해 놨기 때문에 고구려 사신들의 사행길 여정은 빨랐다. 게다가 강철은 외교청장을 맡고 있는 알천에게 당성까지 마중을 나가서 그들을 안내해 오도록 명했다. 그런 덕분으로 그들은 큰 불편 없이 화성과 충주를 거쳐 사흘째 되는 날 늦은 오후에는, 부소산 꼭대기에서 울려 퍼지는 다섯 시를 알리는 종소리를 들으며 중천 성문을 들어설 수가 있었다.

색다른 고구려 갑옷과 관복을 걸친 사신단 행렬이 깃발을 휘날리며 도성에 당도했지만, 그들을 마중 나온 관원도 없었고 길가에 서 있던 백성들 역시도 대수롭지 않게 쳐다보면서 간간이 수근댈 뿐이었다.

사신들의 숙소는 외청에 있는 영빈관이었다. 그들을 안내한 외교청장 알천은 을지문덕을 향해 허리를 굽혀 예를 차리며 인사말을 했다.

"사행길에 고초가 심하였소이다. 이곳에서 여독을 풀도록 하시오. 그리고 이곳이 비좁아 말과 수행 군사들이 함께 묵기에는 어려울 것이오. 원하신다면 말과 군사들은 부소산성 군막으로 보내 편히 쉴 수 있도록 해 드리겠소. 강요는 아니니 편한 대로 하시오."

그러자 을지문덕 일행들도 허리를 굽히면서 예를 차리고는 정사인 을지문덕이 인사말을 했다.

"고맙소. 알천 공께서 동행해 주셔서 편히 올 수 있었소이다. 그렇지 않아도 이곳에서 찰갑 기마병들과 함께 묵기에는 적당하지 않다고 생각 중이었는데 그렇게 해 주시겠다니 고맙소이다. 저들을 군막이 있는 곳으로 안내해 주시기 청하겠소. 그리고 알천 공! 가능하면 국주 배알(拜謁)을 속히 할 수 있도록 주선해 주셨으면 하오."

알천이 동행하는 동안 태황제 폐하라는 호칭을 여러 번 말해 주었음에도 국주라는 호칭을 쓰는 것을 보니, 저들이 아직도 황제라는 것을 인정하지 않는다는 것을 알았지만 짐짓 모른 척하고 대답했다.

"알겠소이다. 군사들을 군막으로 안내할 사람을 보내 드리리다. 물론 태황제 폐하께서 알현하시겠다는 윤허가 계시면 모시러 오겠소. 그동안은 내궁을 제외하고 도성 안에서는 자유롭게 행동하셔도 괜찮소이다. 그럼, 편히 쉬시오."

"알겠소이다. 노고가 크셨소."

알천이 돌아간 다음 사신단이 여장을 풀고 저녁 식사를 마치자, '뎅―뎅―뎅―뎅―뎅―뎅―뎅―' 시간을 알리는 시종 소리가 일곱 번 울렸다.

아직도 그 종소리가 시각을 알리는 종소리라는 것을 모르는 그들은, 근처 사찰에서 저녁 예불 시간을 알리는 것으로 여기는 정도였다.

을지문덕은 사행길의 여정을 되새기며 깊은 상념에 젖었다.

자신들이 고구려 경계를 넘어 칠중성에서 하룻밤을 묵을 때에도 그곳을 지키는 염장이라는 장수에게 물었다.

"귀국의 태황제라는 분이 정말로 하늘을 날고, 벼락으로 적군을 물리친다는 소문이 사실이요?"

"물론이요. 사신께서는 아마 허황된 소문쯤으로 여기시나 본데, 본장이 두 눈으로 똑똑히 본 것이외다. 우리 태황제 폐하와 천족장 군들은 스스로 하늘을 나시는 것은 물론, 벼락으로 십만 대군쯤은 한 시진 내에 물리치실 수 있소이다.”

하는 대답을 듣고는 괜한 헛소리를 들은 것 같아, 그만 입을 다물어 버리고 말지 않았던가. 그런데 막상 한강인 아리수를 건너자마자 얼마나 놀랐던가!

깨끗하게 다듬어진 넓은 도로가 남쪽으로 쭉 뻗어 있는 것을 보았을 때, 도대체 이토록 넓은 도로를 어떻게 만들었으며 무슨 이유로 만들었는지 이해가 되질 않았다. 길을 재촉하다가 요기라도 할 겸 해서 잠시 들른 당성에서도, 마찬가지로 입을 맞춘 것 같은 똑같은 대답이었다.

마지막으로 들르게 된 국원성에서, 그곳 성주인 김술종이라는 자가 하는 말은 더욱 가관이었다. 얼마 전까지 신라 장수였다는 그가 조정의 명을 받고 치중대를 포함해서 2만에 가까운 군사를 휘몰아, 배달국이 있던 당성을 쳐들어갔다가 병장기 한번 써 보지 못하고 모조리 포로가 됐다니 어디 믿을 법한 소리던가? 자신이 사신단을 이끌고 오는 도중에 배달국 장수들과 나눴던 말들이 주마등처럼 스치자 어이가 없어 ‘허허허허!’ 하는 헛웃음만 나왔다.

이때 문밖에서 연자발이 기척을 냈다.

“장군님! 소장 연자발입니다. 들어가도 되겠습니까?”

“들어오게.”

하고 허락을 하자, 연자발과 이문진이 놀란 표정으로 급히 안으로 들어와서는 자리에 앉지도 않은 채 입을 열었다.

“장군님! 밖에 좀 나가 보셔야겠습니다.”

“무슨 일인가?”

“정말로 번갯불이 있습니다요. 밖을 번갯불로 대낮처럼 밝혀 놓았습니다."

그 말이 뭔 소린가 싶어 을지문덕은 얼른 자리를 차고 일어나면서,

"그래? 그렇다면 나가 보세나."

대문 밖으로 나온 을지문덕은 길가 곳곳에 켜져 있는 가로등을 보자 자신도 모르게 입이 떡 벌어졌다. 정말로 도성 안에는 마치 별들이 떨어져 있는 것처럼 반짝거리는 불빛들이 주위를 환하게 밝히고 있었다.

체면도 잊은 채, 전등을 달아 놓은 나무 기둥 가까이 다가가 살펴보았지만, 자신의 눈에도 작은 그릇 속에 번갯불을 가두어 놓은 것이 확실해 보였다.

아직도 긴가민가하는 마음에 성내를 두루 살펴보아도 역시 마찬가지였다. 을지문덕은 놀란 가슴을 다독이며 말없이 영빈관으로 돌아왔다.

자신이 보기에도 인간 세상의 물건이 아니었다. 그렇다면 정말로 태황제라는 자가 하늘에서 내려왔다는 말인가?

사신으로 온 첫날부터 을지문덕을 비롯한 연자발과 이문진은 풀리지 않는 의문으로 밤잠을 설쳤다.

그들이 며칠 동안 머무르면서 확인한 사실은 한두 가지가 아니었다. 우선 백성들 모두가 태황제를 신으로 믿고 따른다는 사실이었고, 나라 안에 있는 모든 군사를 합해도 채 1만 명이 되지 않는다는 것은 굳이 비밀도 아니었다. 그렇다고 군사가 적어 불안해하는 백성도 없었다.

고구려에서 파견했던 간첩들과 은밀한 접촉을 기대하였으나, 어찌된 영문인지 그들은 코빼기도 보이질 않았다. 배달국이 당성에서 이

곳으로 도성을 옮겨 올 때에, 각국에서 파견했던 간첩들을 모두 체포해 버렸다는 것을 그들은 알 리가 없었다.

이해할 수 없는 일들이 쌓여 갈수록 고구려 사신들은 초조해지기 시작했다. 벌써 나흘이 지나고 닷새째였다.

그동안 배달국 조정에서는 자신들에 대해서 아무런 관심도 없다는 태도였다. 심지어는 당성에서부터 자신들을 안내했던 알천이라는 인사조차도 코빼기도 비치질 않았다. 마당을 서성이던 을지문덕은 '흠, 아무래도 오늘은 알천이라는 인사를 찾아가 이토록 무시하는 연유를 알아보리라.' 결심하고 있는데, 호랑이도 제 말하면 나타난다더니 마침 알천이 대문 안으로 불쑥 들어섰다.

그 뒤에는 붉은색 옷차림을 한 낯선 자가 따라 들어왔다. 그 옷은 왕이나 입을 법한 용포라는 것을 금방 알아본 을지문덕은 내심 '이 자가 태황제라는 자인가? 하는 생각이 얼핏 스쳤다. 재빨리 정신을 수습한 을지문덕은 반가운 얼굴로 허리를 숙여 예를 표하고는 인사말을 건넸다.

"어서 오시오, 알천 공!"

알천 역시 두 손을 모으고 허리를 숙여 공수(拱手)의 예를 갖추면서 대답했다.

"을지 공! 그동안 별고 없으셨소이까? 자주 찾아뵙지 못하여 죄송하외다. 우선 본관이 모시고 온 분을 소개해 드리리다. 조정 대소사를 관장하시는 천족장군이신 총리대신 각하이시오."

"아! 그러시군요. 처음 뵙겠소이다. 이번에 사신단 정사로 온 을지문덕이라 하오."

애써 흥분을 억누른 강철은 을지문덕을 쳐다보며 마주 인사를 했다.

"을지문덕 공! 뵙게 되어 반갑소."

강철이 인사를 마치자, 을지문덕은 다시 외교청장인 알천을 쳐다보며 입을 열었다.

"안 그래도 그동안 아무런 연통이 없어 답답하던 차라, 오늘은 알천 공을 찾아뵈려던 참이었소이다."

"하하! 그러셨소이까? 그렇지 않아도 우리 배달국 태황제 폐하께서 알현을 윤허하셨소이다. 그래서 본관이 총리대신 각하를 모시고 급히 온 것이요. 얼른 차비하시고 함께 가십시다."

그 사이 방문객의 기척을 알아차린 연자발과 이문진이 마당으로 나왔다. 알천의 소개로 그들과도 인사를 나눈 강철은 세 사람을 궁으로 안내했다.

편전 안에는 태황제가 황룡포 차림으로 옥좌에 앉아 있고, 궁청장인 변품이 한쪽 편에 시좌해 있었다. 강철이 부복하여 예를 올린 다음 한쪽 편에 좌정을 하자, 알천이 을지문덕 일행을 향해 말을 했다.

"고구려국 사신들은 배달국 태황제 폐하를 배알하시오!"

그 말을 들은 을지문덕이 먼저 깊숙이 큰절을 하고는 인사말을 했다.

"고구려국 사신단 정사 을지문덕이 배달국 태황제 폐하께 문후를 올리옵니다. 저희 고구려국 태왕 폐하의 명을 받아, 배달국의 개국을 축하드린다는 말씀과 함께 축하 예물을 준비해 왔사옵니다. 가납하여 주시옵소서!"

을지문덕의 말을 변품이 통역했다.

"을지문덕 공을 보게 되어 과인이 흐뭇하오. 그리고 개국을 축하해 준 것에 대해 고맙다는 인사말을 귀국 국주에게 전해 주시오."

"예! 그리 고하겠나이다."

태황제는 총리대신을 쳐다보며,

"총리대신은 고구려에서 보낸 예물을 국세청에 넘겨 관리하도록 하시오."

"예! 분부대로 하겠사옵니다."

총리대신의 대답이 끝나자 이어 연자발과 이문진 역시 큰절을 올리며 인사를 했다.

"부사 연자발이 배달국 태황제 폐하께 문후 여쭈옵니다."

"서장관 이문진, 배달국 태황제 폐하께 문후 올리옵니다."

"과인 또한 두 분을 뵙게 되어 반갑구려."

태황제는 인사를 받으며 그들을 하나하나 유심히 뜯어보았다. 을지문덕과 연자발은 갑옷 차림새였고, 이문진은 흰옷에 머리에는 새의 깃털 두 개가 꽂혀 있는 조우관(鳥羽冠)을 쓴 차림새였다. 원래 사신은 보통 관복 차림을 하는 것이 관례였으나, 을지문덕과 연자발이 일부러 갑옷 차림을 한 것은 내심 위엄을 보이려는 의도였다.

갑옷을 입고 있는 을지문덕은 오관이 뚜렷했고, 50줄의 나이임에도 얼굴색은 붉은 빛을 띠고 있었으며, 어글어글한 눈빛에 콧수염과 턱수염은 적당한 길이로 가지런했다. 이미 알고 있던 그의 명성 때문인지는 몰라도 위엄이 절로 흐른다는 느낌이었다.

을지문덕 역시도 옥좌에 앉아 있는 태황제를 올려다보았다. 그는 20대 정도의 나이에 미소를 머금고 있는 모습에서, 조금은 나약해 보이기도 하지만 무척이나 온화하다는 느낌으로 다가왔다.

"을지문덕 공! 과인이 듣기에 오신 지가 며칠 되었다고 들었소만, 그동안 우리 제국에 대해 많은 것을 살펴보라고 일부러 말미를 드렸소. 그래, 두루 살펴보시기는 하셨소?"

변품의 통역을 통해 태황제가 하는 말을 듣자, 을지문덕은 기회다 싶어 얼른 입을 열었다.

"폐하! 머무는 동안 편하게 도성 안을 돌아볼 수 있도록 해 주셔서, 살펴는 보았사오나 아직도 의문스러운 점이 많사옵니다."

"하하하! 그렇소? 무엇이 그렇게 궁금하시오?"

"아뢰옵기 황송하오나, 소신이 전해 듣기에 폐하께서는 하늘에서 강림하셨다고들 하는데, 그것부터가 사실인지 의구심이 드는 것은 사실이옵니다."

태도는 정중했지만 어떻게 들으면 태황제의 근본부터 의심하는 무엄한 말이었다. 아니나 다를까? 외교청장 알천이 표정을 굳히며 따끔하게 일침을 가했다.

"을지 공! 아무리 사신으로 왔다 해도 무엄한 언사는 삼가하시오!"

변품의 통역을 통해서 을지문덕이 하는 말과 알천의 호통을 전해 들은 태황제는 미소를 머금고 손을 내저으며 입을 열었다.

"알천 장군은 나서지 마시오."

"예, 폐하! 하오나 사신이랍시고 이자가 너무나 방자한 것 같사옵니다."

고개를 끄덕이며 태황제가 을지문덕을 향해 넌지시 물었다.

"그렇게 의심스럽다면 구구하게 말로 설명할 것 없이, 과인이 하늘에서 왔다는 것을 단번에 증명해 보이고 싶소만 응하실 용의가 있으시오?"

을지문덕은 단번에 증명해 보이겠다는 태황제의 말에 옳다구나 싶어 앞뒤 생각지도 않고 얼른 대답을 했다.

"폐하! 이르다 뿐이겠사옵니까? 그렇게 하겠사옵니다."

그의 대답을 들은 태황제는 강철을 내려다보며 명을 내렸다.

"흠…… 총리대신! 이들이 확실한 증거를 보여 달라고 하니, 총리대신은 이들과 함께 장천성(長淺城)*으로 가서 그곳을 타격하고 돌아오시오."

"예! 알겠사옵니다."

강철의 대답을 들은 태황제는 다시 을지문덕 일행을 쳐다보며 입을 열었다.

"공들이 군사를 내달라는 신라의 요청에 따라 우리 제국을 살피러 왔다는 것쯤은 과인도 이미 짐작하고 있소. 그래서 그대들의 국주인 고대원에게 경종도 울릴 겸하여, 고구려 성을 한 군데 공격할 것이오. 따라나설 용의가 있다고 했으니, 일단 총리대신과 함께 다녀오도록 하시오. 그런 다음 다시 얘기를 나눠 보십시다."

"……?"

태황제의 말뜻이 고구려 성 하나를 공격하는 것을 지켜보라는 것이었지만, 말하는 투가 마치 이웃집에 놀러나 다녀오라는 식이니 알쏭달쏭할 뿐이었다.

먼저 자리에서 일어난 총리대신이 사신 일행에게 따라오라고 말했다. 사신들은 내심 의구심을 지우지 못하면서 강철을 따라 비조기가 있는 정전 마당으로 나갔다.

원래 배달국에 있던 4대의 비조기 중에 1대는 삼년산성 대첩에서 망가진 날개를 수리 중이었기 때문에 오늘은 3대의 비조기만 이곳에 있었다.

---

* 장천성(長淺城): 황해도 장단에 있던 고구려의 성 이름.

총리대신 일행이 나타나자, 미리 대기하고 있던 홍룡군포 차림의
조영호와 현대 군복 차림의 계백 소령이 다른 특전군 3명과 함께 빠
른 걸음으로 앞에 와서 군례를 올렸다. 삼년산성 대첩에서 뛰어난
전공을 세웠던 계백은 모든 교육을 끝마치고 지난 3월 초하루, 소령
으로 승진되어 특전군 부장을 맡고 있었다.

"총리대신 각하! 출동 준비가 완료되었습니다."

"그럼, 출발합시다."

그들은 특전군의 안내로 비조기에 올라탔다.

을지문덕은 속으로 '벽력거(霹靂車)*의 일종인가?' 하고 생각하는
중에 요란한 소리를 내던 물체가 갑자기 하늘로 붕! 하고 떠오르는
것이 아닌가!

평생을 군인으로서 두려움이라고는 모르고 살아온 그조차도 처음
겪는 일이라 당황스럽기도 하고 막연한 두려움까지 엄습해 왔다. 그
렇지만 고구려 장수로서의 체통을 잃고 싶지 않았던 그는 아랫배에
힘을 주면서 마음을 진정시키고는 창밖을 내다보았다. 스쳐 가는 구
름과 멀리 내려다보이는 산천만으로도 자신들이 하늘을 날고 있다
는 것을 금세 알아챘다.

도성인 부여에서 장천성까지는 1시간이 채 안 걸리는 거리였다.

이윽고, 장천성 상공에 도착하자 조종을 맡고 있는 조영호는 천천
히 성안을 한 바퀴 돌아보고 나서 성문 앞에 비조기를 착륙시켰다.
그러자 먼저 특전군들이 뛰어내리고, 뒤이어 강철의 안내에 따라 을
지문덕 일행도 내렸다.

비조기에서 내린 을지문덕이 긴가민가하면서 두 눈을 씻고 보아도

---

*벽력거(霹靂車): 옛날 전쟁 때 돌을 던지기 위해 쓰던 수레.

분명히 이곳은 며칠 전에 자신들이 묵어갔던 장천성이 틀림없었다.

그는 '허! 참으로 귀신이 곡할 노릇이로다. 조금 전까지 중천성에 있었건만, 언제 이곳으로 왔다는 말인가?' 하고 속으로 중얼거리며 고개를 갸웃거렸다.

그 사이에 성안에 있던 군사들은 성벽 위로 올라가 밖을 내다보며 웅성거리고 있었다. 계백이 성을 향해 큰 소리로 외쳤다.

"장천성 장졸들은 듣거라! 나는 배달국 총리대신 각하를 모시고 이곳에 온 계백이라 한다. 을지문덕 장군이 보는 앞에서 우리 배달국의 무서움을 똑똑히 가르쳐 주겠다! 너희들이 얼마나 하잘것없는 존재인지를 이번 기회에 확실히 깨닫도록 하라! 그리고 앞으로 배달국에 대항하면 어찌 되는지를 너희 군왕에게 고하도록 하라!'

말을 마치고 난 계백은 특전군들을 향해 사격 준비를 지시했다. 그 즉시 특전군들은 성벽 위에 있는 고구려 군사들을 향해 기관단총을 겨누었고, 뒤이어 '사격 개시!' 하는 구령이 떨어지기가 무섭게 기관단총이 불을 뿜기 시작했다.

'다―다―다―다―다―다―다―'

'핑―핑―핑―핑―핑―핑―핑―'

그와 동시에 성벽에 있던 고구려 군사들이 줄에 앉아 있던 참새가 떨어지듯이 줄줄이 고꾸라지며 떨어져 내렸다. 어느새 성벽 위에 있던 군사들은 총에 맞거나 성안으로 사라지고 하나도 남아 있지 않았다. 을지문덕 일행은 마치 귀신에 홀린 듯한 기분이었다.

계획된 1차 공격이 끝난 것을 확인한 강철이 계백에게 사신 일행을 안내해서 비조기에 태우라고 지시를 내렸다. 을지문덕 일행은 계백의 안내에 따라 다시 비조기에 올랐다.

서서히 이륙을 한 비조기가 이번에는 성벽 안쪽으로 날아갔고, 옹기종기 모여 있던 군사들이 비조기를 보고는 놀란 토끼마냥 도망치고 있었다.

그들을 향해 비조기 앞부분을 기울인 조영호는 옆자리에 앉은 기관총 사수에게 사격 명령을 내렸다. 그러자 비조기에 장착된 기관총에서 '두! 두! 두! 두!' 소리와 함께 총구 끝에서 번갯불처럼 보이는 불꽃이 튀어 나가기 시작했다. 창을 통해 보이는 것은 소리가 날 때마다 픽픽! 쓰러지고 있는 고구려 군사들의 모습이었고, 눈 깜짝할 사이 1백여 명에 가까운 군사가 쓰러진 것 같았다. 이제 됐다 싶은지 강철은 조종을 하고 있는 조영호에게 그만 돌아가자는 지시를 내렸다. 비조기는 다시 남쪽으로 향했다.

강철은 슬쩍 을지문덕과 그 일행들의 기색을 살폈다. 역시 그들의 얼굴은 사색으로 변해 있었고, 눈은 풀어져 이미 제정신이 아니라는 것을 알 수가 있었다. 고개를 끄덕인 강철은 돌아오는 내내 한마디 말도 건네지 않았다.

도성 정전 뜰에 비조기가 착륙하자, 마중 나온 알천에게 을지문덕 일행을 쉴 수 있도록 숙소로 안내해 주라고 지시하고는 모두 말없이 떠나갔다.

알천의 안내를 받아 영빈관으로 돌아온 을지문덕은 오늘 일어났던 일들을 곰곰이 되짚어 보았지만, 몇 번이나 다시 생각해 봐도 자신이 알고 있는 상식으로는 도대체 이해가 되지를 않았다.

저들이 하늘을 날아다니며 뇌성벽력과 번개로 적을 공격한다는 소문에 무슨 헛소리냐고 콧방귀를 뀌지 않았던가!

이제는 자신이 두 눈을 똑바로 뜨고 분명히 확인을 했으니 부정할 수도 없었다. 저들이 비조기라고 부르는 괴이한 물체를 타고 하늘을 날아도 보았고, 자신이 뻔히 보고 있는데서 벼락에 맞아 쓰러지던 장천성 군사들의 생생한 모습을 생각하니, 등골이 오싹해지면서 소문보다 몇 배 더 무서운 존재들이라는 사실을 깨달았다. 다른 방에 있던 연자발이나 이문진도 을지문덕과 똑같은 생각을 하고 있었다. 이때 알천이 찾아왔다.

"태황제 폐하께서 세 분을 찾으시니 함께 가십시다."

"그러지요!"

굳은 얼굴로 따라 나선 을지문덕과 연자발, 이문진은 장천성에서 돌아온 이후로 여태까지 말 한마디도 서로 나누지 않았다. 기실 사신단을 대표하는 을지문덕의 안색이 너무 굳어 있었기 때문에 두 사람은 말을 붙여 볼 엄두가 나지 않았던 것이다. 그들을 편전 앞까지 안내한 알천은 세 사람이 안으로 들어가는 것을 확인하고는 되돌아갔다.

방 안에는 책상을 앞에 놓은 태황제와 통역을 위해 변품만이 앉아 있었다. 안으로 들어간 을지문덕은 두 사람만 있는 것을 보고 속으로 의아스러웠다. 태황제 입장에서 볼 때 자신들은 결코 믿을 수 있는 존재들이 아니질 않는가! 차라리 적이라고 해야 마땅함에도 만만하게 보지 않았다면 어떻게 저렇듯 태연히 자신들을 맞아들인다는 말인가?

물론 태황제 바로 오른쪽에 앉아 있는 변품도 상당한 장수로 보이지만 자신들은 3명이었다. 혹여 자신들이 해코지라도 하려 든다면 어떻게 하려고 그러는지 모를 일이었다. 역시 하늘에서 내려왔다더니 보통 인간과는 다르구나 하는 생각도 한편으로는 들었다. 을지문덕의 머릿속에서 순간적으로 스쳐 가고 있는 이러한 생각들을 까마득히 모르는 태황제는 사신단의 예를 받고 빙그레 미소를 지으며 물었다.

"총리대신으로부터 장천성에 다녀왔다는 말은 들었소. 그래? 과인이 하늘에서 왔다는 말이 아직도 거짓으로 들리시오?"

"……."

"허어……! 어찌 말씀을 못하시오! 아침에는 과인에게 대놓고 믿질 못하겠다고 서슴없이 내뱉지 않으셨소? 그래서 분명히 확인시켜 드렸는데, 어찌 가타부타 말씀이 없으시오?"

그때서야 을지문덕이 공손한 어조로 대답을 했다.

"폐하! 소신은 태황제 폐하께서 하늘에서 내려오신 분임을 부정할 수가 없사옵니다. 소신 역시도 우매한 인간 중에 하나인지라, 감히 불경스럽게도 천신(天神)께서 현신(現身)하셨음을 알아보지 못하였사옵니다."

간사한 것이 사람의 마음인지 대답을 그렇게 하고 나니, 더욱 하늘에서 내려온 천신이 분명해 보였다.

지그시 을지문덕 일행을 쳐다보던 태황제가 자신의 책상에 놓인 노트북에 손을 대면서 입을 열었다.

"흠……! 이것은 신책(神册)이라는 것이요."

"……?"

"이 안에는 하늘의 지식뿐만 아니라 예전부터 먼 훗날에 이르기까지 세상에 일어났거나 일어날 대부분의 일들이 기록되어 있소이다. 지금부터 과인이 천기(天氣)의 일부를 말해 줄 터이니 잘 새겨들으시오. 다만 공들이 고구려로 돌아간 다음, 이곳 중천성에서 본 것이나 겪은 일들은 말해도 무방하나 지금부터 과인이 하는 말은 천기에 해당하니 누설하지 않았으면 좋겠소."

사람들은 대개가 인간들의 영역이 아닌 신의 영역이라고 생각하는 부분에 대해서는 믿건 안 믿건 간에 호기심을 보이기 마련이었다. 보통의 경우에도 그러할진대 하물며 태황제를 천신이라고 결론을 내린 을지문덕으로서는 당연히 관심이 클 수밖에 없었다.

"……알겠사옵니다."

다짐을 받은 태황제는 차분한 어조로 말을 시작했다.

"과인이 하늘에서 내려오지 않았더라도…… 백제는 얼마 안 있어 망하게 되어 있었소. 그리고 백제가 망한 팔 년 후에 고구려 역시 같은 운명이 되오. 정확히 말하면 앞으로 반백 년 후에 수나라의 후신인 당이라는 나라에 짓밟히게 되어 있다는 말씀이오."

그 말을 들은 고구려 사신들은 도대체 무슨 소리냐는 듯이 눈을 똥그랗게 뜨고는 태황제를 빤히 쳐다보았다.

"하오면 수나라가 망한다는 말씀이옵니까?"

"그렇소. 수나라는 올해 그 국주인 양광이 죽으면서 망하고, 이연이라는 자가 당이라는 나라를 새로 건국하게 되오. 바로 그 당나라가 고구려를 집어삼키는 것이오."

도무지 믿기지 않는 말이었다. 그렇다고 하늘에서 내려왔다는 분이 헛말을 할 리도 없으니 혼란스럽다는 표정으로 듣고만 있을 뿐이었다.

"……?"

"하하! 세 분 모두 믿어지지 않는 모양인데, 일단 과인이 몇 가지 물어보겠소. 지금 고구려에 연자유의 아들인 연태조라는 자가 있질 않소?"

"예…… 연자유 공은 타계한 지가 오래됐고, 그 아들인 연태조 공은 지금 조정에서 대대로 직을 맡고 있사옵니다."

"음, 그렇소? 그자는 올해를 넘기지 못하고 수명이 다해 죽을 것이요."

"……!"

그 말을 듣자 병색이 완연하던 연태조의 얼굴이 떠올랐다. 자신이 사신단을 이끌고 출발하는 환송 자리에도 시종의 부축을 받아 겨우 나와서는 잘 다녀오라는 인사말만 남기고는 서둘러 집으로 돌아가던 모습이 뇌리에 스친 것이다.

태황제의 말은 계속 이어졌다.

"연태조의 아들 중에 나이 열일곱 살쯤 된 연개소문이라는 아들이 있을 것이오. 그자는 참으로 훌륭한 장수이긴 하지만 그가 죽고 난 후에 자식들이 권력 싸움을 하는 통에 나라가 풍비박산 나게 되는 것이오."

"……?"

"몇 가지 더 말해 드리리까? 을지문덕 공은 동명대회(東明大會)*에서 장원(壯元)한 적이 있지 않소? 그 이후에는 크고 작은 전쟁에 나가서 여러 번 승리를 하였고, 특히 살수에서 수나라 장수 우중문을 크게 이겼다는 사실도 잘 알고 있소. 그때 연자말 공도 참전했지! 아마!"

그러자 을지문덕이 놀란 표정으로 얼떨결에 대답을 했다.

"그렇사옵니다!"

---

*동명대회(東明大會): 고구려 무술 경기 대회.

을지문덕이 긍정을 하자, 태황제 진봉민은 문득 평소 자신이 기억하고 있던 을지문덕의 시가 생각났다.

"혹시 이 시를 아시오? 신책구천문(神策究天文), 묘산궁지리(妙算窮地理), 전승공기고(戰勝功旣高), 지족원운지(知足願云止)!"

태황제가 읊조리는 시를 들은 을지문덕은 흥분으로 온몸을 떨다시피 하며 대답을 했다.

"태황제 폐하! 그것은 소장이 살수전쟁에서 수나라 장수인 우중문에게 보냈던 시문이옵니다."

"알고 있소. 그리고 이문진 공! 공은 십육 년 전에 '유기' 라는 고구려 역사책 백 권을 다섯 권으로 압축해서 '신집' 이라는 책을 만들지 않았소?"

"……!"

태황제의 물음에 이문진은 숨이 탁 막혀 대답조차 나오질 않았다.

자신들을 바로 곁에서 지켜보았던 사람처럼 너무도 자세히 알고 있으니 무슨 대꾸할 말이 있었겠는가!

"허허! 과인이 공들에 대해서 너무 많은 것을 알고 있다는 표정들이구려."

그렇게 말한 태황제는 고구려 멸망 후에 삼한의 역사가 어찌 흘러가는지에 대해 계속 말을 이었다.

고구려가 망한 후에는 배달민족이 북쪽 땅을 다 잃게 되고, 이 좁은 한반도 내에서만 아옹다옹하는 신세로 전락한다는 것과 먼 훗날에는 그마저도 외족들의 침입을 받아 여러 번 짓밟히게 된다고 했다.

또한 역사는 승자의 편이기 때문에 백제나 고구려가 망하고 나서는 그동안 두 나라가 거두었던 많은 승전 기록이나 업적이 은폐되거나 폄하된다는 사실도 말해 주었다. 이를 보다 못한 천제께서 민족의 정기를 다시 세우라고 자신들을 이 땅에 내려보냈다는 말도 덧붙였다. 적지 않은 시간 동안 태황제의 말에 귀를 기울이던 고구려 사신들은 이제는 태황제의 말을 믿지 말래도 믿지 않을 수가 없었고, 삼한을 일으켜 세운다는 말에는 형언할 수 없는 흥분까지 느끼고 있었다.

"과인이 그대들을 믿고 이것을 보여 주겠소. 자! 보시오."

하고는 복사해 왔던 구글 지도를 홀로그램으로 공중에 띄웠다. 그런 다음 지구의 모양과 세계지도를 보여 주면서 한반도와 왜국(倭國), 수나라, 동서 돌궐(몽골 고원, 중앙아시아), 토번(티베트 서부), 토욕혼(티베트 동부), 탕구르(티베트 북부), 천축국(인도), 이슬람 제국, 비잔틴제국(흑해 남부), 하자르(흑해 지방), 그리고 신대륙에 이르기까지 나라의 위치를 하나하나 손으로 짚어 가며 설명해 주었다.

그리고 이번에는 지도를 확대하여 부여와 평양, 경주를 비롯해 수나라 땅에 있는 북경과 낙양의 위치까지 일일이 손으로 가리키며 알려 주었다. 특히, 대동강 변에 있는 장안성 근처를 보여 줄 때는 너무도 정확해서 고구려 사신 모두가 기겁을 할 정도였다. 마치 그들 자신이 하늘 위에서 장안성 근처를 내려다보고 있다는 착각이 들 정도였으니 당연했으리라.

"지금까지 삼한의 역사가 어떻게 됐는지를 대충이나마 말씀드렸소. 그러나 과인이 천명을 받고 이 땅에 내려온 이상 이러한 치욕적인 삼한의 역사는 되풀이되지 않을 것이오. 과인은 삼국을 통합하고, 왜국뿐만 아니라 저 중원 대륙까지 한 울타리로 감쌀 것이오. 과인이 세상을 경영하자면 뛰어난 능력을 가진 그대들의 도움이 필요하오! 배달족의 영광을 높이는데 그대들이 앞장서 주었으면 하는 것이 과인의 바램이요. 강요는 하지 않겠소. 설사 고구려로 다시 돌아가겠다고 하더라도 고이 돌려보내 주겠다는 말씀이요. 이것으로 과인이 할 말은 다했소. 물러가서 깊이 생각해 보도록 하시오."

을지문덕과 연자발, 이문진은 편전을 물러 나와 영빈관으로 돌아왔다. 자신이 묵는 방으로 들어온 을지문덕은 곰곰이 생각을 해 보았다.

고구려 첩자들이 전해 왔던 허황되다고 여기던 정보들이 모두 사실이었고, 오히려 그것은 일부분에 지나지 않았다는 것을 새삼 깨달았다.

비조기의 무서움을 확인하고 난 지금은, 태황제의 말대로 삼한 통일뿐 아니라 대륙과 왜국, 그리고 천하를 경영하는 것도 여반장이라고 여겨졌다.

작은 막대기처럼 생긴 보잘것없는 물건도 무서운 병장기인 것으로 보아 얼마나 더 가공스러운 병장기가 있을지 모를 일이었다. 자신이 피 흘려 지켜 낸 고구려가 곧 망한다는 말과 훗날에는 자신이 태어났던 해와 죽은 날까지도 역사 기록에서 지워져 버린다니 울화통이 터질 일이었다.

시간은 흘러 밤늦은 시간, 연자발과 이문진이 을지문덕의 방문을 두드렸다.

"대장군님 계십니까?"

연자발의 목소리를 들은 을지문덕은 문을 빠끔히 열고 들어오라고 말했다.

"어서들 오게. 그렇지 않아도 부를 참이었다네."

세 사람은 굳은 표정으로 마주 앉았다.

그들 중에서는 을지문덕이 가장 나이가 많았고, 연자발과 이문진은 두 살 터울로 비슷한 또래였다.

"장군님께서는 어떤 생각을 가지고 계신지 궁금해서 찾아뵈었습니다."

연자발이 말을 꺼내자 을지문덕이 대답했다.

"흠…… 내가 먼저 말하면 자네들이 부담이 될 터이니, 자네들의 생각부터 들어 보세. 다만 오늘 나눈 말들은 앞으로 절대 입 밖에 내지 않기로 약조하고 말일세."

을지문덕의 말에 두 사람은 고개를 끄덕였다.

"장군께서 명하시니 제가 먼저 말씀드리겠습니다."

하고는 이문진이 먼저 입을 열었다.

"그러시게."

"본론부터 말씀드리면 저는 배달국에 몸을 의탁하자는 의견입니다. 그 이유는 아시다시피 배달국 기물(奇物)들을 볼 때, 이 세상의 물건들이 아닌 것이 분명하질 않습니까? 저는 병장기도 병장기지만 특히 하늘에서 가져왔다는 신책을 보고 나니, 태황제 폐하께서는 천장이 분명하다는 것을 깨달았습니다. 하찮은 인간이 하늘을 따르는 것은 당연한 도리가 아니겠습니까?"

역시 학자답게 노트북을 보고 나자 확신이 들었던 모양이었다.

"흠…… 다음은 연 장군이 말해 보시게."

"소장도 이 공과 같은 생각입니다. 배달국 신하들 대다수가 기라성 같던 신라와 백제 장수들입니다. 헌데 그들이라고 생각이 없어 자신이 따르던 국주를 버리고 배달국에 의탁을 했겠습니까? 그 한

가지로 미루어 봐도 충분하다고 여깁니다."

두 사람의 말을 다 듣고 난 을지문덕은 어금니를 꽉 물고 지그시 눈을 감은 채 묵묵히 앉아 있더니, 드디어 눈을 뜨면서 입을 열었다.

"자네들이 솔직한 심정을 말해 줘서 고맙네. 사실, 나도 같은 생각이기는 하네만 아직은 조금 더 생각을 해 봐야겠네. 최종적인 결정은 내게 맡겨 주시게나."

"그러시지요."

"알겠습니다."

이튿날 이른 아침, 총리대신은 알천을 을지문덕에게 보내 아침 식사를 같이하면 어떻겠느냐고 정중히 초대를 했다. 그러나 을지문덕은 사양을 하면서 알천을 돌려보냈다. 그 후로 이틀 동안이나 고구려 사신들은 두문불출했다.

드디어 사흘째 되던 날, 전날과 마찬가지로 알천이 아침 식사를 함께하자는 강철의 전갈을 가지고 가자, 어쩐 일로 을지문덕은 기다렸다는 듯이 초대에 응했다. 그날도 자신의 방에 아침상을 준비시키고 큰 기대 없이 기다리던 강철은 알천을 따라 들어오고 있는 을지문덕 일행을 보자 의외라고 생각하면서 그들의 안색을 살펴보았다. 역시 지난 사흘 동안 마음의 갈등이 심했는지 얼굴들이 푸석푸석해 보였다.

"어서들 오시오. 헤어질 때는 헤어지더라도 조반이나 한 끼 나누고 싶어서 사흘 전부터 계속 모시려 했던 거요."

그렇게 인사를 건넨 강철은 식사를 하는 동안만큼은 껄끄러운 얘기를 꺼내지 말라고 참석자들에게 이르고는 별다른 대화 없이 식사를 마쳤다.

상을 물린 강철은 알천에게 통역을 부탁하고는 말문을 열었다.

"을지 공, 그동안 생각이 많으셨던 모양이구려!"

"예……! 그런데 한 가지 여쭤 봐도 되겠습니까?"

"말씀해 보시오."

"총리대신께서 조정의 크고 작은 일을 관장한다는 말씀은 전날 알천 공께 들었지만, 정확한 직관은 어찌되는지요?"

"흠…… 본관은 배달국 태황제 폐하의 신하로서는 최상위직에 있기 때문에 모든 국사를 총괄하고 있소. 황제가 다스리는 나라이기 때문에 왕이 다스리는 고구려국과 똑같은 것은 아니지만, 구태여 귀국 직관과 비교하자면 대대로 직관과 대장군 직관을 동시에 수행한다고 보면 될 것이요."

"허면 정식 직관 명이 총리대신입니까?"

"그렇소. 태황제 폐하로부터 본관이 받은 직관은 천족장군 겸 총리대신이오. 하늘에서 내려온 천족장군들은 모두 태황제 폐하의 종친으로서 왕에 준한다는 명이 있으셨소."

"이제 이해가 됩니다. 하면 소장이 전하(殿下)라고 호칭해야 합니까?"

"아니오! 지금 귀장을 대하고 있는 지위는 총리대신이오. 구태여 붙인다면 각하라는 호칭이 합당하오."

"알겠습니다. 이제부터 각하라고 호칭하겠습니다. 소장이 몇 가지 더 여쭈어 봐도 되겠습니까?"

"편히 말씀해 보시지요, 을지문덕 공!"

허락이 떨어지기가 무섭게 망설이지도 않고 단도직입적으로 물었다.

"고구려를 언제쯤 도모하실 계획이신지요?"

"허허허! 을지 공께서는 우리 배달국의 군사비밀을 알려 달라는 말씀이구려."

"송구합니다. 말씀하시기 어려우시면 여쭙지 않은 것으로 하겠습니다."

그러자 강철이 손사래를 치며 말을 받았다.

"아니요, 아니요! 어려울 것도 없소이다. 태황제 폐하께서는 신라를 도모한 다음에 할 것이라 하셨소."

"하면…… 어째서 고구려를 나중에 병탄(倂呑)하시려는 것입니까?"

"폐하께서는 고구려의 나라 사정을 살피셔서 그렇게 결정하신 것이요. 공이 더 잘 아시지 않소? 지금 고구려는 수나라와 여러 차례 전쟁을 치르느라 백성들이 어려워하고 있소. 이러한 때에 우리가 고구려를 먼저 도모하려 든다면 백성들은 어쭙잖은 충성심으로 사분오열될 것이고, 그 와중에 나라는 더욱 피폐해지지 않겠소?"

"그렇다면 신라를 먼저 공략하시려는 것은 고구려 백성들을 생각하시는 태황제 폐하의 뜻이란 말씀입니까?"

"당연한 말씀이요. 게다가 고구려를 통합하는데 그렇게 급히 서두를 이유도 없소. 어차피 고구려는 수나라가 망한 다음 새로 들어설 당나라와 싫건 좋건 또다시 전쟁을 시작하게 되어 있으니 말씀이요."

수나라가 망하고 당나라가 들어선다는 것은 태황제가 신책을 보여주며 설명해 주었기 때문에 이미 알고 있는 사실이었다.

"각하! 그렇다면 오히려 한시바삐 고구려를 병합하여 그들을 막아 내야 하지 않겠습니까?"

"하하하! 을지문덕 공! 좀 전에도 말했지만 만약 우리 배달국이 고구려를 평정하고 나면 어떤 일이 벌어지겠소? 고구려 백성들은 배달국을 따르려는 자와 따르지 않고 적대시하는 자로 사분오열될 것이 불을 보듯 빤하지 않겠소? 공도 장수로서 전쟁을 치러 봐서 잘 아시겠지만, 백성들이 한 마음이 되지 않는다면 외적이 쳐들어왔을 때 나라꼴이 어찌 되겠소?"

그 말을 들은 을지문덕은 크게 느끼는 바가 있는지 고개를 끄덕이며 동의했다.

"하긴 그렇지요…… 당연히 적을 막아 내기가 쉽질 않겠지요."

"흠, 실은 서둘지 않는 또 다른 이유가 있소."

"또 다른 이유라 하시면……?"

"우리가 하계(下界)로 내려올 때 가져오지 못한 병장기를 우리 스스로 만들 시간이 필요하기 때문이오."

"병장기를 말씀입니까? 소장들이 본 병장기로도 충분한 것 같습니다만……."

"물론, 공들이 어제 본 병장기들은 지금 아국이 가지고 있는 것들 중에 한두 가지에 불과한 것은 사실이오. 말씀대로 삼한 통일만 염두에 둔다면 지금 가진 것만으로도 충분하오. 허나 천제께서 명하신 것은 천하를 평정하라는 명이셨소이다. 그러자면 몇 가지를 더 만들어야만 가능한 일이오."

을지문덕 일행뿐만 아니라 강철의 말을 옆에서 듣고 있던 배달국 장수들도, 태황제가 기술을 가진 장인들을 귀히 여기는 까닭을 그때서야 비로소 확실히 깨달았다.

"헌데 무슨 이유로 땅이 큰 신라국을 먼저 병탄하지 않으시고, 백제를 먼저 취하셨는지요?"

을지문덕의 질문에 가장 관심을 보인 것은 역시 전 신라 국왕이었던 김백정과 백제 국왕이었던 부여장이었다.

"그것은…… 우리가 이곳에 있질 않으면, 앞으로 수나라가 망하고 새로 들어설 당나라가 바닷길을 통해 이곳으로 먼저 침범해 오기 때문이오. 더 이상은 천기를 누설하는 것이라 말하기가 곤란하오. 덧붙인다면 천병(天兵)을 만드는데 이곳이 더 유리하다는 이유도 있소."

극비의 군사 정보에 해당하는 것도 감추지 않고 서슴없이 대답하는 강철에게 을지문덕은 신뢰하는 마음이 확고해졌다.

"한 가지만 더 여쭙겠습니다. 지금 신라는 풍전등화와 같은 신세라 쉽게 취하실 수 있을 텐데 그렇게 하지 않는 연유는 무엇입니까?"

"하하하하! 고구려 사람인 공이 어떻게 신라 사정을 그렇게 소상히 아시오? 틀림없이 신라에서 고구려에 도움을 청한 것이 분명해 보이는구려."

"그것은……."

"하하하! 대답을 듣고자 해서 물은 것이 아니니, 말씀을 안 하셔도 되오. 입장도 곤란하실 테고 말이오. 신라를 지금 바로 취하지 않는 것은 첫째가 고구려와 같은 이유요. 바로 백성들이 사분오열되는 것을 원하지 않기 때문이라는 말씀이오. 둘째로는 땅을 넓히는 것이 능사가 아니라 백성들을 잘 보살피는 것이 우선이라는 폐하의 뜻이 확고하시기 때문이오."

그 말을 듣자, 모두 태황제의 깊은 뜻에 새삼 머리가 수그러졌다.

반면에 서로 아옹다옹 싸움질을 일삼았던 전 부여장과 김백정은 쥐구멍에라도 들어가고 싶은 심정이었다.

"각하께서 말씀하시는 것을 듣고, 소장은 오늘에야 비로소 눈이 열렸습니다."

말을 하고 난 을지문덕은 앉아 있던 의자에서 일어나 공수를 하고는 총리대신을 향해 입을 열었다.

"고구려 개국 축하 사신단 정사 을지문덕과 부사 연자발, 서장관 이문진은 배달국에 귀부를 청하오니 태황제 폐하께 아뢰어 주시기 바랍니다."

그 말이 떨어지기가 무섭게 을지문덕의 옆에 앉았던 연자발과 이문진도 자리에서 일어나 공손히 손을 모았다. 을지문덕의 입에서 망명을 청한다는 말이 나오자 강철은 속으로 뛸 듯이 기뻤다.

"물론이요! 세 분께서 망명을 하시겠다니 우선 배달국 총리대신으로서 세 분을 환영하는 바이오."

그러자 참석자들 모두 누구랄 것도 없이 박수를 치며 환영의 인사말을 하기 시작했다.

"환영하오!"

"반갑소!"

유쾌한 마음으로 자리를 파한 강철은 알천과 을지문덕 일행을 데리고 태황제를 찾았다. 예를 차리고 자리에 좌정을 한 강철이 태황제에게 을지문덕을 비롯한 고구려 사신들이 망명을 청하였다고 고하였다.

이어 자리에서 일어난 을지문덕, 연자발, 이문진이 아홉 번의 절을 올리며 충성을 맹세했다. 태황제는 얼굴에 환한 웃음을 띠며 입을 열었다.

"세 분이 우리 제국에 몸을 맡기고 충성을 다하겠다고 하니 참으로 기쁘기 한량없소. 과인은 기꺼운 마음으로 여러분을 받아들이겠소. 총리대신!"

"예, 폐하!"

"을지문덕을 배달국 육군 대장에, 연자발을 배달국 수군 소장에, 이문진을 배달국 육군 소장에 임명하겠소. 곧 절차를 밟아 주시오."

"알겠사옵니다."

태황제가 계급을 내린다는 명이 있었지만 실상 세 사람은 배달국 계급에 대해 전혀 모르고 있었다. 이를 눈치챈 총리대신이 궁청장인 변품을 쳐다보면서 저들에게 배달국 계급 체계에 대해 설명해 주라고 지시를 했다.

배달국 정남(丁男)*들은 모두 계급을 갖는다는 것에서부터 시작해 오국적법에 해당되는 범죄자는 받았던 계급이 박탈된다는 세세한 부분까지 곁들여 설명을 해 주었다. 변품의 설명을 듣고 난 을지문덕은 공도 없는 자가 천족장군보다 오히려 높은 계급을 받을 수는 없다고 극구 사양을 했다.

그러나 태황제는 가납하지 않겠다는 듯이 고개를 흔들더니 슬며시 다른 말을 끄집어냈다.

"세 분은 먼저 한글 공부를 시작해야 할 것이오. 자세한 것은 총리대신의 지시를 따르면 될 것이오. 그리고 호종했던 찰갑 기마병과 사행 인부들에 대해서는 돌아가기를 원하는 자는 돌려보내고 남고자 하는 자는 남게 하시오. 물론 남겠다는 자에 대하여는 모두 우리

---

* 정남(丁男): 15세에서 60세까지의 남자.

백성으로 삼겠소."

"알겠사옵니다. 소장이 지휘하던 군사였기 때문에 돌아갈 자도 별반 없을 것이옵니다."

을지문덕의 대답이 있자 고개를 끄덕인 태황제가 이번에는 뜬금없이 물었다.

"을지문덕 장군! 평양 장안성에 남아 있는 장군의 식솔은 모두 몇 명이요?"

"일곱이옵니다."

"흠, 연자발 장군은 몇이요?"

"소장의 식솔은 모두 여섯이옵니다."

"이문진 장군은?"

"다섯이옵니다."

"그렇다면 모두 열여덟이구려. 총리대신은 특전군사령인 조영호 총장을 평양으로 보내 그들을 모두 데려오라고 하시오. 지난번 신라처럼 장군들이 망명한 것을 알면 가만히 놔두질 않을 테니 말씀이오."

"알겠사옵니다."

통역을 하는 알천으로부터 고구려에 있는 장군들의 식솔들을 데려오라는 태황제의 명이 있었다고 하자, 을지문덕을 비롯한 장수들은 감읍하여 몸 둘 바를 몰라 했다. 그렇지 않아도 두고 온 식솔들 걱정 때문에 망명이 망설여지기도 하였으나, 일단 결심을 하면서 식솔들의 안위는 포기를 했었다.

그런데 그들을 구해 올 수 있다니! 도대체 어떤 방법으로 구해 오겠다는 말인가? 그렇다고 '어떻게 구해 오겠냐?'고 물어볼 수도 없는 노릇이라, 궁금한 마음을 갈무리한 채 총리대신을 따라 편전을 물러 나왔다.

강철과 을지문덕 일행이 총리부로 들어서니 언제 왔는지 공주에 있던 과학부 총감들과 장항에 나가 있던 홍석훈까지 모든 천족장군들이 와 있었다.

그들은 을지문덕 일행이 강철을 따라 고구려 장천성을 공격하고 돌아왔다는 소식을 접하자 혹시나 싶어서 도성으로 와 본 것이었다. 그런데 도성에 도착하자마자, 을지문덕이 망명을 청했다는 소식을 들었다. 천족장군들의 기쁜 마음은 말로 헤아릴 수가 없었다.

서로 간의 소개와 인사가 끝나자 모두들 을지문덕 일행의 망명을 진심으로 환영해 주었다. 전혀 뜻밖의 환대에 을지문덕 일행이 오히려 어색스러울 지경이었다. 태황제를 모시고 하늘에서 내려왔다는 천장들이 하나같이 살수대첩을 거론하며 칭송을 해대니 겸연쩍지 않을 수가 없었던 것이다.

특히 헌칠한 키에 수군총장이라는 홍석훈이 살수대첩을 언급하면서 그때 고구려가 수나라를 밀고 들어갔으면 삼한의 역사가 크게 달라졌을 것이라고 말할 때에는 서러움에 눈물까지 핑 돌았다.

바로 얼마 전까지 자신이 그토록 주장하던 말이 아닌가! 을지문덕은 4차에 걸친 수나라와의 전쟁에 승리를 거두자, 이 기회에 돌궐과 손잡고 수나라를 밀어붙여야 앞으로 더 이상 고구려를 넘보지 않을 것이라고 주장했었다. 그러나 여러 차례의 전란으로 더 이상 전쟁을 치를 힘이 없다고 대소 신료들이 반대하는 바람에 그 주장은 유야무야되고 말았다.

그것이 불과 3년 전의 일이었으니, 홍석훈의 말을 들은 을지문덕은 새삼 회한(悔恨)이 밀려올 수밖에 없었다. 비록 통역을 통해 대화를 나눌 수밖에 없는 상황이었지만 그날 배달국 조정은 그야말로 축제 분위기 일색이었다.

수군총장인 홍석훈은 새로운 수군 장수까지 생기게 되자, 얼굴에는 싱글벙글 웃음이 떠나질 않았다. 비록 수군 장수인 목관효 소장이 있다지만 그는 해외 교역에 매달리고 있으니, 기벌포에서 함께할 수군 장수로서는 연자발이 처음인 셈이었다. 좋은 일은 거푸 생기는 것인지 한참 잔치 분위기인 총리부에 김서현이 들어와 총리대신인 강철과 귓속말을 나누었다.

며칠 전 은밀하게 보냈던 김서현의 서찰을 받은 김유신이 국경을 넘어와 중천성에 도착했다는 소식이었다. 강철은 김서현으로부터 서라벌에서 김유신이 왔다는 말을 듣자, 한껏 격앙된 목소리로 총리부 안에 있던 신료들에게 공표를 했다.

"제장들은 들으시오! 서라벌에서 김서현 장군의 아들인 김유신이 막 도착했다고 하오."

'와!' 하는 천족장군들의 함성이 터져 나왔다. 물론 천족장군들이 내는 함성은 그리 크지는 않았지만 그 파장은 상당했다.

천족장군들이 누구인가? 바로 태황제 폐하와 함께 하늘에서 내려온 신장(神將)들이 아닌가! 배달국에서 그들의 권위는 태황제 다음이라는 것을 누구나 인정하고 있었다. 그런 그들이 환호성까지 지르는 것으로 보아 이유는 딱히 모르겠지만, 분명히 경사스러운 일이라는 것을 신료들은 분명히 느낄 수가 있었다.

천족장군들을 제외하고 그 자리에 있는 어느 누가 훗날 김유신이 대장군으로서 삼국 통일의 주역이 된다는 것을 알겠는가?

이제 상견례를 파할 때가 됐다고 판단한 강철은 자리에 함께 있던 교육청장 수을부에게 을지문덕, 연자발, 이문진과 지금 육군부에 대기하고 있는 김유신을 교육청으로 데려가 가능한 빨리 한글교육을 시작하라고 명했다.

이틀 후, 중천성 정전 뜰에서는 2대의 비조기가 하늘로 날아오르고 있었다. 망명한 장수들의 가족들을 구출하기 위한 작전이 개시된 것이었다. 최루탄을 쓸 수 없는 이번 작전이야말로 위험성이 크다고 판단한 강철은 조영호 외에 육군사령인 우수기까지 작전에 포함시켰다.

전투용 비조기와 수송용 비조기에는 각각 총지휘를 맡은 조영호 총장을 비롯해서 우수기와 이번에 망명한 을지문덕, 연자발, 정보사령인 무은 그리고 계백 소령이 지휘하는 특전군들이 두 조로 나뉘어 타고 있었다. 그들 15명의 특전군 속에는 이틀 전에 서라벌에서 온 김유신까지 섞여 있었다. 그에게 새로운 경험을 쌓게 하려는 강철의 배려였다.

비조기가 2시간 가까이 북으로 날아가는 동안 김유신은 모골이 송연해질 정도로 정신을 차릴 수가 없었다. 출발 전 특전군과 합류했을 때에는 그들이 갖고 있는 몽둥이같이 생긴 무기에 마냥 정신을 뺏겼었는데, 막상 비조기가 하늘을 날기 시작하자 이번에는 창을 통해 내려다보이는 산천의 풍광에 넋을 빼앗겼다. 제 깐에는 검술도 연마하고 수양을 한답시고 명산대천을 찾아다니며 두루 경험을 쌓았다고 자부해 왔는데, 자신이 얼마나 우물 안 개구리였는지를 깨닫고는 얼굴이 화끈거릴 정도였다.

김유신이 그런 생각에 젖어 있을 때, 우수기는 먼발치에서 계백과 김유신을 번갈아 쳐다보면서 저들의 운명이 달라지고 있다는 것을 실감하고 있었다. 자신들이 이 시대로 오지 않았다면, 저들은 훗날 자기 나라의 운명을 걸고 마지막 결전을 벌였을 사이라고 생각하니 아이러니하다는 생각까지 들었다.

이때 계백이 큰 소리로, 연자발의 말을 전했다.

"저 멀리 보이는 것이 장안성이라고 합니다."

비조기 창으로 내다보니 멀리에 비단결처럼 흐르고 있는 대동강이 보이고, 점점 다가갈수록 장안성의 모습도 확연히 드러나기 시작했다.

문득 대동강 위쪽을 보니 놀랍게도 강을 가로지르는 어마어마하게 큰 다리가 보였다. 연자발의 말에 의하면, 나무로 만든 목교로써 너비가 3자이고 길이가 125자나 된다고 했다. 그 말은 폭이 9미터이고 길이가 375미터란 말이니, 과연 이 시대에도 이만한 다리를 놓을 수 있는 기술이 있었다는 것이 새삼 놀라울 따름이었다.

장안성으로 바짝 다가가자, 작전회의 시간에 연자발이 설명한 대로 대동강과 보통강 사이에 위치해 있는 장안성은 네 구역으로 나뉘어져 있었다. 바로 북성과 내성, 중성, 외성이었다. 금수산을 둘러싼 북성에는 도성을 지키기 위한 많은 군사들이 주둔해 있고, 바로 아래 내성이 왕이 있는 곳이라고 했다.

성안 상공에 이르자, 요란한 비조기 소리를 들은 백성들은 거리로 뛰어나와 하늘을 올려다보고 있었다. 비조기는 관리들이 거주한다는 중성 쪽으로 접근해 수송용 비조기가 착륙하는 동안 공격용 비조기는 상공을 선회하기 시작했다. 비조기가 착륙하자마자 먼저 특전군들이 뛰어내리고 이어 을지문덕과 연자발이 내렸다. 그들은 앞장서서 가족들이 살고 있는 집으로 달려갔다.

얼마의 시간이 흐르자, 장수들의 가족들이 특전군들의 보호를 받으며 속속 비조기 쪽으로 모여들기 시작했다.

바로 이때, 북성에 주둔하던 고구려 군사들이 내성을 거쳐 중성으로 몰려나오고 있는 모습이 경계 비행 중이던 전투용 비조기에 포착되었다. 전투용 비조기로부터 연락을 받은 우수기가 박격포를 설치하기 시작했다.

이윽고 을지문덕을 비롯한 장수들과 가족들이 모두 비조기에 탄 것을 확인한 우수기는 비조기를 이륙시키라고 지시했다. 이제 지상에는 박격포와 함께 우수기와 계백 그리고 김유신만 남아 있었다. 우수기는 비조기가 완전히 이륙한 것을 확인하고는 박격포 포신에 포탄을 힘차게 집어넣었다.

'퐁— 슝— 쾅!'

고구려 군사들이 막 내성과 중성을 연결하는 정해문으로 몰려나오려는 순간 포탄을 맞은 성문이 와르르 무너지며 삐딱하게 기울어졌다.

'퐁— 슝— 쾅!'

'퐁— 슝— 쾅!'

다시 두 발의 포성이 울리자, 기울어졌던 성문 한쪽은 어디로 갔는지 보이질 않았고, 고구려 군사들은 우왕좌왕하고 있었다. 그 사이 상공을 선회하던 공격용 비조기가 착륙하여 박격포를 쏘던 우수기 일행을 태운 다음 다시 이륙을 했다.

계획대로 소기의 목적을 달성한 2대의 비조기는 기수를 남쪽으로 돌렸다. 그동안 한번도 박격포 사격을 보지 못했던 특전군들을 위해서 이번에 일부러 박격포를 사용한 것이었다.

그렇지만 사실 박격포 사격을 보고 놀란 것은 특전군보다 오히려 을지문덕과 연자발이었다. 이제 그들의 마음속에는 천족장군들이 하늘에서 내려온 것이 확실한가, 아닌가 하는 의심은 더 이상 존재하지 않았다.

작전을 무사히 마치고 돌아오자 총리대신인 강철과 이문진이 나와서 그들을 반갑게 맞이했다. 을지문덕은 마중 나온 총리대신에게 정중히 군례를 올리고는 구출해 온 가족들을 한 사람씩 소개를 했다.

마지막 순서에 이르러 늦게 본 여식이라며 소개하는 을지문덕의 말에 무심코 고개를 끄덕이던 강철은 눈이 휘둥그레졌다. '유선'이라고 자신의 이름을 말하면서, 다소곳이 인사를 하는 소녀를 보니 가슴이 설렐 정도의 미녀였다.

나이는 채 스물이 되어 보이지 않았고 의복은 남루할 정도는 아니었지만 그렇다고 썩 좋아 보이지도 않았다. 그런 허름한 옷차림으로도 미모를 감출 수가 없을 정도이니 여간 빼어난 미모이겠는가!

"험!"

잠시 얼이 빠져 있던 강철은 자신의 실책을 깨닫고는 헛기침을 하면서 얼른 표정을 안으로 갈무리했다. 이어서 연자발과 이문진 역시 사신의 식솔들을 소개했는데 그들이 입고 있는 의복 역시 신통치를 않았다. 그것은 여러 번에 걸친 수나라와의 전쟁으로 고구려 백성들의 삶이 그만큼 고달팠다는 것을 여실히 말해 주고 있었다.

이미 어제 국세청으로부터 각자 거주할 집과 식량 등의 생필품을 지급받았던 그들은 식솔들을 데리고 그 자리를 떠났다. 그들이 가는 것을 잠시 바라보던 총리대신은 작전에 참가했던 천족장군들과 특전군들의 노고를 치하하는 자리에서 김유신을 쳐다보며 물었다.

"그대는 이번 작전에 참가하고 돌아온 느낌이 어떤가?"

옆에서 계백이 통역을 하자, 자기에게 묻는다는 것을 알아차린 김유신이 대답을 했다.

"예, 소인은 아직도 뭐가 뭔지 모르겠사옵니다."

"하하하! 그래? 그대도 특전군이 되고 싶은가?"

그 말을 들은 그는 반색을 하며 씩씩하게 대답을 했다.

"옛! 기회만 주신다면 그러고 싶사옵니다."

그는 아직 한글교육과 군사교육을 시작하지 않았기 때문에 특전군이 부러운 것은 당연했다.

"흠, 그대가 특전군이 되기 위해서는 일단 한글교육을 받아야 할 것이다. 하루빨리 한글교육을 끝내고 군사훈련에 참가하도록 하라. 그러자면 남다른 노력이 있어야 할 것이다."

"옛, 알겠사옵니다."

그의 대답을 들은 강철은 조영호를 쳐다보면서 의미심장하게 말을 건넸다.

"조영호 총장!"

"예!"

"김유신이 한글교육을 마치면, 훈련을 잘 시켜 보시오."

"하하하! 그렇지 않아도 생각하고 있었습니다."

그 자리에 있는 누구도 둘 사이에 오가고 있는 말 속에 깊은 뜻이 숨어 있는 줄을 아는 사람은 없었다.

강철은 나이가 비슷한 계백과 김유신이 서로 경쟁하는 모습을 보고 싶었고, 조영호는 조영호 대로 특전군 부장이 몇 사람 더 필요한 입장이었다.

빙그레 미소를 지으며 고개를 끄덕인 강철은 모두에게 다시 한 번 수고했다고 말하고는 뒤돌아서 태황제가 있는 편전으로 향했다.

강철이 들어오는 것을 본 태황제가 인사말을 건넸다.

"어서 오시오, 총리대신!"

"예, 폐하! 조영호 장군 일행이 평양을 무사히 다녀왔다는 말씀을 고하기 위하여 들었사옵니다."

"오호, 그래요? 장군들의 식솔은 모두 무사하오?"

"예! 모두 무사히 데리고 왔사옵니다."

"참으로 다행이오."

"그런데 폐하, 을지문덕 장군의 딸이 천하절색이옵니다."

"오호! 그래요? 어떻게 호랑이 같은 장수에게, 그와 같은 미모의 여식이 있다는 말씀이요?"

"늦둥이 여식이라며 소개를 하기에, 무심코 그녀를 본 소장은 체면을 생각할 겨를도 없이 그만 넋을 놓고 말았사옵니다. 얼른 정신을 차리고 다시 봐도, 역시 저절로 감탄이 나올 정도였사옵니다."

"그 정도로 미색이 뛰어나오? 하하하! 잘되었소. 총리대신의 눈에 그렇게 천하절색으로 보였다니, 이번에는 과인이 중매를 서면 되겠구려. 남남북녀라는 말이 맞기는 맞는 모양이오."

태황제가 중매를 서겠다고 하자 눈이 휘둥그레진 강철이,

"중매라니요? 소신에게 말씀이옵니까?"

"그렇소! 왜 그러시오?"

그러자 강철이 손사래를 치면서 머리를 흔들었다.

"소장은 폐하께서 황후를 삼으면 어떨까 하고 말씀드린 것이옵니다. 미모로 보나 그 부친으로 보나 황후 감으로 손색이 없어 드린 말씀이옵니다."

"허어! 총리대신은 반반한 여인네만 보면 과인에게 떠맡기려고 하는 모양인데, 총리대신은 미인을 얻으면 안 된다는 법이라도 있소?"

"폐하! 그런 말씀이 아니질 않습니까?"

"하여튼 과인은 상빈으로 족하오."

더 이상 대화가 어렵다고 판단한 강철은 얼른 화제를 돌렸다.

"그런데 무엇을 그렇게 열심히 하시고 계셨사옵니까?"

"아! 이거 말이요? 이제 연필과 종이가 생산되고 있으니, 체계적인 한글교육을 위해서 '한글 강본'이라는 책을 쓰고 있소. 이제 이것은 거의 끝마쳤으니 '제국 윤리 강본'도 한번 써 볼까 하오."

지금도 배달국에서는 한글교육을 시키고 있지만, 교재 없이 교육을 하고 있어 한글 강사마다 교육의 내용과 질이 조금씩 달랐다.

천족장군들은 대부분 과학과 기술 분야를 전공했기 때문에 한글 교과서를 쓰기에 적합한 사람은 그였다.

"그렇사옵니까? 소신도 몰랐는데 언제부터 쓰신 것이옵니까?"

"연초부터 쓰기 시작했소. 처음 시작할 때는 초등학교 저학년 수준의 교과서를 계획했는데 쓰다 보니 욕심이 생겨 고학년 수준까지 쓰게 되었소. 이거면 백성들에 대한 한글교육은 충분하지 않을까 생각하오."

"예! 금속활자야 금방 만들 수 있을 터이니, 이제 인쇄만 하면 되겠군요?"

"총리대신은 노트북에서 글자체를 골라 금속활자를 만들어 보라고 하시오. 물론 인쇄용 잉크도 만들어야 할 거요. 기왕에 도량형이 공포되었으니 상업 총감인 민진식 장군에게 '산수 교과서'도 한번 써 보라고 하면 좋을 텐데."

"알겠사옵니다. 아하! 문득 생각난 것이옵니다만, 조민제 장군에게 위생에 관한 책도 써 보라고 하겠사옵니다."

"그것 참으로 좋은 생각이요. 그렇게 만든 교재로 백성들에게 반 년 정도 의무교육을 시킨다면 백성들의 의식 수준이 훨씬 높아질 것이요."

"분명히 그럴 것이옵니다."

여기는 고구려 장안성이었다.

조당 옥좌에는 영양태왕이 앉아 있고, 단 아래에는 문무 신료들이 양쪽으로 도열한 가운데 조회가 개최되고 있었다.

다른 날과는 다르게 대전 안에는 바늘 하나 떨어지는 소리까지 들릴 만큼 정적이 감돌고 있었고, 고개를 숙이고 있는 신료들은 가끔씩 왕의 눈치를 살피고 있었다. 벌써 그렇게 흐른 시간이 이각(二刻)을 넘어서고 있었다.

이윽고 얼굴을 씰룩거리고 있던 태왕이 단 아래를 굽어보며 일갈을 했다.

"도대체 이 무슨 해괴한 일이란 말이요? 불과 사흘 전에 장천성에 괴이한 물체가 나타나 백여 명이 넘는 장졸들을 해치고 사라졌다고 하질 않았소? 그런데 이번에는 궁성 안에까지 들어와 한두 사람도 아니고 수십 명을 데려갔다 하니, 어떻게 대명천지에 이런 일이 일어날 수 있단 말이요?"

"……."

"왜 말씀들이 없으시오? 과인이 듣자 하니 그들 중에는 사신으로 갔던 을지문덕 울절과 대형 직에 있는 연자발까지 끼어 있었다고 하고, 데려간 자들 역시 그들의 식솔이라고 하니 어허! 이게 무슨 조화 속인지……?"

왕이 얼굴을 붉히며 언성을 높여도, 대전 안에 있는 신료들 중에 누구 하나 입을 벙끗하는 자가 없었다. 태왕 앞에서 그들이 배달국 무리에 투항한 것 같다는 말을 차마 입에 담을 수는 없었기 때문이었다.

"고승 장군!"

"예, 폐하!"

"장군은 그 무리가 사단을 일으키는 것을 보았다는데, 이 자리에서 다시 한 번 말해 보시오."

그러자 장안성 대모달 고승이 앞으로 나와 고하기 시작했다.

대모달은 4품관인 조의두대형 이상이 맡는 최고위 군사 보직으로서 밑에는 각각 1천 명 정도의 군사를 지휘하는 말객이라는 장수를 여러 명 거느렸다. 고승은 바로 이런 대모달 중에 특히 도성의 방위를 책임지는 대모달이었다.

"폐하! 신은 당일 금수산성 진중(陣中)에서 군무(軍務)를 보던 차에 하늘에서 이상한 소리가 들리고, 싸울아비들이 소란스럽기에 웬일인가 싶어 밖으로 나왔사옵니다. 그때 도성 하늘에는 잠자리 같기도 하고, 해동청(海東靑)* 같기도 한 두 개의 괴물체가 날고 있었사옵니다. 그런데 두 괴물체 중에 하나가 갑자기 중성에 내려앉더니,

---

*해동청(海東靑): 매의 옛 이름.

차림새조차 괴이한 무리들이 나오는 것이 아니겠사옵니까? 하여 소장은 급히 싸울아비들을 모아 내성을 거쳐 중성을 향해 달려갔사오나 그때는 이미 을지문덕 대장군과 연자발 장군, 이문진 태학박사의 식솔들이 괴물체로 끌려가고 난 후였사옵니다."

고승이 하는 말을 듣고 있던 왕은, 갑자기 짜증이 나는지 버럭 고함을 내질렀다.

"무슨 허튼 소리요! 끌려간 게 아니라 제 발로 따라갔다던데!"

"……."

"흠, 계속해 보시오!"

왕의 고함 소리에 놀란 고승이 눈치를 보면서 다시 고하기 시작했다.

"소장이 싸울아비들을 지휘하여 정해문에 막 도착했을 때, 갑자기 천둥벼락이 치더니 '와르르' 하고 정해문이 무너져 내렸사옵니다. 이어 또다시 두 번에 걸쳐 천둥 소리와 함께 벼락이 떨어져 정해문 한쪽은 거의 박살이 났고, 우리 싸울아비들도 여러 명이 목숨을 잃거나 다쳤사옵니다. 그들이 물러가고 난 후에 알아보니 을지문덕 대장군과 연자발 장군이 그 무리들과 함께 와서 식솔들을 데려갔다고 하옵니다. 이것이 소장이 알고 있는 전모(全貌)이옵니다."

설명을 마친 고승이 눈치를 보면서 제자리로 물러가자, 왕이 신료들을 내려다보며 언제 고함을 질렀었냐는 듯이 차분한 녹소리로 말을 했다.

"이제 자초지종을 들었으니 다들 아시겠지만, 날아다녔다는 괴물체가 바로 소문으로만 듣던 비조기라는 물체가 확실한 것 같소. 하여튼 앞으로 우리 고구려가 어떻게 대처해 나아가야 할지를 논의해 봐야 할 것 같소. 게다가 이런 중차대한 국사를 앞에 두고 대대로가 병석에 있다는 것이 안타깝소."

왕이 가라앉은 목소리로 말을 하자 울절인 고식이 나섰다.

"폐하! 우리 고구려는 근래 여러 차례 전란을 겪어 나라가 어려운 지경에 있사옵니다. 당분간은 백성들을 다독거리고 내치에 힘써야 할 때라고 생각하옵니다. 소신의 생각에는 저들이 정해문을 부수고 간 것은 경거망동을 삼가하라는 경고로 보이고 딱히 우리를 해할 마음이 없다고 보이옵니다. 그렇다면 구태여 그들과 분란을 만들 필요까지는 없다고 사료되옵니다."

고식의 말이 끝나자마자 이번에는 같은 울절인 강이식이 나섰다.

"소신 강이식 아뢰옵니다. 그들이 정해문만 부수고 간 것은 우리에게 경고를 하려는 의도였고, 딱히 우리를 해할 마음은 없어 보인다는 고식 울절의 말씀도 일리는 있사옵니다. 하오나 앞으로 그들이 우리의 강토를 넘보지 않는다는 보장은 없사옵니다. 장천성을 공격했다는 자체가 바로 그것을 말해 주고 있는 것이옵니다. 통촉하시옵소서."

강이식의 말이 끝나자 영양왕이 물었다.

"그러면 강 울절은 어떻게 하면 좋겠다는 말씀이요?"

"예! 소신은 저들과의 접경에 군사를 모아 대비해야 한다고 생각하옵니다."

"흠······!"

왕은 어떻게 해야 할지 판단이 서지 않았다.

이때 고건무(高建武)가 앞으로 나섰다.

"폐하! 소신 건무 아뢰옵니다. 소신은 다시 한 번 사신을 보내 저들의 의도를 파악해 보는 것이 상책이라고 여기옵니다. 만약 저들이 공격할 낌새가 분명하다는 판단이 서면 그때 강이식 울절의 말씀대로 해도 늦지 않을 것이옵니다."

건무는 왕의 동생으로서 건장한 체구의 영양왕과는 달리 호리호리한 체구에 예쁘장한 얼굴이었다. 역사 기록에 의하면 그는 을지문덕과 함께 수나라와의 전쟁에 참전하여 수군사령관으로서 혁혁한 전공을 세운 바가 있었고, 후에 영양왕의 뒤를 이어 영류왕으로 즉위하였다. 그러나 연개소문의 쿠데타로 몸이 토막 나는 비운을 맞게 되지만, 수군 장수로서는 대단한 위용을 보여 주었다고 한다.

자신의 동생이면서 수군 대모달인 고건무의 말을 들은 왕은 내키지 않는지 혼잣말처럼 되물었다.

"불과 얼마 전에 보낸 사신들이 모두 그쪽에 붙었다는데 또 보내자고?"

그러자 그 말이 나올 줄 알았다는 듯이 즉시 입을 열었다.

"폐하! 그 점은 심려치 마시옵소서. 이번 화친사로는 소신이 직접 다녀오겠사옵니다. 다만, 소신에게 그들과 협상할 수 있는 모든 권한을 내려 주시길 청하옵니다."

"왕제(王弟)가 직접?"

"예!"

"호오! 협상에 대한 모든 권한이라……? 흠……!"

"……?"

"그렇게 하도록 하라. 원래 신중한 성격인 왕제가 직접 다녀온다는 데야 과인이 더 이상 무엇을 망설이겠는가! 그래? 부사는 누구로 하는 것이 좋겠는가?"

"소신은 태학박사 약덕(若德)에게 부사 겸 서장관을 맡길까 하옵니다."

"허어! 너무 단출하게 가면 자신들을 가볍게 여긴다고 여기지 않겠는가?"

"아니옵니다. 우리의 위엄이야 이미 을지문덕 공이 갈 때 보였으니 크게 문제될 것은 없다고 보옵니다. 더구나, 을지문덕 공이 설사 그쪽에 투항을 하였다 하더라도 손은 안으로 굽는다고 하였으니 설마 괄시야 하겠사옵니까?"

"흠, 그렇기는 하겠지. 그렇다면 왕제가 알아서 하라."

"예!"

태왕은 어이가 없었다. 얼마 전까지만 해도 수나라가 걱정이었지, 배달국 무리는 도둑 떼들 정도로밖에 여기지 않았는데, 이것이 대체 무슨 꼴이란 말인가!

이제는 오히려 저들이 어떤 행동으로 나올까가 더 걱정스러운 판국이 되었으니 짜증이 날 대로 났다. 그래서 다시 사신단을 보내는 결정을 서둘러 내린 그는, 다른 국사 논의는 뒷날로 미룬 채 조회를 파했다.

해적들의 난동

중천성이 있는 부소산 자락을 감돌아 굽이쳐 흐르는 백마강 강변에는 겨우내 흙속에 뿌리박고 추위를 견뎌 내던 새싹들이 이제는 살만한 세상이 왔노라고 다투어 연초록 얼굴을 방긋거리고 있었다. 도성 앞 대왕벌을 가끔씩 지나는 바람도 계절의 순리는 거스를 수 없는지 제법 포근하게 느껴졌다.

태황제가 평소에 거처하는 장소인 침전에서는 천족장군 회의가 개최되고 있었다. 다른 회의와 달리 그 회의는 지난 동짓달 말부터 매번, 편하게 대화를 나눌 수 있는 침전에서 이루어졌다.

사실, 회의라고 하기보다는 모임이라고 해야 옳있다. 태황제를 중심으로 열다섯 명이 순서 없이 원형으로 둘러앉아 편하게 대화를 나누는 형식이었기 때문이다. 이 회의는 매번 새달이 시작되기 이틀전에 개최되는데, 그렇게 정한 이유는 이 자리에서 의논된 사안들을 이틀 후에 열리는 어전회의를 통해 국정에 반영하기 쉽도록 하기 위한 안배였다.

여느 때와 마찬가지로 오늘도 황색 용포 차림인 진봉민과 홍색 용포 차림인 천족장군들이 빙 둘러앉아 있었다.

"오늘 다섯 번째 천족장군 회의를 갖게 되었소. 우리가 이 시대로 온 지도 벌써 한 해가 넘었지만, 나는 늘 무엇인가 부족하다는 불안감에 빠지곤 하오. 혹시 나에게 부족한 점이나 흐트러짐이 보이면 망설이지 말고 따끔한 충고와 조언을 아끼지 말아 주었으면 좋겠소."

진봉민의 말이 끝나자, 내정부 총감 조민제가 입을 열었다.

"폐하! 우리가 이 시대로 온 지 한 해가 지났다고는 하지만, 실제 이곳 중천성으로 와서 제대로 일을 시작한 것은 채 반년도 되지 않았사옵니다. 지금처럼만 한다면 앞으로 이삼 년이면 우리 제국은 탄탄한 기반을 다질 수가 있을 것이옵니다."

그 말에 옆에 앉아 있던 홍석훈도 고개를 끄덕이며 맞장구를 쳤다.

"폐하! 소장도 조민제 총감의 말씀에 공감을 하옵니다. 나라가 하루아침에 발전하는 것이 아니질 않사옵니까? 공업 부문만 해도 우선 경공업에서부터 시작해서 제철공업과 중화학공업까지 차근차근 단계를 밟아 이루어져야 가능한 일이 아니겠사옵니까? 너무 조급해하지 마시옵소서."

홍석훈의 말을 들은 진봉민은 미소를 머금고 말을 받았다.

"그렇기는 하오. 아마 내가 황제라는 자리에 앉아 있는 것이 버겁기도 하고, 늘 무엇인가 부족하다는 생각에 조바심이 나서 그런가 보오."

그 말에 강철이 입을 열었다.

"무거운 책임감 때문에 힘들어하시는 폐하를 옆에서 지켜보는 소장도 안타까울 지경이옵니다. 그렇지만, 우리가 처음 이 시대로 올 때 품었던 생각을 이만큼이라도 이루어 나갈 수 있는 것은, 태황제 폐하만 하시니까 가능한 일이라 생각하옵니다. 그러니 그런 이야기는 이쯤하고, 앞으로 우리가 해야 할 일들을 의논하는 것이 좋을 것 같사옵니다."

총리대신인 강철이 화제를 바꾸자, 먼저 박상훈이 상업부 총감인 민진식을 쳐다보며 말을 꺼냈다.

"민 장군! 지금 우리 과학부에서 제일 애로를 느끼는 것은 원료 수급에 대한 문제입니다. 광공업부에서 나름대로 광산을 개발하고 있다지만, 우리 땅에서 구하지 못하는 광물들은 어떻게든 타국에서라도 구해 와야 할 텐데, 상업부 총감이 대책을 마련해 봐주시오."

박상훈의 부탁 조의 말에 민진식이 고개를 끄덕이며 대꾸를 했다.

"알겠습니다. 오양 공이 지금 산동에 가 있으니 돌아오는 대로 방법을 강구해 보겠습니다. 그리고 전국에 있는 상단들을 모두 국영 상단으로 만들면, 그런 일을 시키기에는 편하지 않을까 하는 생각도 있습니다만……."

그 말을 들은 태황제가 고개를 가로저으며 의견을 말했다.

"국영 상단이라…… 글쎄? 모두 국영으로 바꾼다는 것은 생각해 볼 문제요. 지금처럼 나라에서 운영하는 국영 상단과 개인들이 운영하는 민영 상단으로 놔둬야 건전한 경쟁도 이루어지고 발전도 하지 않겠소?"

"네에, 그런 점도 있을 것 같사옵니다."

민진식의 대답이 끝나자마자 갑자기 생각났는지 진봉민이 물었다.

"아…… 얼마 전 상업부에서 전국에 있는 상단을 조사해 보니 큰 상단 두 개와 열두 개의 작은 상단이 있다고 했던 것으로 기억하고 있는데, 맞소?"

"그렇사옵니다."

"과인이 큰 상단 강수에게는 소장 계급을 부여하라고 했었는데, 그 이후에는 별 다른 얘기가 없어 그렇지 않아도 궁금하던 참이었소."

"큰 상단 두 개는 오양 공이 경영하는 제국상단과 국태천(國泰川)이라는 자가 경영하는 여울상단이라고 하옵니다. 여울상단은 이 시대 지명으로는 월나(月奈)라고 하는 땅에 기반을 두고, 중국 대륙을 비롯해 탐라와 왜국 등을 상대로 교역을 하고 있다고 하옵니다. 지금 그 상단 강수인 국태천이 왜국에 가 있다고 하여 여태 말씀을 드리지 못했던 것이옵니다."

월나는 전남 영암 지방을 지칭하던 삼국시대 때의 지명이었고, 국태천이 경영하는 여울상단은 상대포(上臺浦)라는 포구에 있었다. 서해로 연결되는 영산강가에 위치한 상대포는 이 시대에 가장 큰 국제 무역항 중에 하나로 주로 남중국이나 왜국과 통하던 항구였다.

왜국 아스카(飛鳥) 문화의 비조(鼻祖)가 된 왕인 박사가, 백제 아신왕 때인 서기 405년에 이 항구를 통해서 왜국으로 건너갔다는 기록이 남아 있을 정도로 상당히 큰 포구였던 것이다. 그런 상대포에 기반을 둔 여울상단은 오양 공이 경영하는 제국상단에 비해 너덧 배나 크고 전통이 있는 상단이었다.

"왜국이라? 그자는 언제 왜국으로 간 것이요?"

"우리가 이곳을 장악하기 전인 작년에 상단을 이끌고 갔다고 하옵니다."

"백제가 망했다고 생각하고, 일부러 돌아오지 않는 것은 아니요?"

"아니옵니다. 장사를 떠날 때도 여섯 달 기한으로 갔다고 하고, 그 자의 가족뿐만 아니라 상단을 따라간 자들의 가족도 이곳에 있기 때문에 돌아오는 것은 틀림없사옵니다."

"여울상단이라…… 이름이 참으로 운치가 있구려. 내 생각에는 우리 제국상단과 그 국태천이라는 자가 경영한다는 여울상단을 나라에서 집중 육성했으면 어떨까 하오. 물론 당분간은 무역 대상국을 구분할 필요가 없겠지만, 장차로 국태천에게는 동남쪽인 탐라와 왜국을 포함해 신대륙까지 왕래하는 무역을 맡기고, 오양 공에게는 중국 대륙을 포함하여 유럽까지 관할케 하면 어떻겠소? 기왕에 말이 나왔으니 상단이라는 이름도 청룡상단과 백호상단으로 구분하면 이해도 쉽겠구려."

"예! 그것도 좋을 것 같사옵니다. 책임자는 소장 계급을 부여하기로 하였으니 관직명도 알기 편하게 단주(團主)로 부르는 것이 어떻겠사옵니까?"

민진식의 말이 있자, 진봉민이 괜찮은지 머리를 끄덕였다.

이때 맞은편에 앉아 있던 내정부 총감인 조민제가 제안을 했다.

"민 총감, 제 생각인데 각 상단들에게 여력이 있는 만큼, 전국 각 지역에 점포를 만들도록 해서 화폐를 유통시키게 하고, 곁들여 나라의 전매품과 곡식 종자를 팔거나 나눠 주는 역할을 맡기면 좋을 것 같소만!"

그 말을 들은 상업부 총감 민진식이 반색을 하며 말을 받았다.

"아하! 저는 그 생각까지는 미치질 못했었는데, 내정부 총감께서 좋은 말씀을 해 주셨습니다. 상업부 대신에게 적극 반영해 보라 하겠습니다."

"하하! 그렇다면 다행입니다."

다들 화기애애한 분위기 속에서 이번에는 총리대신인 강철이 입을 열었다.

"폐하! 망명한 을지문덕 대장에게는 무슨 일을 맡길 생각이신지요?"

"허허! 혹시 좋은 생각이 있으시오?"

"예, 우리에게 현대 무기가 있다고는 하지만 가져온 물량이 한정되어 있어서, 육군은 구식 무기를 그대로 사용하는 실정이옵니다. 을지문덕 장군이 찰갑 기마병을 지휘하던 분이니, 이 기회에 육군을 전부 기동성 있는 기마병으로 바꾸어 그분에게 맡기면 어떨까 하고 생각해 보았사옵니다."

강철의 말을 들은 진봉민이 빙그레 웃으며 대꾸를 했다.

"흠, 그것도 썩 괜찮은 방법이긴 하지만, 이제 을지문덕 장군의 나이도 오십 줄이니 나는 군사학교를 만들어 학교장을 맡길까 생각 중이었소."

"군사학교라고 하시면……?"

"쉽게 말하면 논산훈련소 같은 기본 군사 교육기관을 말하는 것이오. 지금은 각 군 사령들인 우수기 장군이나 홍석훈 장군 그리고 조영호 장군이 따로따로 교육을 시키고 있는 실정인데, 앞으로 공통 군사교육은 군사학교에게 맡기고, 공통 교육이 끝난 다음에는 각 군별로 특성에 맞게 이차 교육을 하면 어떨까 하는 생각이었소."

듣고 있던 육군사령인 우수기가 적극적으로 찬성했다.

"옳으신 말씀이옵니다. 지금은 기본 훈련조차도 누가 교관을 맡느냐에 따라 이 내용이 들쭉날쭉하옵니다. 그래서 소장도 그 필요성을 절감하고 있었사옵니다."

우수기의 말에 고개를 끄덕이던 강철도 거들었다.

"듣고 보니 그렇기는 하옵니다."

"하하! 그렇소? 우리가 기마부대를 만든다 하더라도 그들을 지휘할 장수는 여럿 있으니 맡기면 될 터이지만, 내 생각에는 당분간 군사 숫자는 지금 수준으로 유지했으면 하오. 물론 하루빨리 신무기를 개발하면 더할 나위가 없겠지만, 그보다는 지금 우리가 가진 무기에 쓸 총탄을 먼저 만드는 것이 급선무인 것 같소!"

태황제의 말에 모두 고개를 끄덕였다.

이번에는 조용히 앉아 있던 과학부 총감 중에 하나인 장지원이 말을 했다.

"좀 부끄러운 말씀입니다만, 소장은 화장실 설치가 급하다고 생각합니다. 우리 과학부가 있는 웅진이 궁전이라 그런지 화장실 숫자가 적어 너무 불편합니다. 일을 하는 곳에서 멀리 떨어진 곳에 있어 사용하려면 번번이 한참을 걸어가야 하니……."

푸념 섞인 장지원의 말에 태황제가 옳다는 듯이 거들었다.

"불편하기는 내가 더 할 것이요. 황제랍시고 그나마 있다는 화장실도 사용할 수가 없고, 상궁이 가져다 주는 매우통(梅遇桶) 위에 걸터앉아 해결을 하는데 매번 얼마나 불편한지 모르겠소."

그러자 이휘조가 궁금하다는 듯이 물었다.

"매우통이 무엇이옵니까?"

"하하하! 매우통은 사각 모양의 통인데 쉽게 말해 요강이요. 백제 왕이던 사비 공도 그것을 썼다고는 하는데, 왕이나 황제는 변으로도 건강 상태를 확인해야 한다나 어쩐다나? 그러기 위해서는 꼭 매우통을 써야 된다고 하니, 어쩔 수 없이 쓰기는 쓰지만 하루빨리 해결해야 될 문제라고 생각하오."

매우통은 나무로 만든 요강의 일종인 직사각형 상자로 그곳에 걸터앉아 배변과 배뇨를 하는 것이었다. 황제나 왕의 대변을 매(梅)라 하고 소변을 우(遇)라 하는데, 그래서 그것을 받는 도구를 매우통이라 하는 것이다.

외출했을 때에는 상궁들이 천으로 된 장막으로 사방을 가리고 그 안에서 해결하는데, 지밀상궁이 대령(待令)* 여부를 묻는다는 것이었다.

태황제의 말끝에 과학부 총감인 박상훈이 입을 열었다.

"폐하! 그렇지 않아도 홍석훈 수군사령이 군항 공사와 조선소 공사에 쓸 양회가 필요하다고 하여 양회 공장을 만들고 있사옵니다. 양회가 생산되면 토목공사뿐만 아니라 벽돌이나, 토관도 생산할 수 있으니, 도성 내에도 정화조와 오수관을 묻어 수세식 화장실을 설치할 수 있을 것이옵니다."

그 말을 듣자, 반가운 듯이 진봉민이 다시 물었다.

"언제까지면 그 공장이 만들어지는 것이오?"

"예, 시설 크기에 따라 차이가 있지만 양회를 만드는 시설은 과히 어렵지 않사옵니다. 양회의 주원료는 지금 광공업부가 제천에서 캐내고 있는 석회석이옵니다. 여기에 돌과 몇 가지 광석을 섞은 다음 불에 구워 가루로 만들면 그것이 양회이옵니다. 지금 굽는 시설과 분쇄기를 만드는 중이니 다음 달이면 생산이 가능할 것이옵니다."

"오호! 다음 달이면 시멘트를 만들어 낸다는 말씀이오?"

---

* 대령(待令): 준비하다.

"예, 게다가 그것을 포장할 종이까지 이미 생산하고 있으니 우리가 알고 있던 시멘트 품질에는 미치지 못하겠지만, 별반 차이가 없는 제품이 나올 것이옵니다."

이때 구석에 앉아 있던 김민수가 웃으면서 독백처럼 말을 했다.

"허허! 시멘트 얘기가 나오니 새마을운동이 생각나는군요."

김민수는 이 시대로 오기 전에 농업진흥청에 근무했었기 때문에 새삼스럽게 '새마을운동'이 생각나는 모양이었다. 그런데 그 말을 들은 강철이 눈을 빛내면서 말했다.

"아! 우리도 그거 한번 해 보면 어떻겠소? 새마을운동 말이요!"

강철의 말을 받아 내정부 총감인 조민제가 재빨리 맞장구를 쳤다.

"그것 참 좋은 생각인 것 같습니다. 이 시대에는 마을이 주로 씨족으로 이루어져 있어 단합이 잘되고, 촌주의 권위가 높습니다. 촌주들을 교육시켜 운동을 전개한다면 상당한 성과가 있을 것입니다."

그 자리에 있는 천족장군들이 모두 좋다 하자 태황제가 정리를 했다.

"아주 좋은 의견이요. 조민제 총감이 상단들의 활용에 대해 좋은 의견을 내주고, 김민수 총감의 새마을운동에 관한 의견이 아주 시기 적절한 것 같소. 정화조 시설이나 토목공사는 시멘트가 생산되면 해결될 것이고, 아! 그리고 조민제 장군 말씀을 듣고 문득 생각이 난 것인데 도성에 대학을 만들어 학자도 양성할 겸 촌주들도 그곳에 불러 교육을 시키면 좋을 것 같소. 대학 학장으로는 이번에 망명한 이문진 장군이 대학자이니 그에게 맡기면 괜찮을 것 같은데?"

자신의 의견이 어떠냐는 듯이 좌중을 둘러보자, 강철이 반색을 하며 덧붙여 말을 했다.

"좋으신 의견 같사옵니다. 기왕이면 을지문덕에게 맡길 군사학교를 '제국군사대학'이라고 하고 이문진 장군에게 맡길 인문, 기술 교육 등을 망라할 학교를 '제국종합대학'이라고 하면 어떻겠사옵니까?"

강철의 말에 고개를 끄덕인 진봉민이 말을 했다.

"아주 그럴 듯하오. 그렇게 하도록 하십시다. 두 대학은 총리부 산하에 두고 책임자 직관은 학장으로 부르는 것이 합당할 것 같소만!"

"알겠사옵니다."

이어 박상훈은 무기류에 직접 쓰여지는 화약은 유황과 같은 재료만 확보되면 즉시라도 만들 수 있다고 말했다. 덧붙여 이것들을 만드는 방법이 다른 나라에 알려지면 안 되기 때문에, 앞으로 어전회의나 내각회의에서는 일체 언급을 자제해 달라고 주문했다. 과학부에는 여러 명의 총감이 있었지만, 실질적으로는 박상훈이 수석 총감 역할을 하고 있었다.

박상훈이 유황을 구하는 문제로 걱정을 하자, 광공업부 총감인 강진영이 지나가는 투로 한마디 툭 던졌다.

"과학부에서 유황이 그렇게 필요하다면 비조기로 왜국에 있는 노천 유황 광산을 한번 다녀오면 되지 않겠습니까? 아마 하꼬네에 가면 그냥 삽으로 퍼 담아도 될 것입니다."

그 말을 들은 박상훈이 잠시 생각하는 눈치더니 기억이 난 듯,

"아하! 맞아요. 내가 왜 그 생각을 못했는지 모르겠군. 나도 일본 하꼬네 온천에 갔던 적이 있었는데, 그때 보기는 봤소. 지금 시대에도 개발됐는지 어쩐지는 모르겠지만 개발이 안 됐더라도 땅 위에 널려 있었던 기억이 나니, 하여튼 유황 문제는 해결될 것도 같습니다.

하! 하! 하!"

아주 기쁘다는 표정으로 흥얼거리는 것을 보고, 참석자들도 덩달아 흐뭇한 기분이 되었다.

이때 진봉민이 지금까지와는 다른 차분한 목소리로 입을 열었다.

"자! 자! 잠시 좀 귀를 기울여 주시오."

"······?"

"잠시 내가 여러분에게 하고 싶은 말이 있어요. 그게 다름이 아니라······."

다들 태황제가 무슨 말을 하려는데 새삼스럽게 뜸을 들이나 싶어진 일동이 모두 그의 말에 귀를 기울였다.

"······?"

"우리가 민족을 발전시켜 보겠다는 뜻을 세우고 이 시대로 와서, 그동안 나름대로는 열심히 그 뜻을 펼치기 위해 노력해 왔다고 자부하고 계실 것이요. 그런데 막상 이곳에 와서 보니 신라나 백제, 고구려 백성이라는 의식은 뚜렷한데 반해, 같은 민족이라는 개념은 희박하다는 것을 알게 되었소."

그러자 성격이 급한 우수기가 맞장구를 쳤다.

"사실, 그렇기는 하옵니다. 소장도 처음에는 그 점이 이상하게 생각될 정도였사옵니다."

"맞소! 그런 데다가 지금 이 삼한 땅에도 여진족이라든가 거란족이 부락 단위로 흩어져 살고 있고, 특히 고구려 땅에는 그들 숫자가 적지 않다는 것이오. 그래서 말씀인데······ 이 기회에 우리부터 민족의 개념을 분명히 정리해야 할 필요가 있다고 생각한 것이요."

"······?"

"배달민족을 말할 때에 좁게 말하면 예족과 맥족을 말하지만 넓게 말하면 여진족이나 거란족을 비롯해서 몽고족까지를 포함하는 개념이요. 그래서 앞으로 우리도 넓은 개념으로 해석하면 어떨까 하는 것이요."

진봉민의 말이 끝나기가 무섭게 조민제가 말을 받았다.

"폐하, 그 점은 총리대신께서 말씀하신 적이 있기 때문에 이미 저희는 그렇게 알고 있사옵니다."

"그렇소?"

이번에는 총리대신이 나섰다.

"예, 전에 우리가 이곳으로 도성을 옮기기 직전에 폐하께서 소장에게 말씀하신 적이 있사옵니다. 그 후에 개국식에서도 언급하신 바가 있으시기 때문에 다들 그렇게 알고 있사옵니다."

"하하하! 그렇다면 다행이요. 내가 뒷북을 친 셈이 됐구려."

진봉민이 만면에 웃음을 띠고 대답하자 다시 조민제가 입을 열었다.

"폐하, 꼭 짚고 넘어갈 문제가 하나 있사옵니다. 바로 종교를 어떻게 할 것인가 하는 문제이옵니다. 저부터도 이 시대로 오기 전까지는 개인적으로 불교를 믿어 왔는데, 사실 그동안은 정신이 없어 큰 신경을 쓰지 않다가 이곳 중천성으로 오니, 도성 안에도 절이 있어 마음 한구석이 늘 찜찜했사옵니다. 소장이 내정부 총감을 맡으면서 알게 된 것이지만, 백성들도 태반이 불교 신도들이라 무작정 모른 척하고 넘어갈 문제는 아니라고 생각하옵니다."

"흠……."

다들 의논이 필요한 문제라고 생각하고는 있었지만, 어느 시대나

종교 문제는 항상 예민한 사안이었기 때문에 누구도 먼저 입을 떼지 않았다.

얼마의 시간이 흐르자 홍석훈이 조심스럽게 운을 떼었다.

"저…… 종교 문제는 그냥 각자가 알아서 하면 어떻겠사옵니까?"

"그건 안 된다고 생각합니다."

하고 즉각 반대를 한 것은 이휘조였다. 그러나 안 되는 이유를 설명을 하지 않아 분위기가 어색해지자 우수기가 물었다.

"이 장군! 이유를 설명해야 할 것이 아니요!"

"예, 그럼 말씀드리겠습니다. 사실, 저는 교회를 다니던 사람입니다. 그렇지만 우리가 이곳으로 올 때 다짐했던 것이 무엇입니까? 개인적인 것은 모두 접기로 하지 않았습니까? 그것도 그렇지만 우리가 천제의 명을 받고 내려왔다고 했기 때문에 백성들은 우리를 천신으로 알고 말 한마디에 죽을 둥 살 둥 따르고 있습니다. 충성촌 백성들이 신단까지 차려 놓고 천제께 제사를 지내는 것도 다 그런 이유가 아니겠습니까? 그런데 우리가 무슨 핑계로 종교를 믿을 수 있겠습니까? 제 상식으로는 앞뒤가 맞지 않는다고 생각합니다."

"……."

화기애애하던 분위기는 갑자기 썰렁해지고 그 말에 누구 하나 대꾸를 하지 못하고 있었다.

한동안 무거운 분위기가 계속되자 생각을 거듭하던 진봉민이 입을 열었다.

"음…… 이 장군의 말씀이 옳은 것 같소. 우리가 초심을 잃으면 죽도 밥도 안 된다는 것은 자명한 일이요. 아무것도 알지 못하는 이곳에 와서 외로울 수밖에 없는 우리가, 마음의 안식을 얻기 위해 종교 생활을 하는 것도 필요할는지는 모르오. 그러나 이 장군 말대로 우리가 하늘에서 왔네 하면서, 종교 생활을 한다면 앞뒤가 맞지 않는다는 것은 다들 이해를 하실 것이요. 다만, 우리가 종교를 어떻게 대하느냐 하는 문제는 그것을 배척하지도 말고 그렇다고 정치에 끌어들이지도 않는 것으로 하십시다. 어떻소?"

태황제가 하는 말을 다 들은 이휘조가 다시 입을 열었다.

"우선, 여러분께 너무 직설적으로 말씀드린 것을 죄송스럽게 생각합니다. 소장은 폐하의 말씀이 옳다고 생각합니다."

이휘조가 말을 끝내자 머쓱해 있던 홍석훈이 입을 열었다.

"소장도 이 장군의 말씀을 듣고 보니, 너무 쉽게 생각하고 말했다는 것을 깨달았습니다. 종교 때문에 국가 간에 전쟁도 일어나고, 국론 또한 사분오열되는 경우도 보아 왔으니, 폐하 말씀대로 하는 것이 옳을 것 같습니다."

이어 모두들 이구동성으로 태황제가 제시한 방안대로 따르기로 뜻을 모았다. 서먹하던 분위기가 원래 분위기로 돌아가자, 음식에 고춧가루가 들어가지 않아 맛이 없다는 얘기를 비롯해서, 백성들 중에 생활이 괜찮은 사람은 털가죽을 구해 발을 감싸지만, 없는 자들은 짚신이나 맨발로 생활하고 있으니 안타깝다는 등 크고 작은 일을 가리지 않고, 자연스럽게 대화가 오갔다.

천족장군들은 회의를 할 때마다 느끼는 것이지만, 자신들에게는 그나마 이 자리가 마음 놓고 대화를 나눌 수 있는 유일한 자리였다.

태황제는 마지막으로 마음에 드는 배우자감이 있으면 어서들 혼례를 올리라고 당부하는 것으로 회의를 마쳤다.

천족장군 회의가 있은 지 20여 일이 지난 4월 중순이었다.

태황제의 집무실인 편전 안에서는 총리대신 강철과 외교청장인 알천이 태황제와 대화를 나누고 있었다.

"허어, 그거 참! 고구려에서 또 사신이 오고 있다는 말씀이오?"

자신의 무릎을 툭 치며 어이가 없다는 표정으로 말하는 태황제를 바라보며 강철이 대답했다.

"그렇사옵니다. 이번에는 화친사라 하옵니다."

"화친사……? 그래 이번 사신단은 누가 이끈다고 하오?"

"왕의 동생인 고건무가 정사가 되어 약덕과 함께 온다고 하옵니다."

고건무는 고구려 영양왕의 동생으로, 다음 대 국왕에 오르게 되는 인사였다.

"고구려가 급하기는 급한 모양이오. 왕이 제 동생까지 사신으로 보내는 것을 보면 말이오. 약덕이야 외교에 밝은 사람이니, 이번에 우리 제국에 망명한 연자발 장군과도 친한 사이일 것이오. 외교청장은 그들의 의도가 무엇이라고 생각하시오?"

갑작스러운 태황제의 질문에 알천은 망설이지 않고 대답을 했다.

"소신의 생각에는 지난번에 망명한 장수들의 식솔들을 비조기로 데려가는 것을 보고 놀란 것이 아닌가 싶사옵니다. 그것도 그들의 심장부인 도성 안에까지 들어가서 그들을 데리고 나온 것도 부족하여, 성문까지 부숴 놓고 왔으니 그럴 만도 하지 않겠사옵니까!"

알천의 시원스러운 대답을 들은 태황제와 총리대신은 일리가 있다는 듯이 미소를 지으면서 고개를 끄덕였다.

"폐하! 그들을 어떻게 대하면 좋겠사옵니까?"

하고 총리대신이 물었다.

"일단 그들의 말을 들어 봅시다. 사신단 이름을 화친사라 했으니 과인의 생각에는 서로 불가침을 하자는 의도로 보이는데……."

"그렇다면 그들이 원하는 대로 불가침 약조를 해 주시겠다는 말씀이옵니까?"

강철이 내키지 않는다는 표정으로 되물었다.

"우리로서도 당분간 그렇게 하는 것이 편할 것이오. 그 대신에 우리도 무엇인가 받아 내야겠지…… 이를테면 유연탄이나 철광석이라면 좋을 것이요. 우리 쪽에는 유연탄이 나오질 않고, 철광석도 그쪽에서 채굴되는 것이 훨씬 질이 좋으니……."

"유연탄이 고구려 땅에서 나옵니까?"

"고구려 땅인 흑룡강 근처에서 나오는 것으로 알고 있소. 그자들이 오면 가능한 뜸을 들이다가 파주와 원산을 경계로 불가침 약조를 해 주되, 매년 공물로 유연탄과 철광석을 받아 내도록 해 보시오. 대신에 우리는 연필과 종이 그리고 비누를 답례품으로 주면 될 것이요."

"알겠사옵니다만, 나중에라도 힘을 축적한 저들이 군사를 동원하면 막아 내기야 하겠지만, 큰 희생을 치루지 않겠사옵니까?"

"하하하! 철심장인 총리대신이 별 걱정을 다하시오. 그때쯤이면 우리에게 군함과 화물선이 생기는데 뭐가 걱정이겠소? 오히려 저들은 지금보다 더욱 겁을 내고 움직이지도 못할 거요."

"뭐, 그렇기도 하옵니다. 기왕에 그럴 생각이라면 제련하지 않은 철광석보다야 제련한 철괴가 더 낫질 않겠사옵니까?"

"그거야 물론이요. 철괴로 받아 내면 그만큼 제련을 해야 하는 수고도 덜게 되니 그게 더 낫기는 하겠구려."

"예, 알겠사옵니다."

이때 밖에서 상궁이 고하는 소리가 들렸다.

"폐하! 급한 일로 내정부 대신이 들어 계시옵니다."

"드시게 하라."

편전으로 들어온 백기가 예를 올리고는 뭐가 급한지 선 채로 보고를 했다.

"폐하! 지금 해적들이 물아혜(勿阿兮)라 불리던 목포에 나타나 패악을 부리고 있다는 정보이옵니다."

물아혜라는 지명은 목포시와 무안군 지역을 일컫던 말로 '물아래 또는 물 안에'를 뜻하는 이두 표현이었는데, 연초에 현대 지명으로 바꿀 때 그 지역을 목포라는 이름으로 바꾸었었다.

"무엇이오? 해적이라니! 그래 몇 명이나 된다고 하오?"

"정확히는 모르나 배가 십여 척이라는 것으로 보아 삼백여 명은 족히 넘으리라고 보입니다."

이때 옆에서 듣고 있던 강철이 급히 물었다.

"백기 장군! 그 정보는 어떻게 알게 된 것이오?"

"예! 목포 군령이 보낸 연락 기마병을 통해 들은 것입니다. 소식을 듣자마자 각하를 뵈러 총리부로 갔더니 이곳에 계신다 하여 달려온 길입니다."

갑자기 안색이 굳어진 태황제가 분개한 목소리로 명을 내렸다.

"총리대신! 어서 서둘러 출동하도록 하시오. 지체하면 할수록 백성들의 피해가 클 것이오."

명을 받은 총리대신도 사태가 심각하다고 느꼈는지 서둘러 자리에서 일어나며 대답했다.

"옛! 알겠사옵니다. 그럼, 소장 이만 물러가겠사옵니다."

"어서! 어서! 나가 보시오!"

총리대신을 비롯해 백기와 알천이 물러가고 난 후, 채 30분도 지나지 않아 비조기의 프로펠러 음이 들렸다. 태황제는 그래도 마음이 놓이질 않는지 급히 궁청장을 불러 예도 차리기 전에 명을 내렸다.

"궁청장은 지금 즉시 누가 비조기로 출전했는지 알아보고, 육군사령이 있으면 들라 하시오!"

진봉민은 지금 극도로 화가 나서 마음 같아서는 자신이 직접 현장으로 달려가고 싶은 것을 애써 참고 있었다. 차분하면서도 온화하던 평소의 모습과는 전혀 다른 태황제의 모습에 변품은 아연 긴장을 하면서 대답했다.

"예! 알겠사옵니다."

그는 곧 육군사령인 우수기 대장을 데리고 들어와 보고를 했다.

"폐하! 총리대신께서 직접 조영호 장군과 계백 소령을 대동하고, 두 대의 비조기에 특전군을 싣고 출전하셨다고 하옵니다."

"알겠소! 육군사령은 말씀을 들으셨소?"

안색이 굳어 있는 태황제가 다짜고짜 묻자, 우수기 대장이 대답을 했다.

"예, 폐하! 총리대신께서 해적들이 쳐들어왔다고 짤막하게 하는 말씀을 들었사옵니다."

"육군사령! 지금 도성 근처에 육군이 몇 명이나 있소?"

"예! 삼천 명 중에 김천과 칠중성에 각각 오백 명씩 나가 있고, 도성 근처에는 지금 이천 명이 주둔해 있사옵니다."

"그들이 말은 잘 다루는지 모르겠소?"

"선발할 당시에도 기마 능력을 감안하여 선발했기 때문에 훈련이 끝난 지금은 능수능란하게 잘 다루는 것으로 알고 있사옵니다."

육군사령인 우수기가 자신 있게 대답하자 태황제가 명을 내렸다.

"육군사령은 해수 장군과 흑치덕현 장군, 부여사걸 장군에게 각각 오백 명씩 군사를 주어 해수 장군은 해남으로, 흑치덕현 장군은 진주로, 부여사걸 장군은 순천으로 보내 주둔케 하시오. 그리고 전국 각지에 근무하는 군령들에게 만약 군사가 필요한 사태가 발생하면 면 도성까지 오지 말고, 가장 가까운 거리에 있는 그들에게 지원을 요청하라 전하시오."

"예! 알겠사옵니다."

"그와는 별도로 김서현 장군에게 오백 명의 군사를 주어, 목포로 간 총리대신을 지원하라고 이르시오. 즉시 시행하시오!"

"예! 그렇게 알고 소장 물러가옵니다."

진봉민은 생각하면 할수록 해적들이 괘씸했다. 언제고 그들의 본 거지를 쑥대밭으로 만들어 버리겠다고 거듭 다짐하고 있었다.

긴급히 2대의 비조기를 동원하여 목포로 출발한 총리대신 강철과 조영호는 40여 분 만에 목포 상공에 도착했다.

다행히 목포 군령이 보냈던 연락 기마병을 데리고 왔기 때문에 군령이 근무하는 치소는 금방 찾아낼 수가 있었다.

이일구가 조종하는 비조 1호기와 장지원이 조종하는 수송용인 비조 4호기가 치소 마당에 서서히 착륙했다. 비조기가 착륙하자마자 특전군이 뛰어나가 주변을 경계하는 사이에 뒤이어 강철과 조영호도 비조기에서 내렸다.

일행은 치소 안으로 들어가 군령을 찾았으나 어디로 피신을 했는지 찾을 길이 없었고, 약탈을 당했는지 치소 안은 엉망으로 어질러져 있었다. 치소 마당으로 돌아온 강철은 아무리 궁리를 해 봐도 소탕 작전을 어디서부터 어떻게 시작해야 할지 막막했다.

이때, 곁에 서 있던 조영호가 그 눈치를 채고 제안을 했다.

"각하! 저들이 배를 타고 왔다 하니, 우선 배를 찾는 것이 쉬울 것 같습니다. 어떻거나 타고 왔던 배가 정박해 있는 근처에 저들이 있질 않겠습니까?"

"옳은 말씀이요! 그들의 배가 십여 척이나 된다고 하니, 어느 선착장인지는 모르겠지만 강가에 있는 선착장에 정박해 있을 것이요."

"틀림없이 그럴 것입니다."

강철과 조영호가 소탕에 대한 의견을 나누고 있는 동안 주변을 경계하고 있던 특전군으로부터 멀리에 인적이 보인다는 보고가 있었다. 그들이 살펴보니 역시 유달산 쪽에서 급히 달려오고 있는 몇 사람의 모습이 보였다.

그들은 숨이 턱에 닿도록 뛰어와서는 홍룡군포를 입고 있는 강철을 금방 알아보고 군례를 올렸다.

"총리대신 각하가 맞으시지요?"

"그렇소? 잠시 숨을 고르고 나서 말씀하시오."

강철이 그들 다섯 명 중에 가장 앞에 있는 자를 자세히 살펴보니 꽤 낯이 익어 보였다. 지난 연초에 각 지역으로 보낼 군령들에게 당부와 격려를 하는 자리에서 분명히 보았던 자였다.

가쁜 숨을 골랐는지 그는 다시 입을 열기 시작했다.

"소장은 이곳 목포 군령을 맡고 있는 육군 중위 해달(解達)입니다. 먼 길 와 주셔서 감사드립니다. 뒤에 있는 자들은 한글 강사입니다."

각 지역에 파견할 군령들에게는 육군 중위 계급을 내리고 한글 강사 5명과 함께 파견했었다. 강철은 한글 강사들이 올리는 인사를 대충 받고는 군령에게 물었다.

"아니오! 오히려 해달 군령의 고생이 심했던 것 같소. 우선 해적들에 대해 먼저 말해 보시오."

"예! 지금부터 사흘 전에 삼백여 명의 해적이 여섯 척의 배에 나눠 타고 들이닥쳤습니다. 다행히 일찍 발견하여 대다수 백성들은 산이나 육지 안쪽으로 피신을 했으나, 미처 피하지 못한 백성들은 모두 죽고 부녀자들은 욕을 당했습니다."

군령의 보고를 듣는 강철과 조영호는 해적들의 만행에 부아가 치밀었다.

"이런 죽일 놈들이 있나! 그들은 지금 어디에 있소?"

"그들은 어제 영산강을 따라 영암 땅으로 들어갔습니다."

"영암에도 군령이 파견되어 있소?"

"예! 그곳에도 군령이 있습니다."

"알겠소! 본장이 그들을 토벌할 것이니, 군령은 책임지고 이곳 백성들을 다독거려 안심시킨 다음 생업에 복귀하도록 조치하시오."

"알겠습니다!'

군령과 대화를 끝내고 급히 비조기에 오른 강철 일행은, 비조기의 조종을 맡고 있는 천속장군늘에게 상을 따라 영암으로 가사는 시시를 내렸다.

강철의 지시에 따라 이륙한 비조기는 영산강 주변을 살피며 영암으로 향했다. 불과 몇 분 만에 남북으로 길게 드리운 야트막한 은적산이 나타났다.

산모퉁이를 돌아서자, 월출산 줄기에 붙어 있는 도갑산(道岬山) 아래에 큰 마을과 이 시대에서는 보기 드문 커다란 항구가 나타났다. 나루터를 자세히 살펴보니 그곳에는 수십 척의 배가 정박해 있었다. 원래 이곳의 지명은 고미현(枯彌縣)이고, 보이는 포구는 상대포라는 나루라고 데리고 온 연락 기마병이 눈치 빠르게 설명을 했다.

상대 포구라는 말을 들은 강철이 조영호를 향해 물었다.

"조 장군! 어디서 많이 들어 본 포구 이름 같지 않소?"

"예! 바로 여울상단이 있다던 포구 아닙니까? 국태천이라는 자가 경영한다고 했던 것 같은데요."

조영호의 대답을 듣자, 그제야 기억이 나는 듯이,

"아하! 그렇지. 국태천의 여울상단이었지! 그렇다면 저 배들은 상단 배들이 아니요?"

강철의 말에 조영호가 아래를 손으로 가리키면서 대꾸를 했다.

"각하! 아래를 자세히 보십시오. 저 중에는 특이한 모양의 배도 여러 척 있는 것으로 보아, 놈들의 배도 섞여 있는 것이 분명합니다."

그때까지 착륙 지시가 없었기 때문에 비조기는 포구와 근처 마을 상공을 계속 선회하고 있었다. 조영호의 말을 듣고 포구를 샅샅이 훑어보던 강철 역시, 돛 모양과 겉치장이 특이한 배들이 여러 척 섞여 있는 것을 확인했다.

그러자 비조 1호기에는 계속 주변 상공을 경계하라는 지시를 내린 다음 자신이 타고 있는 수송용 비조기를 착륙시키게 했다. 조종사와 기관총 사수를 제외하고 모두 내리자, 함께 왔던 연락 기마병에게 특전군 5명과 함께 영암군 치소로 가서 군령을 데려오라고 명령했다. 명을 받은 그들이 떠난 지 불과 10분도 지나지 않아 그들이 간 방향에서 요란한 총소리가 들리기 시작했다.

상황이 급박하다는 것을 알아차린 강철은 경계 비행을 하고 있던 공격용 비조기에 그들을 엄호해 주라는 무전 연락을 취했다. 이런 다음 그는 계백을 포함한 25명의 특전군을 향해 자신을 따르라는 말과 함께 막 움직이려는 순간, 곁에 있던 조영호가 급히 막아섰다.

"각하! 각하께서는 비조기에서 저희를 엄호하십시오. 소장이 계백 소령과 함께 진두지휘하겠습니다."

간곡한 표정으로 말하는 조영호의 제안에 승강이를 할 시간이 없다고 판단한 강철은 고개를 끄덕였다.

"알겠소! 그럼, 조심하시오."

"옛! 염려 마십시오!"

대답을 한 조영호가 특전군들을 인솔하고, 총소리가 난 쪽으로 급히 뛰어가는 모습을 바라보던 강철도 서둘러 착륙했던 수송용 비조기에 올라탔다.

긴박한 상황이라는 것을 알고 있던 장지원이 이미 준비를 하고 있었기 때문에 비조기는 즉시 이륙했지만 강철은 답답함을 느꼈다. 공격용 비조기는 날렵해서 움직임이 빠르지만 수송용은 움직임이 둔했기 때문이었다.

강철이 비조기 창을 통해 바라보니, 공격용 비조기인 1호기가 선회하고 있는 아래에는 이미 자욱한 최루탄 가스가 연기처럼 피어오르고 있었고, 우왕좌왕하고 있는 적들을 향해 다가서고 있는 특전군의 모습도 언뜻언뜻 시야에 들어왔다. 벌써 상황이 끝나 가고 있음을 직감한 강철은 최루탄의 위력을 다시 한 번 실감했다.

10여 분의 시간이 흐르고 나자, 지상에 있던 조영호로부터 무전 연락이 왔다. 상황이 끝났다는 것과 선착장으로부터 월출산 쪽으로 2백 미터 지점에 치소가 있다고 하니 그곳으로 가겠다는 내용이었다.

다소 안심이 된 강철은 조종하고 있던 장지원에게 영암군 치소가 있는 곳으로 가자고 말하면서 1호기에도 연락을 해 주라고 지시를 내렸다.

도갑산 자락에 위치한 치소 건물을 비조기 위에서 내려다보니, 명색이 이 지역을 다스리는 군령이 있는 곳이라 그런지 본채는 기와지붕이었고, 바깥채는 비록 초가지붕이었지만 크기는 작지 않았다. 곧 치소 담장 밖에 있는 널찍한 공터에 비조기가 착륙했다.

비조기에서 뛰어내린 강철이 권총을 빼 들고 조심스럽게 좌우를 살피며 치소 안으로 들어갔다. 역시 예상대로 안에는 아무도 없었고, 이곳도 목포 치소와 마찬가지로 기물들이 엉망진창으로 어질러져 있었다. 해적들이 저질러 놓은 작태를 보면서 울화가 치민 강철은 굳은 얼굴로 치소 건물을 빠져나왔다. 그런데 엎드리면 코 닿을 거리에 있던 조영호와 특전군들이 10여 분이 지나도록 나타나지 않자, 강철은 속으로 적잖이 걱정이 되었다.

'무슨 일이 생겼다면야 무전기가 있으니 연락을 했을 텐데.'

이런 생각을 하면서 강철이 고개를 돌리자, 마침 멀리 서쪽 방향에서 홍룡군포 차림의 조영호가 특전군들과 함께 한 떼의 무리를 끌고 오는 모습이 보였다.

이때 갑자기 '휘익, 철커덕' 하는 작은 소리가 들렸다. 강철은 순간적으로 비조기에 장착된 기관총이 움직이는 소리라는 것을 직감하고 몸을 낮춰 권총을 겨눈 자세로 사방을 살폈다. 그러자 뒤편인 도갑산 쪽에서 일단의 백성들이 몰려 내려오고 있었다.

조영호가 도착하기도 전에 백성들의 선두가 먼저 도착했다. 그중에 1명이 급히 다가오더니 군례를 올리며 인사말을 했다.

"총리대신 각하! 영암 군령인 배달국 육군 중위 협갈매 인사드립니다. 소장은 비조기를 보자마자 기쁜 마음에 급히 달려왔습니다."

이제는 살았다는 표정으로 인사를 하는 군령을 살펴보니, 고생이 심했는지 걸친 옷은 닳아빠진데다 찢어진 곳도 한두 군데가 아니었다. 뒤쪽에 서 있는 백성들의 몰골은 더욱 가관이었다. 그들은 하나같이 간단한 살림살이를 머리에 이거나 어깨에 걸머지고 있었고, 어떤 자는 짊어진 지게 위에 솥단지가 올려져 있었다.

강철은 측은하다는 생각과 안타깝다는 생각으로 가슴이 저려 왔다.

"협 군령, 참으로 고생이 심했소! 저들을 모두 소탕했으니 이제 안심해도 될 것이오."

"아닙니다, 각하! 고생이라니요? 소장이 급보를 보낸 지가 하루도 되지 않았는데, 이렇게 빨리 오실 줄은 기대도 하지 못했습니다."

강철은 사실 목포 군령이 보낸 급보를 받고 온 것인데, 이후에 영암 군령도 도성으로 급보를 보낸 모양이었다.

대화를 나누고 있는 동안 모여든 백성수는 수백에 달하고 있었고, 이어 조영호가 지휘하고 있는 특전군들도 한 떼의 해적들을 끌고 치소 바깥마당에 도착했다. 해적들은 도착하는 족족 무릎이 꿇려지고 있었다.

조영호가 강철에게 다가와 보고를 했다.

"각하! 해적 383명 중에 21명을 사살하고 362명을 사로잡았습니다. 아군 피해는 없습니다. 약간 늦어진 이유는 배를 지키던 자들까지 잡아 오느라고 늦었습니다."

고개를 끄덕인 강철이 무릎을 꿇고 있는 해적들을 쳐다보며 입을 열었다.

"저들 중에 두목이 있을 텐데 어느 놈이요?"

그러자 조영호를 호위하고 있던 특전군이 앞자리에 꿇려져 있던 해적을 끌고 왔다.

"각하! 이자입니다."

겁에 질려 있는 해적 두목을 자세히 훑어보니 걸친 의복은 모두 털가죽이었고, 어디서 구했는지 부드러운 가죽으로 만든 신발을 신고 있었다. 그자의 인상은 크게 험악해 보이지는 않았지만, 해적이라는 선입감으로 봐서 그런지 몰라도, 눈이 가늘게 찢어진 것이 야비해 보인다는 느낌이었다. 강철은 화가 머리끝까지 치솟았다.

"저놈의 옷을 모두 벗겨라!"

강철의 명령이 떨어지기가 무섭게 특전군 둘이 다가가더니, 재빠르게 묶여 있던 줄을 풀고는 사타구니 가리개만 남기고 걸치고 있던 털가죽 옷들을 모두 벗겨 버렸다. 이때 한쪽에 서 있던 백성들 사이에서 젊은이가 나와 강철 앞에 무릎을 꿇었다.

"천장님! 소인에게 저놈을 죽일 수 있도록 허락해 주시옵소서. 저의 마누라를 겁탈한 것도 모자라 부하들에게까지 돌아가면서 그 짓을 시키고는 목숨까지 빼앗은 놈이옵니다. 제발 원한을 갚을 수 있게 해 주시옵소서."

이곳에 파견된 한글 강사들이 한글교육을 잘 시켰는지 그는 자신의 울분을 또렷이 표현하고 있었다.

이때 옆에 있던 계백이 군례를 올린 다음 말을 했다.

"각하! 저자는 저희들이 해적선에 갔을 때 선창에 묶여 있던 우리 백성입니다. 해적들이 건장한 자는 잡아서 끌고 간다고 합니다."

한쪽 편에 서 있는 백성들은 '저놈 죽여라!' 하고 아우성이라도 칠 법도 하건만 아까부터 이상하다 싶을 만큼 잠잠했다.

강철은 주변을 둘러보면서 말했다.

"혹시, 이 마을 촌주가 있으면 나오시오."

그러자 나이가 예순이 넘어 보이는 2명의 촌로가 앞으로 나와 머리를 조아리며 예를 표했다.

"소장은 구림촌 촌주인 배달국 수군 소위 국산해(國散海)라 하옵니다."

"소장은 월남촌 촌주인 배달국 육군 소위 사도연(沙陶沿)이라 하옵니다."

두 촌주 모두 소위 계급을 부여받은 것을 보니 큰 마을의 촌주임이 분명했고, 수군으로 편제된 구림 촌주는 배를 다룰 줄 아는 자인 모양이었다.

연초에 배달국에서는 큰 마을 촌주는 소위로, 작은 마을 촌주에게는 상사 계급을 부여하도록 했었다. 월남촌은 도갑산 남쪽에 위치한 마을이었고, 구림촌은 월출산 서쪽에 있는 마을로 왕인 박사도 구림촌 출신이었다.

왕인은 1백여 년 전인 서기 405년, 왜국의 요청에 의해 논어 10권과 천자문 1권을 가지고 도자기, 제철, 기와, 직물 기술자 등과 함께 왜국으로 건너가 조정 대신들을 가르쳤다는 기록이 현대까지도 남아 있을 만큼 유명한 학자였다.* 그만큼 구림촌은 뛰어난 인물들을 배출해 온 유서(由緒) 깊은 마을이었던 것이다. 촌주들이 자기 소개와 함께

------

* 일본의 역사서인 〈일본서기〉 기록.

예를 마치고 나자, 강철이 그들을 떠보기라도 하려는 듯이 물었다.

"본장은 짐승만도 못한 짓을 저지른 저 수괴 놈을 두 분 촌주들에게 맡기려고 하는데 어떻게 생각하시오?"

그때서야 여태껏 소리를 죽이고 있던 백성들이 '저런 놈은 때려 죽여야 한다! 살점을 발라야 한다! 죽여라!' 등등 거칠게 성토를 하기 시작했다.

백성들의 분개한 외침 소리를 들으면서 강철은 두 촌주들도 분명히 저자를 넘겨 달랠 것이라 지레 짐작하고 있었다. 물론 넘겨만 준다면 백성들의 격앙된 분위기로 보아 잔인하게 죽이려 들 것은 보나 마나 빤한 일이었다. 강철은 그렇게 해서라도 백성들의 분노를 풀어 줄 수 있다면 그러고 싶었다.

이때 구림촌 촌주라고 밝힌 국산해가 대답을 했다.

"구림촌 촌주 국산해가 아뢰겠사옵니다. 저 짐승만도 못한 자가 저지른 악행은 살을 뜯고 뼈를 갈아 마셔도 시원치 않을 일이옵니다. 하지만 우리의 울분대로 한다면 저 짐승과 우리가 다를 것이 무엇이겠사옵니까? 천장께서는 하늘에서 내려오신 분이시니, 하늘의 뜻에 맞게 처결하심이 마땅한 줄로 아옵니다."

촌주의 말을 들은 백성들은 언제 그랬었냐는 듯이 소란을 멈추고 숙연해졌다. 강철은 갑자기 가슴이 뭉클해졌다.

강철은 이번에는 월남촌 촌주를 쳐다보며 물었다.

"월남촌 사 촌주의 생각은 어떠시오?"

"소인도 구림촌 국 촌주의 말씀이 백번 지당하다고 생각하옵니다."

원한을 갚게 해 달라던 자도 촌주들의 말을 들었는지 말없이 일어나 백성들 속으로 사라져 갔다.

강철은 흐뭇한 얼굴로 입을 열었다.

"두 분 촌주의 말씀은 잘 들었소. 그러나 저 무도한 자들은 감히 우리 배달국의 백성들을 해쳤으니 모두 목숨을 거두는 것이 마땅할 것이요. 허나 두 분 말씀을 참작하여 두목이라는 자만 처형하고, 아랫것들은 노비로 삼아 속죄할 기회를 주기로 하겠소."

강철이 말을 마치자마자 옆에서 듣고 있던 계백이 즉시 특전군들에게 명령을 내렸다.

"특전군은 저쪽에 있는 나무에 저자를 묶고 처형하라!"

"옛!"

대답과 동시에 계백 곁에 있던 특전군 2명이 두목에게로 다가갔다. 이때 멀리 있던 특전군 하나가 그들에게 뛰어가더니, 자신이 하겠다고 하는지 먼저 갔던 군사 하나가 양보하고 뒤돌아오는 모습이 보였다.

2명의 특전군은 벌거벗겨진 해적 두목을 끌고 가서 백성들과 해적들이 모두 볼 수 있는 큰 나무에 묶었다.

이어 자원했던 특전군이 단발사격 자세로 기관단총을 쏘자, '탕! 탕! 탕!' 소리와 함께 해적 두목의 가슴에서는 붉은 피가 튀면서 꼿꼿하던 목이 앞으로 '푹!' 하고 꺾이는 것이 분명하게 보였다.

그것을 보고 있던 백성들은 그자가 죽었다는 것을 직감하고는 너나 할 것 없이 '와!' 하는 놀라움인지 환호인지 모를 탄성을 실렸고, 아직도 무릎을 꿇고 있는 해적들은 공포감으로 얼굴빛이 새파랗게 질려 갔다.

촌민들은 군령과 한글 강사들의 입을 통해 말로만 들어오던 비조기를 신기한 눈으로 바라보고 있었는데, 이번에는 벼락을 때리는 막

대기가 해적 두목을 간단히 처치해 버리자 놀라움과 두려움을 감추지 못하고 있었다.

이때 구림촌 촌주인 국산해가 조심스럽게 강철과 조영호 앞에 머리를 조아리며 입을 열었다.

"천장님께 아뢰겠사옵니다. 경황 중에 이런 말씀을 올려도 되는지는 모르겠사오나 괜찮으시다면 소장의 누옥(陋屋)*으로 모시고 싶사옵니다."

그렇지 않아도 날이 어두워지고 있었고, 이런 기회에 백성들이 사는 모습도 살펴볼 겸해서 가 보고는 싶었지만, 30명에 달하는 군사와 4백 명에 가까운 포로가 신경이 쓰였다.

이를 눈치챈 촌주가 덧붙였다.

"군사들 또한 걱정하시지 않으셔도 되옵니다. 어차피 저 포로들을 감시하자면 교대로 침식을 하여야 할 것이오니, 이웃집에도 자리를 마련한다면 별 탈은 없을 것이옵니다."

촌주가 진심으로 자신들을 초대하고 싶어 한다는 것을 알고 난 강철은 조영호를 쳐다보았다.

"각하, 날도 어두워지는데 오늘은 여기서 숙영을 하고 내일 출발해야 할 것 같습니다."

조영호의 말을 들은 강철이 촌주를 쳐다보면서 입을 열었다.

"고맙기는 하지만 촌주에게 누를 끼치는 것은 아닌지 모르겠소?"

"천부당만부당하신 말씀이옵니다. 하늘에서 오신 천장님들을 모실 수 있다는 것만으로도 소인은 크나큰 광영으로 생각하옵니다."

"알겠소! 그렇게까지 간곡히 청하시니 신세를 지기로 하겠소. 그

---

*누옥(陋屋): 좁고 너저분한 집. 자기가 사는 집을 겸손하게 이르는 말.

럼, 이곳의 일을 마무리하고 갈 터이니 먼저 돌아들 가 계시오."

촌주와 백성들 모두 해적을 피해서 피신해 있다가 돌아오는 길이기 때문에 집안도 엉망일 것이라고 생각한 강철은 그들이 집안을 정리하고 준비할 시간을 주려는 의도였다.

뜻하지 않은 인연

촌주를 비롯해 마을 사람들이 흩어져 돌아가는 것을 바라보던 조영호가 강철에게 다가와서 낮은 목소리로 말했다.

"각하! 해적들의 배에는 상당량의 금은붙이를 비롯해 납치된 것으로 보이는 수나라 여인들이 여러 명 실려 있었습니다."

"그래요? 으흠, 그럼 일단 특전군을 시켜 금붙이들은 모두 수송용 비조기에 옮겨 싣도록 해서 도성으로 가져가십시다. 헌데 여자들은 어떻게 한다?"

강철은 잠시 생각하더니, 멀찍이 서 있던 영암 군령인 협갈매를 손짓으로 가까이 불렀다.

"협 군령! 아까 보니 치소가 엉망이 됐던데 얼른 정리해서, 특전군들이 교대로 그곳에서 쉴 수 있도록 해 주시오. 그리고 해적들이 납치해 온 여인들이 있는 모양인데, 특별히 방 하나를 비워 그녀들이 묵을 수 있게 하시오."

이미 치소 안을 둘러보았던 강철은 방이 여러 개 있음을 알고는 포로들을 감시하기가 용이한 치소 안에서 특전군들이 머물 수 있도록 한 것이었다.

　"옛! 알겠습니다, 각하!"

　강철의 명을 받은 군령이 자리를 뜨자, 이번에는 조영호가 계백을 불러 해적선에 있는 물건들을 비조기로 옮기라는 것과 해적들에게도 마당에 거적을 깔아 주어, 그 위에서 밤을 지낼 수 있게 해 주라는 지시를 내렸다.

　그렇게 하고 나자, 일단 급하게 처리해야 할 문제들은 해결이 됐다고 판단한 강철이 비조기 조종을 맡고 있는 이일구와 장지원을 불러 오게 했다. 그러고는 그들에게 오늘 밤은 이곳에서 머물고, 내일 아침 특전군들을 시켜 해적들을 도성으로 압송하도록 할 계획임을 알려 주었다. 그 말을 듣고 난, 장지원이 의견을 냈다.

　"각하! 비조기가 두 대씩이나 출전했는데, 밤새 아무 연락이 없으면 폐하께서 궁금해하실 겁니다. 소장 생각에 특전군만으로도 이곳의 안전은 크게 걱정하지 않아도 될 것 같습니다. 그러니 저희는 일단 도성으로 돌아갔다가 내일 아침 일찍 이곳으로 오는 것이 어떻겠습니까?"

　그러자 옆에 있던 이일구도 동의를 했다.

　"소장도 장지원 장군과 같은 생각입니다."

　그들의 의견이 옳다고 판단한 강철은 고개를 끄덕이며 대답했다.

　"두 분 생각이 그렇다면 잘됐소. 그럼, 잠시만 기다리시오. 해적들이 약탈했던 귀중품과 납치해 온 수나라 여인네들이 있는 모양이요. 귀중품은 1호기에, 수나라 여인들은 수송용 비조기에 태워 돌아가시오. 특히 수나라 여인들은 정보사령인 무은 소장에게 넘겨주시오."

"알겠습니다. 귀중품은 국세청장에게 인계하면 되겠지요?"

"당연한 말씀이요."

특전군들은 부지런히 움직였다. 댓 명은 치소를 정리하고, 10여 명은 해적들을 치소 마당으로 옮기고, 나머지 인원들은 해적선에 실려 있는 수나라 처녀들과 금은붙이, 비단 등을 날라 왔다. 해적들이 약탈했던 귀중품들이 있다는 말을 대수롭지 않게 들었던 강철은 비조기에 실려지고 있는 적지 않은 물량을 보고 입이 함지박만해졌다.

귀중품들이 모두 실리고 납치됐던 8명의 수나라 여인들이 탑승을 마치자, 내일 아침에 오겠다는 인사를 한 장지원과 이일구는 도성으로 떠나갔고, 비조기가 이륙하여 도성 방향으로 기수를 돌리는 것을 확인한 강철은 치소 안으로 들어갔다.

포로들을 잘 감시하라고 계백에게 단단히 일러 놓기 위해 갔던 조영호도 이미 돌아와 있었다. 강철과 조영호는 미리 와서 기다리고 있던 구림촌 촌주의 안내를 받으며 그의 집으로 향했다.

대문을 들어서자 오히려 치소보다도 널찍한 촌주의 집에는 마을에서 모여든 아낙들이 음식을 만드느라 부산스럽게 움직이고 있었다. 동백기름으로 등잔불을 밝힌 안방으로 안내된 그들은 촌주가 권하는 대로 아랫목에 앉았다. 홍룡군포 차림새인 두 사람이 좌정을 하자 나이가 예순이 넘어 보이는 촌주가 다시 무릎을 꿇고 예를 올렸다.

"천장들께옵서 누추한 집을 마다하지 않으시고 이렇게 왕림해 주셔서 소인 감사할 따름이옵니다."

그들이 비록 하늘에서 내려온 천장으로 대접을 받고 있기는 하지만, 그래도 연로한 노인이 올리는 절을 받는다는 것이 썩 마음이 내키는 일은 아니었다.

"아니오, 국 촌주! 제대로 집안 정리도 못하셨을 터인데, 그런 와중에도 이렇게 본장들을 초대해 주어 고맙소. 어서 편히 좌정을 하시오."

"예! 소장이 군령께 듣기로 총리대신 각하라 들었사온데, 결례가 있을까 삼가 두렵사옵니다."

그 말을 들은 강철은 촌주가 군령으로부터 대충 말은 들었겠지만 아직 배달국 조정의 직관에 대해서는 자세히 모르고 있을 것이라고 판단하고 고개를 끄덕이며 대답을 했다.

"그렇소. 태황제 폐하를 모시고 하늘에서 내려온 열네 명의 천족 장군들이 있는데 그중에 본장이 총리대신을 맡고 있소. 그리고 옆에 계신 분은 특전군사령을 맡고 계시오. 특전군사령이라는 관직은 아까 밖에서 보았던 군사들을 총지휘하는 장군을 말하는 것이외다."

"아, 그렇사옵니까? 특전군에 대해서는 소인도 이미 들은 바가 있사옵니다."

이때 밖에서 촌주를 찾는 소리가 들리더니, 군령인 협갈매와 월남촌 촌주인 사도연이 방 안으로 들어와 예를 올리고 자리에 앉았다.

다섯 사람은 시간 가는 줄 모르고 대화를 나누었다. 두 촌주는 주로 배달국과 태황제를 비롯한 천족장군들에 대한 관심이 많았고, 강철과 조영호는 이곳 백성들의 생활과 의식수에 대해 물었다.

'저녁상을 들여도 될까요?' 하는 물음이 문밖에서 들리자 '들여라!' 하는 구림촌 촌주의 말에 저녁 밥상이 들어왔다.

난(亂)을 피했다가 방금 돌아와 준비한 저녁상치고는 언제 무슨 일이 있었나 싶을 정도로 푸짐했고, 밥상에 놓인 그릇은 제법 정교하게 만들어진 사기 그릇이었다. 이런저런 얘기를 곁들여 가며 화기애애한 분위기 속에서 식사가 끝나자, 군령은 치소로 돌아가 봐야겠다고 자리에서 일어났고, 이어 두 촌주 역시 강철에게 양해를 구하고는 밖으로 나갔다가 잠시 후에 들어왔다.

강철은 이들과 계속 대화를 나누면서 구림촌은 어업에 종사하는 촌민들이 주를 이루고, 월남촌은 도기(陶器) 그릇을 구우면서 농사를 하는 촌민들이 대부분이라는 것을 알게 되었다.

특히 여울상단 강수인 국태천이 구림촌 출신이라서, 이 상단을 통해 들어온 논어와 천자문을 비롯한 대륙의 문물은 구림촌뿐만 아니라 이웃 마을인 월남촌의 문화 수준 역시 크게 높여 주었다는 것도 차츰 깨닫게 되었다.

어쩐지 밥상 위에 있던 사기 그릇이 도성에서 사용하는 것보다 더 정교하면 정교했지 뒤지지 않았던 것은 바로 앞선 문물에 기초한 월남촌의 가마에서 구워 낸 물건이었기 때문이라는 것을 그제야 이해를 했다.

도자기라고 하면 항아리나 뚝배기 같은 그릇인 도기와 청자나 백자와 같은 자기(磁器)를 통틀어 일컫는 말이었다. 도기는 논바닥이나 바닷가에서 손쉽게 구할 수 있는 진흙으로 만들지만, 자기는 고령토라고 더 잘 알려져 있는 백점토로 만들기 때문에 재료를 구하기도 쉽질 않았고, 만드는 과정도 까다로워 상당한 기술력이 있어야 가능했다.

그밖에 두 촌주와 대화 중에 강철의 관심을 끈 것은, 이곳 두 마을에는 전에부터 학교와 비슷한 시설이 있어 촌민 자제들의 교육을 어릴 때부터 시킨다는 것이었다. 교육 내용은 주로 공자가 지은 책에서 예법과 인간의 도리에 관한 내용을 추려 낸 인륜에 관한 것들이라고 했다.

그들은 배달국 조정에서 이루어지고 있는 정책에 대해서도 생각보다 많은 것을 알고 있었다. 그것은 이곳에 파견된 군령이 직분을 충실히 수행하고 있다는 것을 여실히 보여 주고 있었다.

강철은 대화를 나누면서 두 촌주에게 충성촌의 사례를 말해 주었다. 그 말을 들은 구림촌 촌주 국산해가 얼른 말을 받았다.

"각하! 앞으로 저희 구림촌도 태황제 폐하께 충성을 다할 것이옵니다. 이미 우리 구림촌 출신 정남이 특전군으로 다섯 명이나 뽑혔고, 육군에는 열한 명이나 있사옵니다. 저 밖에 있는 특전군 중에도 한 명이 있사옵니다."

"호오! 그래요?"

"그렇사옵니다. 아까 해적 두목을 처치한 군사가 바로 저희 구림촌 출신이옵니다."

"음…… 그 군사가 사형을 집행하겠다고 나섰던 이유가 있었구려. 본장이 한 가지 귀띔해 드리겠소. 아마 곧 이 마을에 배달국 장군이 생길 것이오."

"예? 장군이 생기다니요?"

"태황제 폐하께서 여울상단 강수를 장군으로 임명하실 것이오. 국태천 강수는 바로 이곳 구림촌 출신이 아니요? 그렇게 되면 이 마을에 장군이 탄생하는 것이 아니겠소?"

촌주인 국산해는 그 말을 듣자 입을 딱 벌리고 할 말을 잇지 못했다.

"그게 사실이옵니까? 태천이를 장군으로 삼으신다는 말씀이?"

"물론이오. 폐하께서는 여울상단 강수가 지금 왜국에 가 있다는 말씀을 들으시고 돌아오면 임명하겠다는 말씀을 하셨소."

이 말에 옆에 앉아 있던 월남촌 촌주 사도연이 구림촌 촌주를 부러운 눈으로 쳐다보았다. 그 모습을 본 강철이 덧붙였다.

"아까 월남촌에는 도자기 가마가 여러 개 있고 도공들이 많다고 하셨으니, 올 가을에 나라에서 시행하는 과거 시험에 많이 응시해 보시오. 성적이 좋으면 장수로도 임명될 수 있을 것이요."

그러자 월남촌 촌주는 솔깃해져서 물었다.

"예, 각하! 그렇지 않아도 군령으로부터 그 말씀을 듣고, 마을 공인(工人)들이 밤새워 그릇을 빚으며 궁리를 하고 있사옵니다."

"하하! 그래요? 흠…… 언제고 시간 나면 도성으로 사람을 보내 보시오. 그릇을 빚는데 도움이 될 몇 가지 자료를 드리리다."

강철은 노트북에 들어 있는 자료를 찾아볼 생각이었다.

"알겠사옵니다."

끊임없이 대화를 나누는 사이에 밤은 깊어만 갔다.

"각하! 이제 밤도 야심했사오니, 취침을 하셔야 할 줄로 아옵니다. 각하께서는 이 방에서 쉬시고 특전군사령께서는 따로 쉬실 곳을 마련해 놓았사오니 소인이 안내하겠사옵니다."

세 사람이 물러가자, 강철은 잠시 밖으로 나와 마당을 한 바퀴 돌면서 하늘을 쳐다보았다. 어쩌면 저렇듯 손에 닿을 듯이 별들이 가까이 있는지, 공해가 없는 시대를 산다는 것이 이토록 행복한 줄은 미처 몰랐던 일이었다.

아낙네 둘이 자신이 있던 방으로 이부자리를 들고 들어가는 모습이 보이자 잠자리를 본다는 것을 알아차리고, 그녀들이 방을 나서는 것을 확인하고 나서야 방으로 들어왔다. 방에는 어디서 가져왔는지 비단 이불이 가지런히 깔려 있고, 이상하게 한쪽에는 다과상까지 놓여 있었다.

이제 잠자리에 들어야겠다고 생각한 강철이 등잔불을 막 끄려는 순간에, 방문이 살며시 열리면서 기척도 없이 누군가가 들어왔다. 그는 순간적으로 허리춤에서 권총을 빼어 잠금장치를 풀면서 겨냥을 했다.

들어오는 모습을 살펴보니 곱게 차려입은 여인이었다. 강철은 겨누었던 권총을 거두어 다시 허리춤에 갈무리하는 동안, 여인은 자신이 목숨을 잃을 뻔한 위기를 맞았었다는 것을 모르는지 사뿐히 절을 하고는 조용한 목소리로 말을 했다.

"천장님께서는 놀라지 마시옵소서. 소녀는 천장님을 모시라는 종조부(從祖父)*의 명을 받았사옵니다."

강철은 어이가 없었다. 종조부면 할아버지와 사촌간인데, 웬일로 종손녀를 허투루 남정네의 방에 들여보낸단 말인가!

"그대의 종조부가 누구시오?"

"소녀의 종조부는 이곳 구림촌 촌주인 국산해이옵고, 아비는 여울상단 강수인 국태천이옵니다."

일반적으로 자기 집안 어른보다 지체가 높은 사람에게, 집안 어른을 소개하는 경우라도 존칭을 붙이지 않는 것이 예의였다.

강철은 이 소녀가 여울상단 강수의 딸이라는 사실에 적지 않게 놀랐다. 이 당시의 마을은 대개 한두 개의 씨족들로 이루어져 있기 때문에, 이곳 구림촌을 구성하는 촌민들의 성씨가 대부분 국씨라는 것은 알았지만, 촌주의 조카가 여울상단 강수라는 것은 금시초문이었다.

---

* 종조부(從祖父): 할아버지의 형제.

"낭자는 들으시오. 본장은 지금 황명을 받고 나온 몸이라 낭자와 함께 지낼 수가 없소. 또한 그리고 싶지도 않으니 물러가도록 하시오."

"……."

"어허! 무엇하시오. 어서 물러가라는데도!"

다시 물러가라고 재촉을 하였지만, 그녀는 숙였던 고개를 더 깊이 숙이면서 기어들어 가는 목소리로 다시 입을 열었다.

"소녀는 그럴 수가 없사옵니다. 천장께서 비록 하늘에서 오셨다고는 하오나 남정네의 몸으로 오셨으니, 저 방문을 들어서는 순간 이미 소녀는 천장님의 노비이옵니다. 하옵고……."

그녀가 스스로 노비라고 하는 말을 들은 강철은 더욱 난감해졌다. 실상 강철이 당시의 풍습을 몰라서 그렇지 이 시대에는 자신의 식솔을 남에게 노비로 주거나 파는 경우까지 있었다.

"허어! 참…… 무슨 더 하실 말씀이 있으시오?"

"소녀는 오늘 하룻밤 천장님을 모시는 것만으로도 이생에서 크나큰 복을 받은 것으로 여기며 살아가겠사오니, 부디 물리치지 말아 주시옵소서. 그래도 내키시지 않으신다면 소녀는 여기에 앉아 밤을 지새울 것이오니 소녀는 괘념치 마시고 침소에 드시옵소서."

진퇴양난! 도대체 이러지도 못하고 저러지도 못하는 외통수에 걸린 기분이었다. 그렇다고 앉아 있기만 하겠다는 데야 매정하게 내칠 수도 없는 노릇이었고, 더욱이 야심한 시간에 시끄럽게 소란을 떨 수도 없는 일이었다. 차라리 전쟁터에서 적을 맞아 싸우는 편이 이보다는 덜 힘들겠다는 생각을 하면서, 이런 일을 획책한 촌주가 괘씸하기까지 했다.

한참 동안 갈등의 시간이 흘렀다.

"음…… 고개를 들어 보시오."

그제야 처녀는 조심스럽게 고개를 들었다. 고개를 든 처녀의 얼굴은 누구에게 뒤지지 않을 미인이었고 나이는 무척이나 앳돼 보였다.

몇 번을 거듭 생각해 보아도 별 뾰족한 방법이 없다고 판단한 강철은 마음이 오히려 느긋해졌다. 그런데 갑자기 아차! 싶어지면서 조영호가 생각났다.

"낭자! 혹시 본장과 같이 온 천족장군에게도 누가 들어가지 않았소?"

"예, 소녀가 알기로 그분은 월남촌 촌주의 가까운 친척인 사미랑(沙美琅) 낭자가 모시는 줄로 아옵니다. 사미랑 낭자는 소녀와 소꿉동무이옵니다."

아뿔싸! 아니나 다를까 역시 그랬다. 식사가 끝나고 두 촌주가 밖을 잠시 나갔다 온다고 하더니 그 사이에 작당을 했음이 분명해 보였다.

처음에는 좌불안석이던 마음이 차츰 진정이 되자, 강철이 구석에 있던 다과상을 끌어와 식혜 그릇을 들어 한 모금을 마시고는 낭자에게 건네주었다.

그때서야 그녀는 두 손으로 식혜 그릇을 받으면서 강철을 살짝 쳐다보더니 얼른 눈을 내리깔았다. 부끄러워하는 모습이 참으로 귀여웠고, 스쳐 지나간 초롱초롱한 눈빛과 뽀얀 두 볼이 너무도 맑아 보였다.

"낭자의 이름은 무엇이요?"

"소녀는 국난영이라 부르옵니다."

"난영이라…… 예쁜 이름이요. 나이는 몇이요?"

"열여섯이옵니다."

"흠……."

그녀는 몸을 가늘게 떨면서 식혜를 한 모금 머금고 나서는 그릇을 다시 다과상에 올려놓았다. 강철은 다과상을 윗목에 밀어 놓고 등잔불을 껐다. 격식은 갖추지 못했어도 여인의 마음속에는 평생 동안 간직될 명색이 첫날밤이라는 생각에, 강철은 방바닥에 앉아 있던 여인을 요 위로 잡아끌었다.

요 위로 올라온 여인을 바로 앉히고는 그녀의 옷을 하나하나 벗겨 준 다음 옆자리에 살며시 뉘였다. 정말로 오랜만에 맡아 보는 향긋한 여인의 살 내음이었다. 복숭아를 갈라 엎어 놓은 것 같은 뽀얗고 앙증맞은 젖가슴과 아직도 소녀티를 벗지 못한 둔덕에는 어린 숲이 손길에 쓸릴 때마다 비단실을 만지는 것 같은 느낌이 들어 숨이 탁탁 막혀 왔다. 손길이 이곳저곳을 닿을 듯 말 듯 스칠 때마다 그녀는 잠깐씩 몸을 가늘게 떨어 대곤 했다. 이윽고 한 몸으로 포개진 그들만의 밤바다에는 흐르는 시간을 안타까워하는 파도가 너울대기도 하였고, 또 어느 순간은 은빛 반짝이는 잔잔함도 있었다.

이튿날 아침, 동창이 훤해져서야 눈을 뜬 강철은 문득 어젯밤 일이 생각나자, 황급히 옆자리를 살펴보았지만 어느새 일어나 나갔는지 옆자리에는 허전함만이 남아 있었다. 이 시대로 와서 처음 그런 느낌이 들었다.

서둘러 옷을 입고 자리를 정리하자 가냘픈 목소리가 들렸다.

"천장님! 기침하셨사옵니까?"

"일어났소. 들어오시오?"

그러자 국난영이 물을 채운 큰 사기 그릇을 들고 들어와 조심스럽게 앞에 놓고는 입을 열었다.

"소세(梳洗)하시옵소서."

"고맙소."

하고 대답한 강철은 국난영을 바라보았다. 그녀는 강철의 눈길을 느꼈는지 얼굴이 발그레해지며 고개를 숙였다.

무슨 말인가 해 줘야 할 것 같다는 생각에,

"언제 일어나 나가셨소?"

"일찍 도성으로 출발하실 것이라는 종조부 말씀이 있어 늦지 않게 조반을 준비하느라……."

"그랬구려. 그럼, 낭자가 조반을 지었단 말씀이요?"

"예에, 이제 길을 떠나시면 다시는 따뜻한 진지를 올릴 기회가 없을 것 같아서……."

그 말을 하면서 그녀의 두 눈에는 그렁그렁 눈물이 맺히고 있었다. 강철은 그녀가 무척이나 애처로워 보였고, 한편으로는 그녀의 행동들이 도무지 이해가 되질 않았다. 그러나 백제는 일부다처제의 풍속이 있고 여인들은 정절을 중히 여겼다는 설화가 삼국사기나 동국여지승람에 전해져 온다는 것을 훗날 우연한 기회에 태황제로부터 들은 뒤에야 비로소 오늘 국난영의 행동들을 이해하게 되었다.

그녀의 수발을 받으며 세수와 식사를 마친 강철은 고맙다는 인사를 하고는 영암 군령이 있는 치소로 나갔다. 치소에는 군녕과 소영호뿐만 아니라 구림촌 촌주와 월남촌 촌주가 먼저 나와 있다가 강철이 나타나자 깍듯이 군례를 올렸다.

"각하! 지난 밤새 편안하셨사옵니까?"

"잘들 주무셨소?"

하고 짤막하게 대답한 강철은 슬쩍 조영호의 표정을 살펴보았으나 그에게선 아무런 기색도 느낄 수가 없었다.

이번에는 슬쩍 눈을 돌려 촌주들의 기색을 살펴보니, 두 사람 모두 흐뭇해하는 표정이 역력했다. 특히 촌주들이 조영호와 대화를 나눌 때는 확실히 어제와는 다른 분위기였다. 아직도 머쓱한 마음에 강철이 입을 열지 못하고 있는 사이에 멀리서 비조기의 프로펠러 소리가 구세주처럼 들렸다.

2대의 비조기가 착륙하자 조종사인 이일구와 장지원이 내려와서는 강철에게 군례를 올렸다.

"각하! 밤새 별일 없으셨습니까?"

"어서 오시오. 여기는 별일이 없었소만, 장군들은 잘 다녀오셨소?"

"예, 폐하께 해적들을 모두 잡고 두목은 즉결처분했다는 보고를 드렸더니, 고생이 크셨다는 말씀을 전하라 하셨습니다. 그리고 어제 저희들이 출전하자마자, 김서현 장군에게 오백 명의 기마군을 지휘하게 하여 목포로 출발시켰다고 하셨습니다. 그래서 여기로 오는 내내 관도(官道)를 살피다가 다행히 광주에서 그들을 만날 수 있었습니다. 김서현 장군에게 직접 이곳으로 오라고 지시했으니 아마 두 시간 후면 이곳에 당도할 것입니다."

"하하! 그렇소? 그렇다면 잘되었소이다. 그들에게 해적들을 압송케 하면 되겠구려."

"예, 그렇게 하면 될 것입니다. 그 외에도 각각 오백씩의 육군을 이끌고 해수 장군은 해남으로, 흑치덕현 장군은 진주로, 부여사걸 장군은 순천에 주둔하라는 폐하의 명이 있었습니다."

"그렇소? 흠…… 폐하께서는 이번 해적들의 난동으로 백성들이 피해를 입은 것에 대해 화가 단단히 나신 모양이요."

"화가 많이 나신 정도가 아니었던 모양입니다. 궁청장의 말을 들으니, 폐하의 역정이 얼마나 크시던지, 궁청장이 하루 종일 좌불안석이었다고 합니다."

그들이 나누는 말을 옆에서 듣고 있던 군령과 두 촌주들은 듣던 대로 태황제가 백성들을 아끼는 마음이 각별하다는 것을 암중으로 느끼고 있었다.

김서현 장군이 오고 있으니, 군이 서두를 필요가 없다고 판단한 강철은 모두 치소 안으로 들어가자고 말했다. 치소 안마당에서는 특전군들이 해적 포로들을 도열시키고 있었다. 이때, 조영호가 강철 옆으로 다가와서 낮은 목소리로 소곤거렸다.

"각하! 낭자들을 어떻게 했으면 좋겠습니까?"

"허허! 글쎄요? 참으로 난감하게 됐소. 일단 내가 촌주들과 상의해 보리다."

"알겠습니다."

어차피 자신들이 저지른 일이니, 자신들이 책임져야 할 문제였다.

영암 군령은 치소에서 가장 넓은 방인 자신의 집무실로 모두를 안내했다. 강철은 군령에게 슬며시 두 촌주를 조용한 방으로 불러 달라고 부탁을 했다.

군령이 마련해 준 방에서 강철과 촌주들만 따로 대좌를 했다.

"어젯밤에 두 분께서는 괜한 일을 하셨소."

그 얘기일 것이라 미리 짐작을 했는지 구림촌 촌주가 먼저 입을 열었다.

"각하! 크게 괘념치 마시옵소서. 누추한 곳에서 묵게 되신 두 분께

수발이라도 들어 드리라고 그런 것이옵니다. 혹시 알겠사옵니까? 천행으로 우리 마을에서 천종(天種)이라도 얻게 된다면 더할 나위 없는 광영으로 알 것이옵니다."

천종이라니? 말대로라면 하늘의 종자라는 말이니, 자신들의 씨를 받기 위해 그런 일을 했다는 말이 아니던가. 그렇게 되면 도대체 그녀들의 인생은 어찌 된다는 말인가. 해괴망측한 말에 더욱 어이가 없었다.

"천종이라 하셨소?"

강철이 어이가 없다는 표정으로 되묻자, 이번에는 월남촌 촌주인 사도연이 송구스럽다는 얼굴로 대답했다.

"불초한 소인들이 그렇게라도 하지 않는다면, 어느 누가 언감생심 하늘에서 오신 장군님들의 은총을 입을 수가 있겠사옵니까? 저희 손녀들도 큰 광영으로 여기고 있사오니 크게 꾸짖지 마시옵소서."

그 말이 끝나자마자, 대답할 틈도 없이 이번에는 구림촌 촌주인 국산해가 덧붙였다.

"다만 염려스러운 것은 저희 두 마을에서 인물이나 품성이 제일 나은 아이로 하나씩 택한 것이기는 하오나, 모시기에 부족함은 없었는지 그것이 염려가 되옵니다."

설상가상! 들을수록 점점 당혹스러운 말이 계속되자 강철은 얼른 매듭을 지어야겠다고 결심했다.

"두 분은 잘 들어주시오."

"예, 말씀하시옵소서!"

"어찌 맺어졌건 그녀들은 이미 본장들의 아낙이라는 사실이요. 마음 같아서는 지금 당장 그녀들을 도성으로 데려가고 싶지만, 그래도 인륜을 가볍게 할 수가 없어 오늘은 그냥 돌아가겠소. 게다가 국난 영 낭자는 부친도 출타 중이라 하니, 더더욱 지금 데려갈 수는 없는 노릇이요. 허나 보름 내에 날을 잡아 데리러 올 것이니 그리 아시기 바라겠소."

그 말을 들은 촌주들은 정말로 꿈도 꾸지 못했던 일이었는지 감격하여 눈물까지 떨구고 있었다.

이 시대에 삼국의 성 풍속도는 각기 달랐다. 신라는 남녀 간의 교재가 자유로웠을 뿐만 아니라 골품을 지키기 위해서는 근친 관계도 마다하지 않을 정도로 정조 관념이 미약했던 반면에 고구려는 중간 수준이었고, 중매를 통해 혼례를 올리는 백제는 부녀자의 정조를 큰 덕으로 여겼기 때문에 가장 정조 관념이 높았다.

백제에는 그렇듯 중매를 통해 혼례를 올리는 관습이었으나, 촌주들 입장에서는 설사 그러고 싶어도 감히 천족장군에게 중매를 넣을 수는 없었다. 그럴 바에는 차라리 이 기회에 누군가에게 천장들을 하룻밤이라도 모시게 해서 하늘의 씨앗이라도 얻게 하자고 입을 모았다. 막상 그렇게 입을 맞추자 누구에게도 양보하기 싫어진 촌주들은 자신들이 가장 아끼고 귀여워하던 집안 처녀를 택하여 들여보냈던 것이었다.

그런데 강철과 조영호가 아낙으로 삼겠다며, 보름 내로 데리러 오겠다고까지 하니 감격한 촌주들은 목이 메지 않을 수 없었던 것이다. 강철의 말에 빨리 대답하지 않으면 큰일이라도 날 것처럼 그들은 이구동성으로 대답을 했다.

"알겠사옵니다! 미욱한 아이들을 곁에 두시겠다니 이렇게 광영된 일이 어디 있겠사옵니까? 그렇게 알고 준비를 시키도록 하겠사옵니다."

"그래 주시오. 그리고 손녀 분들을 잠시 이곳으로 불러 주시겠소?"

"예, 물론이옵니다! 그렇게 하고 말구요."

촌주들과 함께 방을 나온 강철은 다시 영암 군령의 집무실로 들어 갔다. 안으로 들어서면서 들으니, 이일구가 군령에게 혹시 앞으로라 도 해적들이 쳐들어왔을 때에는 지체하지 말고, 해남에 주둔하는 해 수 장군에게 알리라는 말을 하고 있었다. 문득 어제저녁에 촌주들과 나누던 대화가 떠오른 강철이 천족장군들에게 물었다.

"혹시, 신책을 가지고 왔소?"

신책이라는 것이 노트북을 지칭하는 것임을 천족장군들은 모두 알 고 있었으므로 장지원이 얼른 대답을 했다.

"소장이 사용하는 것이 비조기에 있습니다."

"혹시, 거기에 백과사전이 들어 있소?"

"백과사전은 용량이 커서 별도로 보관하고 있습니다만, 혹시 무슨 내용 때문에 그러십니까?"

"도자기에 대한 정보를 월남촌 촌주에게 알려 주고 싶어서 그러는 것이오."

"아, 그거라면 소장에게 자료가 있을 것입니다. 찾아보고 있으면 가져오도록 하겠습니다."

하더니 휑하니 밖으로 나갔다.

이번에는 조영호에게 잠시 나갔다 오자는 말로 그를 데리고 나 왔다.

"무슨 일입니까?"

"허허! 그녀들을 보름 내로 데리러 오겠다고 했으니, 그렇게 알면 될 것이요. 그렇지만 인사는 하고 가야 할 것 같아서 그녀들을 옆방으로 불렀소!"

"그러셨습니까?"

반색을 하는 조영호를 데리고 조금 전에 촌주들과 대화를 나누던 방으로 들어가자 안에는 어느새 그녀들이 와 있었다.

그녀들은 이미 촌주들로부터 얘기를 들었는지 홍룡군포 차림의 강철과 조영호를 보자 부끄러워하면서도 들뜬 표정이었다.

조영호와 짝을 이룬 사미랑 낭자 역시 국난영 낭자에 버금가는 미모였고, 둘은 각자 특색이 있었다. 강철은 조영호와 사미랑 낭자가 자연스럽게 대화를 나눌 수 있도록 국난영 낭자를 데리고 밖으로 나왔다.

밖에는 오가는 특전군들과 백성들이 더러 보였지만 크게 의식하지 않고 강철이 말을 건넸다.

"말씀은 들으셨소?"

"예……."

"보름 내로 낭자를 데리러 오겠소. 부친인 강수 어른이 돌아오시면 그렇게 말씀을 드려 주시오."

"예, 알겠사옵니다."

기어들어 가는 목소리로 대답을 하는 국난영을 잠시 바라보던 강철이 손목시계를 풀었다. 그런 다음 시간을 보는 법과 태엽을 감고, 시간을 고치는 법까지 자세히 설명해 주고 나서 그녀의 손에 쥐어 주었다.

"이것은 시계라는 것이요. 바닷길에서 요긴하게 쓰일 것이니, 나중에 부친이 돌아오면 드리시오."

"예, 그리하겠사옵니다."

안에 있던 조영호가 나오는 기척이 있자 강철은 작별의 인사를 했다.

"이제 가 봐야겠소. 그럼, 데리러 올 때까지 몸성히 계시오."

"예, 서…… 방님…… 께서도…… 옥체 보중하시어요."

난생 처음 서방님이라는 말을 들은 강철은 가슴이 진탕되어 왔다.

"알겠소! 들어가시오."

"예……."

하고 대답하는 그녀의 눈에는 금방이라도 뚝뚝 떨어질 것 같은 눈물이 그렁그렁 맺혔다. 때마침 조영호도 사 낭자를 데리고 밖으로 나왔으므로 두 여인을 함께 돌려보냈다. 멀어져 가는 여인들의 뒷모습을 잠시 바라보던 강철과 조영호는 아쉬움을 뒤로하고 영암 군령의 집무실로 향했다.

안에서는 신책이라 이름 붙여진 노트북이 켜져 있고, 장지원이 월남촌 촌주에게 도자기에 대해 설명해 주고 있었다. 장지원의 설명에 귀를 기울이고 있던 사 촌주는 그릇을 구워 내는 온도가 중요하다는 대목과 광물인 철·구리·티탄·크롬·금·은·납들이 바로 색깔을 내는 착색제라는 말에 큰 관심을 보였다.

그리고 지도를 보여 주며 자기를 만드는 원료인 백토가 나오는 지역을 일일이 손으로 짚어 가며 말해 주자, 지갑처럼 생긴 필낭(筆囊)*에서 작은 붓과 얇고 넙적하게 깎은 대나무를 꺼내더니 그것을 종이 삼아 무엇인가 글을 써 나갔다. 그것을 본 조영호가 얼른 홍룡 군포 주머니에서 볼펜과 메모지를 꺼내 주면서 쓰는 법을 가르쳐 주

* 필낭(筆囊): 옛날 붓을 넣고 다니던 주머니.

었다. 사미랑 낭자를 생각해서 조영호가 호의를 베풀고 있다는 것을 알아채곤 강철이 빙그레 미소를 지었다.

곧 볼펜 사용법을 깨달은 사 촌주는 장지원이 손으로 가리키며 말해 준 지역 이름을 일일이 써 넣고 있었고, 옆에서 구경하던 구림 촌주와 영암 군령은 지도를 유심히 들여다보면서 신기한 표정을 짓고 있었다.

사 촌주가 쓰기를 마치고 볼펜과 남은 메모지를 돌려주자 조영호가 가지라고 하니, 옆에 있던 군령과 구림촌 촌주가 무척이나 부러워하는 눈치였다. 그것을 본 강철이 자신이 갖고 있던 볼펜과 이일구 것을 달라고 해서 구림촌 촌주와 영암 군령에게도 하나씩 나누어 주자 그들도 입이 벌어졌다.

"우리 배달국에는 백성이 언제든지 손쉽게 글을 쓸 수 있도록 이것과 비슷한 연필과 종이라는 것을 만들고 있으니, 곧 쉽게 구할 수 있을 것이오."

그러자 월남촌 촌주가 물었다.

"각하! 하오면 그것들은 어떻게 구할 수 있사옵니까?"

"아마 여울상단과 같은 상단들에게 맡겨서 팔게 할 것이오."

"그런 것들은 물목 값이 비싸지 않겠사옵니까?"

"아니, 그렇지 않소. 우리 백성들에게는 쉽게 구할 수 있는 값이 될 것이오."

"그렇사옵니까?"

"그렇소. 물론 다른 나라에다 팔게 될 때는 비싼 값이 매겨질 테지만……."

"그렇지 않아도 군령이 나눠 준 서캐 약은 요긴하게 잘 쓰고 있사옵니다. 지금은 머리에 있던 서캐뿐만 아니라, 몸에 있던 이나 벼룩까지 거의 없어졌사옵니다. 모두 태황제 폐하의 은덕이라는 것을 잘 알고 있사옵니다."

"그렇다면 다행이요."

이때 특전군 하나가 기척을 내고는 안으로 들어와 멀리 마을 밖에 일단의 군사들이 나타났다고 보고했다. 밖으로 나가 보니 역시 예상대로 도성에서 온 김서현 장군의 부대였다.

조영호는 김서현 장군에게 포로가 된 해적들을 인계하고, 도성으로 압송하라고 지시를 내렸다. 또한 해적들이 사용하던 배는 일단 관선으로 사용하라고 군령에게 맡겼다.

뒷정리를 마친 강철을 비롯한 천족장군들은 군령과 촌주를 비롯한 마을 촌민들의 환송을 받으며 비조기에 올라 도성으로 향했다.

중천성으로 돌아온 강철은 조영호와 이일구, 장지원을 대동하고 편전으로 들어갔다. 그들이 들어가자, 태황제가 반갑게 맞았다.

"어서들 오시오! 고생들이 많으셨소."

"폐하! 사로잡은 해적들은 김서현 장군이 압송 중에 있사옵니다."

"알고 있소. 생각할수록 괘씸한 자들이요. 그렇지만 총리대신이 이미 본보기로 그 두목이란 자를 처형하고, 나머지를 군노로 만들기로 했다니 잘하셨소. 일단 그자들에게 한글을 가르치도록 하시오."

태황제의 내심에 어떤 계획이 숨어 있는 것 같아 보이자 강철이 넌지시 물었다.

"무슨 다른 뜻이 있으시옵니까?"

"하하! 총리대신이 내 속을 훤히 들여다보고 있으니 말씀드리지 않을 수가 없구려. 사비 공에게 왜국을 맡길까 하는 생각이오."

"······?"

"지금 당장은 아니지만, 신라를 통합한 이후에 왜국을 병탄하고, 부여장 대장에게 그곳을 통치하도록 맡기면 어떨까 생각 중이오. 여하튼 그런 점도 염두에 두어 이번에 포로가 된 해적들을 잘 관리하라는 말씀이오."

태황제의 말에 장지원이 의문이라는 듯이,

"신라 다음에는 왜국보다 고구려를 먼저 병합해야 하지 않겠사옵니까?"

"아니요! 고구려보다 먼저 정리해야 할 곳이 왜국이라고 생각하오. 내가 알고 있기로는 원래 왜에는 신라나 백제에서 건너간 도래인(渡來人)들이 각각 권력을 분점하고 있었소. 그런 이유로 여러 차례의 권력투쟁이 있었고, 지금은 백제 계열인 추고여왕(推古女王)이 통치를 맡고 있을 것이요. 그렇지만 그녀가 통치하는 지역은 오사카나 교토지방 정도이고 다른 지역은 토착 세력들이 다스리고 있을 것이요. 그러니 가능한 빨리 그곳을 장악한 다음, 사비 공에게 통치를 맡겨서 발전시키는 것이 낫지 않을까 하는 생각이요."

그 자리에 참석해 있는 천족장군들은 그 말을 듣고 나자 비로소 훗날까지 염두에 두고 있는 태황제의 깊은 속뜻을 헤아리게 되었다.

"알겠사옵니다. 해적들에게 조속히 한글교육을 시키도록 하겠사옵니다."

"그리고······ 고구려 사신들이 사나흘 있으면 도착한다고 하오. 이번 사신단 역시 과인이 먼저 만날 필요는 없을 것 같소. 총리대신이 그들과 우선 협상을 해 보고 우리가 의도한 대로 결론이 난다면 떠날 때쯤에나 과인이 만났으면 하오. 협상이 잘 안 되면 만날 필요조차도 없겠지만…….”

“불가침조약을 대가(代價)로 유연탄과 철괴를 받아 내라는 말씀이 아니옵니까?”

“물론이요. 그들이 여기에 머무는 동안 가능한 을지문덕 장군이나 연자발, 이문진 장군과 자주 접촉케 하여 우리에 대해 깨닫게 하는 것이 좋겠소.”

이 말을 들은 이일구가 망설임 없이 말했다.

“폐하! 소장의 생각에는 백 마디 말보다는 비조기의 위력을 한 번 보여 주는 것이 훨씬 나을 것 같사옵니다.”

“하하! 필요하다면 그 방법도 고려해 보시오.”

“알겠사옵니다.”

대답을 한 강철은 조영호를 비롯한 천족장군들에게 자신은 폐하와 긴히 상의 드릴 일이 있으니 먼저들 나가 보라고 일렀다.

조영호 일행이 나가자 강철이 낮은 목소리로 말문을 열었다.

“폐하! 이번에 해적들을 소탕하기 위하여 목포를 들렀다가 영암에서 하룻밤을 묵었는데 그곳에서 여인을 알게 되었사옵니다.”

말을 꺼내기 전부터 겸연쩍어 하는 강철의 표정을 보고 무슨 일일까 궁금하던 중이었는데, 그 말을 듣자 파안대소(破顔大笑)하며 물었다.

“하하하! 여인이라고 했소? 도대체 어떤 여인을, 어떻게 알게 되었다는 말씀이요?”

“예! 영암 군령의 치소가 있는 구림 마을에서 촌주의 초대를 받았는데, 잠자리에 들려는 찰라 묘령의 여인이 방으로 들어왔사옵니다. 어쩔 수 없이 함께 밤을 지내게 되었는데 알고 보니 촌주의 종손녀였

고, 폐하께서도 들으신 바 있는 여울상단 강수인 국태천의 딸이었사
옵니다."

"호오! 그래요? 그런데 어떻게 여인이 잠자리까지 찾아들었단 말
씀이오?"

"소장의 시중을 들라고 촌주가 시킨 일인데, 소장뿐만 아니라 조영
호 장군에게도 인근 월남촌 촌주의 친척이 되는 여인이 들어왔다고
하옵니다."

그 말을 듣자, 태황제는 아주 유쾌한 일이라는 듯 호쾌하게 웃으며,

"하하하! 그래서 그 여인들은 데려오셨소?"

"아니옵니다. 그래도 명색이 배달국의 장수인데, 여인들을 납치하
듯이 데려올 수야 없질 않겠사옵니까? 더욱이 구림촌 촌주의 종손녀
는 그 부친이 왜국에 가 있는 상태라서 보름 내로 데리러 오겠다는
말만 남기고 돌아왔사옵니다."

그러자 태황제가 잠시 생각하는 듯하더니 말을 했다.

"흠…… 알겠소. 여인들이 두 분 마음에는 들었던 모양이오? 여하
튼 여울상단 강수의 여식이 총리대신의 짝이 된다는 것은 우리 제국
의 입장에서도 좋은 일이 아니겠소? 과인이 먼저 축하해야 할 일이
오."

"거북스럽사옵니다, 폐하! 그리고 이번에 살펴보니 구림촌은 국제
무역을 하는 여울상단이 있어서인지 타 지역보다 문물이 훨씬 발달
해 있었고, 인근 마을인 월남촌도 마찬가지였사옵니다. 특히 월남촌
은 도자기를 굽는 마을인데 고려청자나 조선백자에 비할 바는 못 되
었지만, 그래도 그 기술이 상당한 수준에 있었사옵니다."

"으흠, 그래요? 역시 외부 세계와 교통이 잘 이루어지니 문물이 발

전했나 보구려."

"그런 것 같사옵니다."

"총리대신! 두 분의 혼례 문제는 다른 천족장군들에게도 전례(典禮)가 될 터이니 잠시 생각 좀 해 봅시다."

"예, 알겠사옵니다. 그리고 이번에 오는 고구려 사신의 정사가 영양왕의 동생이라면, 조금 전에 이일구 장군이 말씀드린 대로 일부러라도 그들에게 우리의 힘을 보여 줄 필요가 있다고 생각하옵니다."

강철의 말에 태황제가 고개를 끄덕였다.

"일리 있는 말씀이요. 무슨 좋은 생각이 있으시오?"

"예, 이번 기회에 해적들의 소굴로 이용된다는 섬을 토벌해 볼까 하옵니다."

"소굴을 말씀이오?"

"예! 해적 소굴에 대한 정보는 이미 백제에서 다 가지고 있었을 것이니, 어려울 것도 없다고 생각하옵니다."

강철의 말에 힘차게 고개를 끄덕이며 진봉민이 대꾸를 했다.

"흐흠, 아주 좋은 생각 같소. 그렇지 않아도 그 소굴을 소탕해야겠다고 결심하고 있었는데, 이번 기회에 그곳을 정리한다면 신라까지도 고립시킬 수 있을 것이요. 일거양득의 계책이구려."

"예, 소장도 그렇게 생각하옵니다."

"그리고 탐라도 백제 때에는 입조(入朝)를 했었다고는 하나, 우리 배달국에 입조한 것은 아니니 염두에 두어야 할 것 같소. 그곳은 총리대신의 장인이 될 여울상단 강수가 돌아오면 그때 다시 대책을 의논해 보십시다."

"폐하! 어느새 그것까지 생각해 두셨사옵니까?"

"허허! 조금 전에 총리대신이 국태천 강수의 여식과 인연이 닿았다고 할 때 문득 생각했던 것이요."

"네에, 탐라는 급한 것이 아니니 나중에 국태천 강수와 상의하면 좋은 대책이 나올 것이옵니다."

"과인도 그렇게 생각하오."

"그럼, 소신은 그렇게 알고 이제 물러가겠사옵니다."

"그러시오."

강철이 물러가자 진봉민은 궁청장인 변품과 내정부 대신인 백기를 불렀다.

태황제는 천족장군들의 혼례식을 제대로 해 주고 싶어졌다. 게다가 배달국에서는 그들을 왕의 예로 대하고 있으니 어물쩍 넘어갈 수도 없는 일이었다.

"과인이 두 분을 급히 부른 것은 천족장군들의 혼례식을 논의코자 함이요."

태황제가 갑자기 천족장군들의 혼례를 거론하자, 그동안 낌새도 전혀 없었던 일이었기 때문에 변품이 물었다.

"폐하, 혹시 어느 분의 혼례를 말씀하시는 것이옵니까?"

"총리대신과 특전군사령이요. 이번 출정 길에서 인연을 맺은 모양인데, 총리대신의 짝은 여울상단 강수의 여식이고, 특전군사령의 짝은 월남촌 촌주의 인척이라는데 과인도 자세히는 모르오."

태황제의 말을 들은 변품은 고개를 끄덕이며 입을 열었다.

"폐하! 우선 전례를 말씀드리겠사옵니다. 혼례 절차에 대한 기록을 살피자면 대륙의 노나라에 공구(孔丘)*라는 사람과 그 제자가 쓴

---

* 공구(孔丘): 공자를 말함. 이름이 구(丘)이고 공자라고 할 때 자(子)는 선생이라는 뜻이다.

예기(禮記)라는 책이 있사온데, 거기에 따르면 혼례에는 육례(六禮)*라고 해서 여섯 가지 절차로 이루어지옵니다. 그 여섯 가지 절차는 납채와 문명, 납길, 납징, 청기, 친영을 말하는 것이옵니다."

삼국시대 후반기에는 대륙 문물이 많이 들어왔으므로 중앙 귀족들을 중심으로 점차 이러한 혼례 절차를 중시하게 되었던 것이다.

"과인이 알기로 공구가 쓴 것을 한나라 제후인 헌(獻)이 백 삼십일 편으로 묶어 낸 것을 예기라고 말하는 것이 아니요?"

"그렇사옵니다."

"과인 생각에는 이번 혼례를 신부 측에서 스스로 청한 것이라 보고, 신부를 맞는 친영의 절차로 충분하리라 생각하오."

태황제의 말을 들은 변품이 아뢰었다.

"폐하! 천족장군들은 왕으로 예우하기 때문에 우선 비빈의 수를 정하고, 이번 혼례를 치를 신부에게 내릴 봉작을 먼저 정하는 것이 순서라고 생각하옵니다."

"옳은 말씀이요. 그러면 그 수효를 어떻게 하면 되겠소?"

하고 묻자, 변품이 대답을 했다.

"이미 상빈마마를 책봉하실 때에 소신이 말씀 올린 바가 있사온데 왕은 한 분의 왕비와 여덟 명의 후궁을 거느릴 수 있다고 되어 있으나, 폐하께서 정하시면 그것이 바로 천하의 본보기가 된다고 생각하옵니다."

---

*육례(六禮): 혼례의 여섯 가지 절차. 납채(納采: 남자 쪽에서 청혼의 예물을 보내는 것)·문명(問名: 여자의 생년월일을 묻는 것)·납길(納吉: 문명 후 점을 보아 좋으면 결과를 여자 쪽에 전하는 것)·납폐(納幣: 혼인 예물을 여자 쪽에 보내는 것)·청기(請期: 남자 쪽에서 결혼날짜를 정하여 여자 쪽에 보내 가부를 묻는 것)·친영(親迎: 신랑이 신부 집에 가서 아내를 데리고 옴)

변품은 목관효의 딸을 빈(嬪)으로 맞이할 때, 앞으로는 다른 전례를 따를 필요 없이 배달국에서 정하는 것을 천하의 표본으로 삼으면 된다고 했던 말을 재차 강조하고 있는 것이었다.

"알겠소! 그렇다면 이번 기회에 국가 혼례의 종류를 정하도록 하겠소. 태황제의 혼례는 국혼이라 하고, 천족장군들의 혼례는 궁혼(宮婚)으로 정하겠소. 태황제는 황후 일 인, 비 일 인, 빈 일 인을 둘 수 있고, 천족장군들은 정부인 일 인과 부인 일 인을 둘 수 있도록 하겠소. 이번 혼처를 정부인으로 삼을지 부인으로 삼을지에 대해서는 본인들에게 물어보도록 하시오. 그리고 혼례를 주재할 집례(執禮)로는 아무래도 농어업부 대신인 사비 공이 적당할 것 같은데 백기 장군은 어떻게 생각하시오?"

"폐하! 사비 공께서 큰 광영으로 생각할 것이옵니다. 다만, 소신 생각에는 내명부 숫자가 너무 적은 것 같사옵니다."

사비 공은 백제 무왕이던 부여장이 배달국에 나라를 바치고 난 이후에 태황제로부터 받은 작위였다.

"아니요, 과인은 그것도 많다고 생각하오."

이번에는 변품이 백기의 말을 거들기나 하려는 듯이 입을 열었다.

"폐하, 하오나 그렇게 한다면 다른 나라에서 얕잡아 볼 것이옵니다."

"하하하! 비빈을 많이 둔다고 대단한 황제가 되는 것은 아니요. 오히려 숫자가 많으면, 서로 질투하고 시기하여 궁궐에 분란만 늘어나오."

"폐하, 아무리 그렇다 하더라도 소장은 너무 적다고 생각하옵니다."

"됐소! 두 분은 더 이상 말씀하지 마시고, 과인이 말한 대로 하시오. 궁청장은 사비 공에게 집례를 맡으라는 과인의 뜻을 전하시오. 내정부 대신은 영암에서부터 도성까지 예의에 어긋남이 없이 그녀들을 데려올 수 있도록 준비하시오. 세세한 부분은 내각에서 논의하도록 하시요."

황후와 비빈의 숫자가 너무 적다고 생각하는 변품과 백기는 아직도 내키니 않는지 마지못해 대답을 했다.

"예, 폐하! 소신들 그렇게 알고 물러가겠사옵니다."

두 대신이 물러가고 난 후에 진봉민은 지난 1년의 세월을 회상해 보았다. 천족장군 모두가 오직 나라를 생각하는 마음뿐, 개인이라는 존재는 없었다고 생각하니 서글픈 마음까지 들었다.

삼국시대로 설정된 시대적 무대 위에서 황제와 장군의 역할을 맡아, 오직 민족의 긍지를 제대로 세워 보겠다는 일념 하나로 동분서주해 온 나날들이었다. 동기야 어떻든 간에 이제야 그들 중에 두 사람이 가정을 꾸린다고 하니 진봉민으로서는 참으로 다행이라는 생각이 드는 것도 사실이었다.

신라 서라벌의 정전인 조원전(朝元殿) 옥좌에는 국왕인 김국반이 시름에 젖어 도열해 있는 신하들을 내려다보고 있었다. 그는 진평왕 김백정이 배달국으로 납치되어 간 사이, 반란을 일으킨 칠숙 일당에 의해서 새로 옹립된 국왕이었다. 그렇지만 그가 왕이 된 이후, 하는 일마다 제대로 되는 것이 없었다.

결과적으로 자신이 밀어낸 꼴이 된 진평왕이 배달국에 투항을 해 버리고, 설상가상으로 칠숙마저 배달국에 납치되어 참수를 당했지만, 그래도 그때까지는 남아 있는 군사가 있었기 때문에 희망을 버리지 않았다.

그러던 중 백제 조정에 쿠데타가 일어나자, 국면을 전환할 기회가 왔다고 생각하고 나라의 운명을 걸다시피까지 하면서 삼년산성으로 쳐들어가 봤지만, 결과는 장졸들이 모두 포로가 되는 참담한 패배를 당했다. 이제 도성을 지킬 군사마저 걱정해야 할 판이 된 것이다.

그날부터 자포자기의 심정으로 지내던 김국반은, 그나마 마지막으로 기대어 볼 데라고는 고구려뿐이라는 신하들의 의견을 좇아 사신을 보내어 원병을 청했다. 다행히 고구려 태왕은 돌아가서 출병 준비를 하고 기다리라는 답변을 주어 잔뜩 기대에 부풀어 있었지만, 이후 들리는 소문에는 그 기대마저도 물거품이 된 듯했다.

소문의 내용인즉슨 고구려는 배달국을 치기 위한 전초 작업으로 사신을 보냈는데, 그들이 모두 배달국에 망명을 해 버렸다는 것이었다. 처음 그런 소문을 전해 듣고는 오히려 잘된 일이다 싶었다. 소문이 사실이라면 화가 난 고구려가 가만있지 않을 것이 분명했기 때문이었다. 그러나 시간이 흘러도 고구려가 배달국을 치기 위해 군사를 움직였다는 소식은 없었고, 출병하라는 연락조차 오지 않았다.

그런 이유로 지금 회의에 참석한 국왕과 신료들의 표정이 어두운 것이다.

"배달국을 살펴보기 위해 갔던 고구려 사신들이 모두 망명했다는 소분이 사실은 사실이요?"

국왕이 묻자, 낙심한 표정으로 서 있던 상대등 김사진(金思眞)이 힘없는 목소리로 대답을 했다.

"예, 그 소문이 사실로 확인되었사옵니다. 수나라 군사 삼십만을 살수에서 몰살시키다시피 했던 을지문덕이 개국 축하 사신단을 이끌고 갔는데, 도착한 지 며칠 되지도 않아 사신단 전원이 망명했다고 하옵니다."

"그렇다면 고구려가 뒤통수를 얻어맞은 격인데, 그런 수모를 당하고도 어떻게 고구려는 여태껏 별다른 움직임이 없는 것이오?"

"……."

상대등 김사진이 왕의 질문에 뚜렷한 이유를 모르겠다는 듯이 대답이 없자 옆에 있던 병부령 이리벌이 입을 열었다.

"폐하! 소신의 생각에는 고구려에서도 배달국을 함부로 건드릴 일이 아니라고 판단한 것 같사옵니다."

"허어! 그렇다면 우리가 기대하던 고구려의 출병은 없을 것이란 말씀이오?"

"예, 지금으로서는 그렇게밖에 생각할 수 없사옵니다. 지금의 정국을 헤아려 보면 오히려 우리의 입장이 더욱 어려워졌사옵니다. 망명한 고구려 사신들의 입을 통해서 우리가 고구려에게 도움을 청했었다는 사실을 알게 된다면 배달국이 가만히 있지는 않을 것이기 때문이옵니다."

병부령의 말을 들은 국왕과 신료들은 충분히 일리가 있다고 판단했다. 그렇지 않아도 침울하던 분위기가 더욱 냉랭하게 변했다. 용좌에 앉아 있는 국왕 김국반은 '휴우!' 하고 한숨을 내쉬면서 다시 물었다.

"배달국이 가만히 있지 않는다면, 군사를 동원하여 우리를 치러 올 것이라는 말씀이오?"

"폐하! 지금으로서는 예단하기가 어렵사옵니다. 물론 우리 군사라고 해 봤자 배달국에 포로가 되었다가 돌아온 삼천 군사와 화랑들이 지휘하는 낭도군 일천 명 정도가 있을 뿐이옵니다. 만약 저들이 천병기를 동원하여 군사를 몰아온다면 현재로선 막아 낼 도리가 전무한 실정이옵니다."

예전 같으면 싸워 보지도 않고 적을 막아 낼 수 없다는 말은 병부령의 입에서 나올 수 있는 말이 아니었다. 하지만 4만이 넘는 군사도 순식간에 포로가 되는 판국에 달랑 3, 4천의 군사로 그들을 막아 낼 수 있으리라고는 누구도 기대할 수 없는 형편이니, 병부령에게 뭐라고 할 수도 없었다. 국왕은 또다시 '흐음!' 하고 신음에 가까운 소리를 내면서 물었다.

"우리 군사들은 어디에 주둔하고 있소?"

"폐하! 지금 우리 군사는 저들이 주둔하고 있는 감문주 근방에 천 명 정도를 대치시켜 놓은 외로는, 모두 도성 인근인 서형산성과 북형산성에 주둔시켜 놓고 있사옵니다."

"병부령! 과인이 알기로는 배달국에 포로로 잡혀 갔다가 돌아온 자들이 적지 않다던데 어째서 삼천 명뿐이란 말이요?"

배달국이 상비군을 7천 3백 명으로 만들면서 삼년산성 전쟁 이전에 포로가 되어 노역을 하던 군노들을 모두 귀향시켰으나, 신라는 돌아온 그들을 다시 소집해 군사로 편제한 것이었다.

"아뢰옵기 황공하오나, 그 이유는 배달국 포로가 됐다가 돌아온 자들 다수가 군역을 피해 야반도주하였고, 지금 남아 있는 자들도 노부모 때문이거나 피치 못할 사정에 의해 도주하지 못하고, 마지못해 군역에 응하고 있사옵니다. 그나마도 하나같이 배달국과 싸운다는 것은 섶을 지고 불속으로 들어가는 것과 같다고 쑤군대고 있는 실정이옵니다."

그 말을 들은 국왕은 허파에 바람이 빠지는 것 같은 허탈한 웃음을 터트렸다.

"허허허! 그렇소? 그럼, 배달국이 단 일천, 아니 단 오백의 군사만 보내더라도 나라가 절단난다는 말씀이 아니요?"

국왕의 물음에 그렇지 않다고 대답하는 신하는 아무도 없었다.

오랫동안 지속되는 침묵에 참다못한 상대등 김사진이 입을 열었다.

"폐하! 그렇게 낙심할 일만은 아니옵니다. 배달국이 우리를 도모할 생각이었다면 벌써 움직였을 것이옵니다. 당성 전쟁이나 삼년산성 전쟁을 돌이켜 생각해 보면, 저들은 우리가 쳐들어가던지 아니면 다수의 군사를 모아 놓고 겁박(劫迫)*을 가한 경우를 제외하고는 먼저 군사를 몰아왔던 적은 없었사옵니다."

그 말이 끝나자마자 왕은 짜증스럽게 되받아쳤다.

"그렇다면 그 비조기인가 뭔가로 진평왕을 잡아간 것은 쳐들어온 것이 아니고 뭐란 말씀이요?"

"그것은…… 그들에게 망명한 장수들의 식솔들을 우리가 처형한다니까 온 것이지, 그들 스스로 우리를 공격하기 위하여 온 것은 아니었사옵니다."

"흠……! 그렇다면 어떻게 하자는 말씀이요?"

"예, 소신의 생각에는 우리를 도와줄 수 있는 나라는 역시 고구려와 수나라뿐이라고 여기옵니다. 그러니 당분간은 은인자중하면서 고구려가 배달국에 어떻게 대처해 나가는지, 그리고 수나라 역시도 언제쯤이면 각지에서 일어난 반란을 수습하고, 우리에게 도움을 줄 수 있는지를 살피면서 때를 기다려야 할 줄로 아옵니다."

---

* 겁박(劫迫): 겁을 주면서 압박을 가하는 일.

"상대등의 말씀이 일리가 있기는 하오. 말씀대로 기다린다고 치십시다. 그렇지만 기다리는 와중에라도 덜컥 배달국이 쳐들어오면 어쩔 셈이요?"

"폐하! 그것을 미리 막기 위해 사신을 보내면 어떨까 하옵니다."

"사신이요?"

"네, 지금 우리 입장에서는 체면을 가릴 처지가 못 된다고 생각하옵니다. 그러니 재물이라도 넉넉히 가져가서 그들을 달래는 것이 어떨까 하는 것이옵니다."

이때 옆에서 위화부령인 석품이 거들고 나섰다.

"폐하! 위화부령 석품 아뢰옵니다. 소신도 상대등 말씀이 백번 옳다고 여기옵니다. 우리가 고구려나 수나라에 도움을 청한다 해도 빈손으로 청하는 것은 아니질 않습니까? 하오니 배달국에서 흡족해할 만큼 넉넉한 진상품과 함께 사신을 보내어 비위를 맞추는 것이 상책이라고 보옵니다."

석품은 정변을 일으키기 전에는 외교를 맡던 영객부령이었으나, 거사가 성공한 후에는 조정 인사를 관장하는 위화부령으로 승차되었다. 그렇지만 그는 요사이 밤잠을 설치고 있었다.

진평왕이 잡혀간 사이에 칠숙과 모의해서 정변을 일으켰고, 성공한 후에는 자신이 그렇게나 소망하던 위화부령이라는 자리에까지 올랐지만 그 기쁨도 잠시뿐이었다. 자신들이 폐위시킨 김백정이 배달국 장수가 되어 눈을 시퍼렇게 뜨고 살아 있다는 자체만으로도 겁나는 일인데, 설상가상으로 칠숙이 잡혀가 참수되었다고 하니, 어느 날 자신도 부지불식간에 그 꼴이 될지 모르는 일이었다. 더욱이 몇 달 전부터 나라 안에는 진평왕을 선봉장으로 삼아 배달국이 쳐들어

올 거라는 소문이 파다하게 퍼지고 있었다.

소문대로 배달국이 쳐들어온다면 신라가 패망하는 것은 순식간일 테고, 폐위시킨 김백정이 자신들을 가만두지 않을 것이라는 것은 보나마나한 일이었다. 그러니 구차한 목숨이라도 부지하자면 배달국이 쳐들어오지 않도록 조공이라도 듬뿍 바쳐 비위를 맞추자는 상대등의 제안에 찬성하는 수밖에는 달리 방법이 없었다.

왕좌에 앉아 있는 김국반의 처지도 별반 다를 게 없었다. 정변 세력이 자신의 형인 진평왕을 폐위시키고 자신을 왕으로 추대하자, 앞뒤 생각도 하지 않고 덥석 그 자리에 앉고 보니, 바로 목숨조차 부지하기 어려운 호랑이 입속에 들어온 꼴이었다.

"그렇다면 무엇을 그들에게 가져가야 한단 말씀이오?"

"우선 사직을 보존하는 것이 급선무이니, 신라국에 있는 금은보화를 끌어 모으고, 미녀들을 뽑아 데리고 가는 것이 좋을 듯하옵니다."

"음! 공물은 그렇게 마련한다 치고, 사신으로는 누가 가는 것이 좋겠소?"

"……?"

국왕의 물음에 모두 서로 눈치만 보면서 머릿속으로는 약삭빠른 계산들을 하고 있었다. 그럴 수밖에 없는 것이, 이 자리에 있는 자들은 대부분 정변 세력에 합류한 자들이었다. 그러니 행여나 사신으로 가서 그곳에 있는 진평왕과 마주치기라도 한다면 어떻게 얼굴을 들 수 있겠으며, 하물며 상대등인 칠숙도 잡아다가 효수했던 무지막지한 자들이 아닌가! 까딱 잘못하면 목숨까지도 위태로울 일에 굳이 먼저 나설 이유가 없었다.

"사신을 보내자고 해 놓고, 어째서 말씀들이 없으시오?"

신료들의 속셈을 알아차린 국왕이 언성을 높이자 마지못해 상대등인 김사진이 다시 나섰다.

"폐하! 배달국에는 폐위된 전대 국주가 장군으로 있사옵니다. 그런 이유로 소신들에게는 감정이 좋지 않을 것이오니, 차라리 전 위화부령이던 조계룡 공을 보내는 것이 어떻겠사옵니까?"

그 말을 들은 국왕은 고개를 가로저으며 짜증스럽게 대꾸를 했다.

"그게 어디 가당키나 한 말씀이오? 공들이 그렇게나 괄시했던 조계룡 공이 과연 가 주기나 하겠소?"

"조계룡 공은 시시비비가 분명한 분이니, 폐하께서 간곡히 권하신다면 가 줄 것이옵니다."

"흐흠……."

내키지 않는 표정으로 신음을 삼키며 잠시 뜸을 들이던 국왕이 별뾰족한 수가 없다는 듯이 다시 물었다.

"그럼, 정사는 조계룡 공으로 한다 치고 부사는 누구로 하오? 그리고 사신단의 이름도 정해야 하는 것이 아니오?"

"부사로는 역시 전대에 병부령이던 김후직 공으로, 종사관으로는 대나마 혜문 공이 적임이 아닐까 하옵니다. 사신단 이름은 화친사로 하는 것이 좋을 성싶사옵니다."

"화친사라? 화친사로 한다면 저들이 받아들이겠소? 차라리 진사사절(陳謝使節)로 하는 것이 어떻겠소?"

"그건 너무……."

막상 국왕이 진사사절이라는 말을 꺼내자, 김사진은 스스로 낯이 붉어지면서 말도 제대로 잇지를 못했다. 아무리 신라가 궁지에 몰려 사신을 보낸다고는 하지만, 그래도 잘못을 빌기 위해 보내는 진사사절은 외교상으로 항복이나 다름이 없었기 때문이다.

"허어! 그래도 체면은 생각하시나 보구려. 진사사절로 하는 것을 부끄럽게 생각하는 것을 보니 말씀이요."

"……."

국왕이 비꼬는 듯이 심통스럽게 말을 해도, 김사진은 아무런 대꾸도 할 수가 없었다.

"상대등의 말씀대로 기왕에 비위를 맞추기 위해 사신을 보낼 양이면 진사사절이면 뭐 어떻겠소? 이미 나라 체면이고 자시고, 다 땅에 떨어진 판국에 더 이상 왈가왈부할 것 없이 상대등은 조정 신료들과 구체적인 절차를 논의해 보도록 하시오."

"예, 분부대로 하겠사옵니다."

"더 이상 하실 말씀들이 있으시오?"

이때 머뭇거리던 병부령 이리벌이 한 발 앞으로 나섰다.

"폐하! 신 병부령 아뢰옵니다."

국왕은 만사가 귀찮다는 듯이 시큰둥하게 대답했다.

"말씀해 보시오."

"예, 아뢰옵기 황공하오나 백성들 중에 식솔들을 데리고 국경을 넘어 배달국으로 도망하는 자가 적질 않사옵니다. 이를 어찌해야 할지 난감하옵니다."

그 말이 떨어지기가 무섭게 국왕이 버럭 소리를 내질렀다.

"이보시오, 병부령! 그걸 과인에게 물으면 어쩌자는 말이요? 그곳에 군사가 일천이나 있다질 않았소? 그들은 대체 무얼 하고 있다는 말씀이요?"

국왕의 역정에 이리벌은 주눅이 들었는지 더듬거리며 이유를 댔다.

"그들은…… 감문주에 주둔하고 있는 배달국 군사들과 대치시켜 놓은 군사들이라 월경하는 백성들까지 단속하기에는……."

"쳇! 그까짓 일천 군사로 어떻게 저들과 대치한다는 것이요? 사만 군사도 통째로 포로가 되는 판국인데, 괜히 저들의 심기나 건들지 마시오."

"……."

말을 해 놓고 보니 좀 심했다는 생각이 들었는지 국왕은 목소리를 낮춰 덧붙였다.

"막는다고 백성들이 안 넘어가겠소? 어차피 신라 땅을 떠나기로 결심하고 식솔들을 데리고 나섰다면, 어느 산길을 택해서라도 경계를 넘어갈 것이요. 그러니 쓸데없는 헛수고일랑 하지 말라는 말이요."

"예, 그렇기는 하옵니다."

"그렇게 잘 아는 분이 뭘 물으시오? 백성들이야 그렇다 치더라도, 아래 벼슬에 있는 자들 몇몇도 식솔들을 꿰차고 왜국으로 도주했다는 것을 과인이 모르는 줄 아시오? 조정에 신료라는 자도 이 모양일진데, 백성들을 나무랄 일이 뭐가 있겠소? 말하면 속만 터지니, 이제 그만하고 조회를 끝내겠소."

말을 마친 국왕 김국반은 더 이상 앉아 있는 것도 귀찮다는 듯이 옥좌에서 일어나 휑하니 나가 버렸다.

고구려 사신들

며칠 전 강철은 목포와 영암에서 난동을 부리던 해적 362명을 사로잡아 두목은 처형하고 나머지는 김서현 장군에게 맡겨 도성으로 압송토록 했었다. 이들이 압송되어 오자 정보사에서는 그들에 대한 취조에 착수했다.

그런데 취조 결과 애당초에 왜인들인 줄로만 알았던 그들 대부분이 수나라 사람들이었고, 그들의 소굴은 두섬*이라는 것이 밝혀졌다.

정보사령인 무은으로부터 이러한 사실을 보고받은 강철은 곧바로 무은과 함께 태황제를 찾아갔다. 정보사령이 파악한 내용을 모두 듣고 난 태황제가 실망스러운 듯이 말을 했다.

"과인은 그들이 왜인들일 것이라고 생각해서, 훗날 왜국을 평정할 때 활용해 보려고 했더니 예상이 빗나갔구려."

---

* 두섬: 대마도의 옛 삼한시대 때 이름, 원래 두 개의 섬으로 이루어졌기 때문에 삼한 시대에는 두섬으로 불려지다가 두섬→두시마→쓰시마로 이름이 바뀌었다는 설이 있음.

강철도 고개를 끄덕이며 대꾸를 했다.

"소장도 폐하의 말씀을 들었던 터라 실망이 컸사옵니다."

이때 무은이 입을 열었다.

"폐하, 그들을 소장에게 맡겨 주시면 어떻겠사옵니까?"

"음? 무슨 좋은 생각이 있으시오?"

"예, 그렇지 않아도 해적들에게 잡혀 왔던 수나라 여인들을 대륙으로 보낼 정보원으로 만들어 볼 계획이옵니다. 마찬가지로 그들도 정보원으로 만들면 어떨까 하여 말씀을 올리는 것이옵니다."

그 말을 들은 태황제는 솔깃했는지 관심을 보이면서 물었다.

"그렇다면 산동으로 보낼 계획이란 말씀이오?"

"예, 폐하! 산동에 우리 기반이 만들어지면 그렇게 할 생각이옵니다."

"으흠, 좋은 생각 같소. 그렇다면 정보사령의 뜻대로 하시오."

그리고 나서, 이 시대에도 간첩들을 만들어서 보내는 경우가 종종 있었는지 물어보니 당연하다는 대답과 함께 그 활용에 대해서도 설명을 했다.

보통은 정탐꾼이라고 부르는 생간(生間)을 주로 쓰지만, 먼 곳에 대한 정보는 그렇게 쉽게 모을 수가 없기 때문에 향간(鄕間)이나 내간(內間)을 쓴다는 것이었다. 가만히 옆에서 듣고 있던 강철이 손자병법에 있는 것이라며 추가로 설명을 했다. 적국 백성을 포섭하여 간첩으로 만들면 그것이 향간이고, 적국의 벼슬아치를 포섭하여 나라의 중요 정보를 넘기게 만들면 그것이 바로 내간이라는 것이었다.

그들이 물러가고 편전에 혼자 남은 태황제는 적을 이롭게 하는 자가 바로 간첩이라는 무은의 마지막 말이 귀속을 맴돌았다.

4월 하순의 부소산은 짙어 가는 초록빛 사이사이로 화사한 꽃들이 피어 깊어 가는 봄을 알리고 있었다. 이런 풍경을 병풍 삼아 산 아래 펼쳐진 배달국 수도인 중천성의 평화로운 모습은 그 역시 한 폭의 그림이었다.

 외국 사신들이 묵는 영빈관 마당에도 목련이 피어 바람결에 흩날리고 있었고, 누군가를 기다리는지 청라 조우관을 쓴 두 사람이 꽃을 감상하면서 대문 밖을 가끔씩 힐끗거리고 있었다.

 청라 조우관은 고구려의 벼슬아치들이 쓰던 관모로써, 보통 청색 비단으로 만든 고깔 모양에 꿩이나 독수리 깃털을 꽂은 모자였다. 벼슬이 높은 사람은 새의 깃털 대신 금이나 은으로 만든 깃털 모양의 장식을 꽂기도 했다.

 두 사람 중 갸름한 얼굴의 한 사람은 이러한 금 깃털 장식을 꽂고 있어 한결 기품이 돋보였다. 그는 바로 고구려 영양왕의 동생인 고건무였고, 그것보다는 격이 낮아 보이는 꿩 깃털 조우관을 쓴 사람은 약덕이었다. 그들은 화친사라는 고구려 사신 자격으로 지금 배달국에 와 있는 것이었다.

 이때 대문 안으로 을지문덕과 이문진이 들어서자 기다리고 있던 두 사람이 반갑게 그들을 맞았다. 먼저 고건무가 인사말을 건넸다.

 "을지 장군! 이 공! 어서 오시요. 오랜만에 뵙는 것 같소이다."

 "왕제께서도 그동안 강령하셨소이까? 오랜만에 뵙는 것 같습니다. 약덕 공도 그동안 잘 지내셨소?"

 "을지 장군님과 이문진 공께서도 기체 만강하셨습니까?"

 서로 인사를 나눈 네 사람은 고건무의 안내로 방 안으로 들어가 각자 자리를 잡고 앉았다. 먼저 입을 연 것은 고건무였다.

"사신으로 가셨던 장군께서 돌아오시지 않아, 소장이 또 오게 되었소이다."

고건무가 스스로를 낮추어 소장이라고 칭하는 이유는 수양제가 쳐들어왔던 고수 전쟁에서 고건무가 수군사령관을 맡았었고, 을지문덕이 육군사령관을 맡았었기 때문이었다.

고건무의 말은 정중했지만, 그 말 속에는 망명한 두 사람을 나무라는 힐책의 의미도 섞여 있음을 알아채지 못할 을지문덕이 아니었다.

"송구하게도 우리 때문에 왕제께서 또 오시게 되었구려. 허나 소장이 망명한 것은 배달국을 살펴보고 나서, 뜻한 바가 있어 그렇게 한 것이니 크게 나무라지 말아 주셨으면 하오."

"흠……!"

"그리고 왕제께서도 며칠 더 머무르다 보면 느끼는 바가 있을 것이외다. 어제저녁에 도착하셨다는 말씀을 듣고, 반가운 마음에 인사나 나누려고 온 길이니, 깊은 얘기는 다음날로 미루는 것이 좋을 것 같소이다."

배달국에 머무르면서 느껴 본 다음 얘기를 나눠 보자고 을지문덕이 딱 부러지게 말을 하자 고개를 끄덕인 고건무가 말을 했다.

"그러십시다. 그런데 어째서 연자발 장군은 보이질 않소?"

"아! 연 장군은 지금 큰 공사를 지휘하고 있어서 함께 오질 못했소이다. 곧 보게 될 것이요."

연자발은 홍석훈과 함께 기벌포라 불리던 장항에서 군항과 조선소 공사를 감독하고 있었다.

"그렇구려. 그런데 을지 장군! 장군이 배달국에 망명을 한 이유는 차차 들을 기회가 있을 테고, 우선 한 가지만 여쭈어 봐도 되겠소이까?"

"말씀해 보시지요."

"배달국에서는 우리 고구려와의 관계를 어찌할 요량인 것 같소?"

"글쎄요? 지금 뭐라고 단정적으로 말씀드릴 수가 없소이다. 다만, 분명한 것은 배달국에서 고구려를 병탄하겠다고 마음만 먹는다면, 고구려는 단 사흘도 버티질 못할 것이라는 것은 분명하오."

"허! 사흘이요?"

허파에서 바람이 빠지는 것 같은 헛숨을 내쉰 고건무가 무슨 황당한 소리냐는 표정으로 반문을 했다.

"그렇소이다. 사실, 사흘도 길게 말한 것이었소. 태왕과 조정 신료들을 사로잡는 데는 기실 하루면 족할 것이요. 그리되면 결국 나라가 무너진 것과 진배없질 않겠소이까?"

"허허허! 아무리 장군께서 배달국에 망명을 하셨다 해도, 그건 너무 과장된 말씀이 아니시오?"

"그렇게 들으셨다면 더 이상 드릴 말씀은 없소이다. 허나 한 달 전까지 고구려에 몸을 담았던 사람으로서 안타까운 마음에 드린 말씀이외다. 분명한 것은 과장이 아니라는 말씀이오. 이미 장안성의 정해문을 벼락으로 무너뜨린 것을 보셨을 테지만, 배달국에는 그런 천병기가 한둘이 아니외다."

평소부터 을지문덕의 성격을 잘 알고 있는 고건무였다. 그런 그가, 진정으로 걱정스럽다는 표정으로 말을 하자 말문이 막혔다.

"음……."

"왕제께서 기왕에 오셨으니, 이곳에서 두루 살펴보시면 많은 것을 느끼실 수 있을 것이오. 이미 지난밤에도 성 안에 밝혀진 번갯불을 보셨겠지만, 앞으로 머무시는 동안에도 태황제 폐하께서 하늘에서 가지고 내려오신 그와 같은 기이한 물건들을 여럿 접하게 될 것이요. 그러다 보면 소장의 말이 허무맹랑하지 않다는 것도 자연이 깨닫게 되실 게요."

두 사람의 대화를 듣고 있던 약덕이 이문진을 쳐다보면서 물었다.

"이 공께서도 을지문덕 장군의 말씀대로, 우리 고구려가 하루 정도의 상대거리밖에 안 된다고 여기시오?"

그러자 이문진이 빙그레 웃으며 입을 열었다.

"흠! 사실, 본관은 을지 장군님 말씀이 합당치 않다고 생각해서, 한 말씀드리려다 참았소이다."

이문진의 말에 그러면 그렇지 하는 표정으로 고건무가 다시 물었다.

"오! 그렇다면 을지 장군 말씀이 너무 과하다는 말씀이구려."

"네, 과장되어도 많이 과장되었습지요. 을지 장군께서는 고구려의 힘을 너무 과장되게 평가하셨다는 말씀입니다. 실제로 배달국이 고구려를 치려 한다면 반나절이면 충분하다는 것이 제 생각입니다."

그 말을 듣자, 기대했던 대답과 달라서인지 똥 씹은 얼굴로 변한 고건무가 이문진에게 역정을 냈다.

"허어! 두 분이 정말 우리들을 놀리시는 것 같소이다 그려!"

불쾌한 감정이 고스라니 드러나는 고건무의 말에 이문진이 착 가라앉은 목소리로 대꾸를 했다.

"왕제께서나 약덕 공이나 두 분 모두 평소에 빈말을 하지 않는 소관의 성품을 익히 아실 것이요. 그런 소관이 두 나라의 힘을 저울질해서 드린 말씀인데 어찌 놀린다고 그러시는 게요?"

"……"

이문진의 말은 차분했지만, 표정에는 서운함이 깃들어 있었다. 평소에 허언을 하지 않는 이문진의 성격을 잘 아는 고건무와 약덕이 오히려 머쓱해졌다.

분위기가 어색해지자 을지문덕이 입을 열었다.

"자, 자! 아까 말씀드린 대로 두 분은 이곳에 머무시는 동안 많은 것을 보고 들으실 게요. 그러면 우리들의 말도 이해를 하시게 될 것인즉, 얼굴을 뵈었으니 이쯤해서 우리는 일어나겠소이다."

하고는 먼저 자리에서 일어났다. 고건무도 일어나는 두 사람을 구태여 붙잡지 않았다.

"알겠소이다! 그럼, 살펴 돌아가시오."

돌아가는 을지문덕과 이문진을 마중하고 방으로 들어온 고건무와 약덕은 가슴이 답답했다. 저들의 말이 과장은 됐을지 몰라도 전혀 터무니없는 말은 아니라는 것을 자신들도 느낄 수가 있었다. 그렇다면 앞으로 고구려의 운명은 어떻게 될 것인가? 막연한 불안감이 엄습해 오는 것은 어쩔 수 없었다. 이때 밖에서 인기척이 들렸다.

문을 열고 내다보니, 자신들이 이곳으로 왔을 때 영접을 하던 외교 청장 알천이라는 자였다. 얼른 의관을 추스른 약덕이 먼저 나가 허리를 굽히면서 공수의 예로 맞았다. 공수의 예라 하면 왼손을 오른손 위에 놓고 두 손을 마주 잡아 공경의 뜻을 나타내는 당시의 인사법 중에 하나였다.

"알천 공, 어서 오시오."

"약덕 공, 지난밤 편안히 주무셨소이까?"

"덕분에 큰 불편함은 없었소이다. 정사께서 안에 계시니 드시지요."

"아니요, 안으로 들 시간은 없소이다. 총리대신께서 두 분을 뵙고
자 하셔서 모셔 가고자 왔소. 채비를 하시면 본관이 안내를 해 드리
리다."

이때 방 안에 있던 고건무가 문을 열고 나오면서 인사말을 건넸다.

"험! 알천 공께서 오셨구려. 총리대신께서 우리를 보고자 하신다
니 가 보십시다. 채비랄 것이 뭐 있겠소?"

"괜찮으시다면 그러시지요."

자연스럽게 알천이 앞장서고 고건무와 약덕이 뒤를 따랐다. 외청
에 위치한 영빈관을 나선 일행은 우궁 안 가장 중심부에 있는 총리
부로 향했다.

총리부 건물 안에 놓인 기다란 협의용 탁자 상석에는 강철이 앉아
있고, 좌측에는 광공업부 총감인 강진영과 풍채가 늠름한 광공업부
대신인 김백정이 차례로 앉아 있었다. 강철은 이번 고구려와의 협상
에서 얻어 낼 것이 유연탄과 철괴라는 것을 감안하여 두 사람을 합
석시킨 것이었다.

강철은 관상을 보듯이, 들어오고 있는 고건무의 인상을 유심히 살
펴보았다. 현대에서 배운 역사에서는 그가 바로 영양왕의 뒤를 이어
즉위하는 영류왕으로 연개소문에게 죽임을 당하는 비운의 왕이었기
때문이다.

그렇지만, 아무리 뜯어보아도 신하에게 죽임을 당할 사람이라고
는 생각할 수 없을 정도로 오관이 뚜렷하였고, 호리호리한 체구에
키도 적당했다. 게다가 금으로 만든 깃털 장식을 꽂은 푸른색 모자
에 비단옷을 걸치고, 가죽신을 신은 모습은 무척이나 고귀해 보이

기까지 했다.

이때, 알천이 강철에게 군례를 올리며 고했다.

"총리대신 각하! 찾으셨던 고구려 사신들을 데리고 왔습니다."

"수고하셨소. 외교청장도 앉으시오."

"예, 그전에 우선 이들에게 각하와 두 분을 소개해야 할 것 같습니다."

"그렇게 하시오."

그러자 알천이 고건무와 약덕을 쳐다보며 소개를 했다.

"고구려 사신들은 들으시오. 앞 상석에 홍룡포를 입고 계신 분이 배달국의 총리대신이시오. 그리고 바로 옆자리에 홍룡포 차림으로 계신 분이 천족장군이신 강진영 대장이시고, 마지막 자리에 앉아 계신 분이 광공업부 대신이신 김백정 대장이시오."

알천은 일부러 입고 있는 옷이 홍룡포임을 강조하며 소개를 했다.

"……."

고건무는 속으로 황당하기도 하고 고깝기도 했다. 도대체 괴상한 홍룡포 차림새를 한 것부터가 마음에 들지 않는 터에, 일국을 대표하는 사신단을 앉아서 맞는다는 것은 모욕에 가까운 태도였다.

고건무는 울컥 치밀어 오르는 노한 감정을 억누르면서 마음의 평정을 찾으려고 애쓰고 있었다. 그들을 바라보던 알천은 고건무의 안색이 변하는 것을 보자 역시 그럴 줄 알았다는 듯이 말을 이었다.

"덧붙여 말씀드리면 김백정 대장께서는 얼마 전까지 신라 국왕이셨소이다."

그 말을 들은 고건무는 순간 아뿔싸! 자신이 경솔했었다는 것을 깨닫고는 얼른 몸을 굽혀 굴신의 예를 취하면서 자신을 소개했다.

"처음 뵙겠습니다. 소관은 고구려국 화친사 정사로 온 고건무라고 합니다."

"소관은 고구려국 화친사 부사 겸 서장관으로 온 약덕이라 합니다."

고건무와 약덕이 자신을 소개하며 예를 표하자, 강철은 배달국 장수들이 앉아 있는 맞은편 자리를 가리키며 앉기를 권했다.

"어서 오시오, 반갑소이다. 본관은 외교청장이 소개한 대로 배달국 총리대신인 강철이라 하오. 우선 자리에 앉으시오."

"예!"

고건무와 약덕은 강철이 권하는 대로 우측 좌석에 앉았다. 상석에 앉은 강철을 기준으로 좌측에는 강진영과 김백정, 알천이 앉아 있고 우측에는 고건무와 약덕이 마주 앉은 것이다.

그들이 자리에 앉자 강철이 입을 열었다. 물론 강철의 말은 알천에 의해서 통역이 되고 있었다.

"본관은 배달국 국정을 책임지고 있는 입장에서, 고구려 화친사로 오신 두 분을 환영하는 바이오. 본관은 고구려국을 대표하는 공들과 협상할 수 있는 모든 권한이 있음을 우선 밝히는 바이요."

강철의 말이 알천을 통해 통역이 되자, 고건무 역시 화답을 했다.

"소관 역시 귀국과 아국의 외교에 대한 모든 권한을 저희 태왕 폐하로부터 부여받았음을 말씀드립니다."

그 말이 통역되자, 고개를 끄덕이며 강철이 말을 받았다.

"그렇다면 다행이오. 고구려 국왕이 공들을 사신으로 파견하였으니, 귀국이 원하는 바가 있으리라 보오. 우선 원하는 것이 무엇인지 들어 봅시다."

"우선, 그 말씀을 드리기 전에 소관이 호칭을 어떻게 하면 되겠습니까?"

그러자 근엄한 자세로 앉아 있던 김백정이 즉시 대답을 했다.

"이미 알천 공이 소개를 했거니와 본관은 얼마 전까지 신라국 국왕이었던 김백정이오. 배달국은 황제국이기 때문에 국정을 총괄하는 총리대신의 직관은 일국의 왕보다 월등하다는 사실을 명심하시오. 공은 배달국 총리대신께 각하라는 호칭을 사용하면 되오."

아무리 고건무가 고구려 영양왕의 동생일지라도, 며칠 전까지 일국의 왕이었던 김백정만큼은 함부로 대할 수가 없었다.

"알겠습니다! 그럼, 각하로 호칭토록 하겠습니다."

"그러시오."

두 사람의 대화 내용은 알천에 의해 통역이 되고 있어, 강철과 강진영도 알 수가 있었다.

"그럼, 각하께서 하문하시니 말씀드리겠습니다. 사실, 우리 고구려는 배달국에 대해 어떠한 해악도 끼친 적이 없습니다. 오히려 귀국이 먼저 아국 경내에 있는 장천성을 공격하여 다수의 군사를 살상하였고, 또한 저번에 보냈던 사신들이 망명을 했다고는 하지만, 그들의 가족들을 데려가는 과정에서 아국의 도성을 파괴하고 다수의 군사를 살상한 것도 귀국이었습니다."

고건무는 잠시 숨을 고르면서 강철을 마주 쳐다보았다. 그러자 강철은 빙그레 미소를 지으며 대꾸를 했다.

"흠, 계속 말씀해 보시오."

"예, 그럼에도 불구하고 아국은 귀국에 대해 어떤 군사적인 보복도 취한 바가 없습니다. 그렇지만 유감스러운 것은 사실입니다. 더 이상

이러한 불미스러운 일이 두 나라 사이에 없기를 바라시는 아국 태왕 폐하의 뜻을 전해 드리면서, 이에 대한 귀국의 보장을 청하는 바입니다."

알천이 고건무의 말을 통역하자 강철이 물었다.

"그렇다면 고 정사께선 어떤 방법으로 보장을 하라는 말씀이요?"

"양국 간에 불가침에 대한 약조를 하자고 말씀드리는 것입니다."

"흠…… 불가침 약조라? 정사께서는 불가침 약조를 해야 할 만큼, 아국이 고구려의 군사 도발에 신경을 쓴다고 생각하시오?"

"……."

"분명히 말씀드리겠소. 아국이 귀국의 장천성을 공격한 것도 사실이고, 장안성에 가서 성문을 부순 것도 사실이요. 허나 귀국이 저번에 개국 축하 사신을 보낼 때 그 동기가 어떠했소? 확인을 한 것은 아니지만, 틀림없이 군사를 동원해 달라는 신라의 하소연을 듣고, 아국의 실정을 알아보기 위해 사신을 보냈던 것이 아니요? 꼭 군사를 동원하는 것만이 해를 끼치는 것이 아니라는 말씀이요. 아시겠소?"

"……그 부분에 대해서는 할 말이 없습니다."

고건무는 구구한 변명을 하지 않고 깨끗이 인정을 했다.

강철은 고건무의 그런 태도가 마음에 들었다.

"우리 배달국은 귀국의 형편을 잘 알고 있소. 지난 수년간에 걸친 수나라와의 전쟁으로 나라와 백성이 어려움에 처해 있다는 것을 말씀이오. 이런 입장에서 지금 수나라가 내란 중에 있다고는 하지만, 그렇다고 귀국은 함부로 군사를 빼내 아국을 치러 올 입장이 못 된다는 것도 말씀이오. 그렇지 않소?"

"그건……."

"물론, 귀국이 군사를 몰아 아국을 치러 온다 해도 아국은 전혀 신경이 쓰이질 않소. 그것은 오히려 귀국이 스스로 멸망을 재촉하는 자충수가 될 터이니 말씀이오."

그 말을 듣자, 고건무는 안색을 굳히며 말했다.

"각하께서는 우리 고구려를 너무 가볍게 여기신다고 생각지는 않습니까?"

'흠, 역시 국왕으로서의 자질도 충분한 자로구나. 그렇지만 이자가 아직도 자신들의 힘이 얼마나 하찮은지를 모르니, 똑똑히 알게 할 필요는 있겠구나.'

강철은 당당하게 대꾸하는 고건무의 모습을 지켜보며, 빙그레 미소를 지으며 대꾸를 했다.

"글쎄요? 귀국의 힘이 어느 정도인지, 스스로 가늠케 해 드려도 되겠소?"

그 말에 이맛살을 가볍게 찌푸리며 고건무가 되물었다.

"그 말씀은 군사로 아국을 공격해 보시겠다는 말씀입니까?"

그러자 강철은 빙그레 웃으며 말했다.

"공들이 화친을 청하러 왔는데, 제대로 대화도 나눠 보기 전에 그럴 수야 없질 않겠소? 흠, 이렇게 합시다. 내일 아침에 두 분은 나들이 준비를 하고 나와 주시오. 그러실 수 있겠소?"

그 말을 듣고서야 고건무는 굳어졌던 표정을 펴면서 대답을 했다.

"그거야 뭐 어려울 것이 있겠습니까?"

"좋소! 그럼, 내일 만나기로 하고 오늘은 이만 숙소로 돌아가 쉬시도록 하시오."

"그럼, 내일 뵙겠습니다."

그들이 물러가자, 강철은 천족장군들인 조영호와 이일구, 장지원을 비롯해 농어업부 대신, 정보사령, 내정부 대신을 급히 불러오게 했다. 강철의 갑작스러운 소집에 그들은 무슨 일인가 싶어 서둘러 총리부로 달려왔다. 그들이 들어와 자리에 앉자 좌중을 한 바퀴 둘러본 강철이 말을 꺼냈다.

"각자 맡으신 일이 바쁠 텐데 이렇게 급히 오시라고 한 이유는 해적들의 소굴이 되고 있는 대마도를 정벌할 계획을 의논코자 해서요."

강철의 말에 정보사령 무은이 물었다.

"대마도라면 두섬을 말씀하시는 것입니까?"

"그렇소! 앞으로는 편하게 대마도로 부릅시다."

"알겠습니다, 각하! 그렇다면 출정은 언제쯤으로 예정하고 계신지요?"

"내일 아침에 출정하고자 하오. 지난 번 해적들의 난동을 보고 나서, 그 본거지를 없애야겠다고 결심하고 폐하께 아뢰어 이미 윤허는 받아 놓았소. 그렇지만 아직 정벌에 대한 구체적인 계획이나 준비가 된 것은 아니요. 그러니 일단 돌아들 가셨다가 한 시간 후에 폐하께서 계시는 편전에 다시 모여 논의를 해 보기로 하십시다."

강철의 말이 끝나자, 정보사령 무은이 의아스럽다는 듯 재차 물었다.

"각하! 소장 생각에는 해적 소굴의 토벌은 그렇게 급히 서두를 일이 아니라고 생각합니다."

무은의 말이 끝나자, 내정부 대신인 백기도 그 말에 동의를 했다.

"소장 역시 정보사령과 같은 의견입니다."

그러자 강철이 대답했다.

"서둘면 안 되는 이유는 무엇이요?"

그러자 내정부 대신 백기가 설명하기 시작했다.

"그 섬은 원래 가야국 땅이었는데, 가야국이 망하고 나서는 명목상으로 백제국에 속한 땅이었습니다."

이때 강철이 말을 끊으며 물었다.

"백제국에 속했다? 그런데 명목상이라니 그것은 또 무슨 말씀이오?"

"네, 대마도는 상도(上島)와 하도(下島)라는 두 개의 큰 섬을 중심으로 백여 개의 작은 섬들이 모여 있는데, 주로 돌로 이루어져 있어 쓸모가 별로 없는 땅입니다. 그런 이유로 명목상으로만 백제 땅으로 생각하고 있었다는 말씀입니다."

"흠…… 계속 말씀해 보시오."

"일단 그곳이 백제의 속지(屬地)였으니 정벌이라기보다는 토벌이라는 용어를 써야 옳을 것 같습니다. 또한, 토벌을 하자면 그곳에 대해 잘 알아야 하는데, 그곳을 아는 자들은 기껏 왜를 오가는 상단인(商團人)들 정도입니다. 그래서 그들을 통해 자세한 실정을 파악한 다음 출정을 해도 늦지 않다는 말씀입니다."

백기의 말은 일리가 있었다. 백제가 배달국에 나라를 바쳤으니 백제 땅이던 대마도도 역시 이제는 배달국 땅인 셈이었다. 그러므로 다른 나라를 쳐들어가는 정벌이 아니라, 자기 땅 안에 있는 불궤한 무리를 소탕하는 토벌이라고 해야 타당한 표현이었다.

"내정부 대신의 말씀이 맞소. 그렇다면 토벌이라 하기로 하고, 그곳 정보는 상인들을 통해서 얻을 수 있다 하니, 가는 길에 여울상단에 들러 도움을 받으면 되지 않겠소?"

"뭐…… 그렇게 하신다면야 내일 출정한다 해도 크게 문제될 것은 없을 것 같습니다."

"그럼, 일단 돌아들 가시고 한 시간 후에 보십시다."

"예!"

모두 대답을 하고는 뿔뿔이 총리부를 나갔다.

그들이 나가고 나서 한참 동안 생각에 잠겨 있던 강철은 편전으로 향했다. 편전 안으로 들어가자 진봉민이 반갑게 맞았다.

"어서 오시오, 총리대신!"

"예, 폐하!"

대답을 하면서 예를 올린 후 자리에 앉자 태황제가 물었다.

"그래? 고구려 사신들은 만나 보았소?"

"예, 조금 전에 일차 상견례는 한 셈이옵니다. 저들은 폐하께서 예견하신 대로 불가침조약을 원했사옵니다. 그래서 상의 드릴 것도 있고 하여 폐하를 찾아뵈었사옵니다."

"흠…… 그들과 대화가 잘되지 않는 것이요?"

"그런 것은 아니지만, 아무래도 협상을 시작하기 전에 저들에게 우리의 힘을 보여 주는 것이 나중을 위해서도 필요할 것 같사옵니다. 그래서 소신이 며칠 전에 말씀드린 내토 이 기회에 해적 소굴을 도벌할까 하옵니다."

"해적 소굴을? 흠, 구체적인 계획은 마련하였소?"

"어차피 닥치는 상황에 따라 대처해야 하기 때문에, 대강의 계획만 세워서 출발해야 할 것 같사옵니다. 그 논의를 위해 몇몇 신료들을 이곳으로 오게 하였으니, 곧 올 것이옵니다."

"아! 그러셨소?"

"예, 그런데 해적들의 소굴이 되고 있는 대마도가 원래 백제 땅이었다고 하는데, 백제 조정에서는 별로 관심이 없었던 모양이옵니다."

"그래요? 역시 그랬었군. 아마 백제가 신라나 고구려와 전쟁을 하기에 급급해서 그곳까지는 손이 미치지 않았던 모양이구려."

"그런 이유도 있었을 것이옵니다만, 백기 장군의 말로는 그곳이 척박해서 쓸모없는 땅이라 명목상으로만 백제 땅으로 생각해 왔다고 하옵니다."

"흠…… 역대 왕조들이 그런 식으로 대마도에 대해 무관심했기 때문에 결국 세월이 흘러가면서 일본 땅이 돼 버렸던 것이요. 그런데 토벌한 다음에는 어떻게 하실 생각이요?"

"일단 가 봐야 하겠지만, 가능하다면 그곳에 군령을 임명해 놓고 오는 것이 어떨까 하옵니다."

"잘 생각하신 것 같소만, 지금도 그곳을 다스리는 자가 있질 않겠소?"

"물론 그럴 것이옵니다. 일단 그자가 쓸 만하면 그자를 그대로 임명하고, 아니라면 단호히 갈아치워야 하질 않겠사옵니까?"

강철의 말에 고개를 끄덕인 진봉민이 입을 열었다.

"흠…… 그것도 좋겠구려. 그럼, 기왕 가는 길에 한글 강사를 데려가서 그곳 백성들에게 한글을 가르치도록 하는 것이 좋겠소. 물론 근무 여건이 열악한 곳으로 보내는 것이니 임기를 정해 교체를 해 주어야 할 것이요."

"알겠사옵니다."

이때 밖에 있는 상궁으로부터 특전군사령인 조영호 총장을 비롯해 신료들이 들었다고 고하는 소리가 들렸다. 드시게 하라는 명이 있자, 천족장군인 조영호와 이일구, 장지원을 비롯해 농어업부 대신, 정보사령, 내정부 대신이 들어와 예를 올리고 좌정을 했다.

"어서들 오시오. 이미 총리대신으로부터 얘기는 들었소. 과인이 듣기에 대마도는 백제국에 속했던 땅이었다던데, 맞소?"

그러자 내정부 대신인 백기가 대답을 했다.

"예, 폐하! 원래 대마도는 삼백여 년 전까지 마한이라는 연맹체에 속해 있던 구야한국(狗邪韓國)이라는 작은 나라에서 관리하던 섬이었사옵니다. 그런데 고구려 영락대왕*이 백제 도성이던 한성*을 점령하여 백제국은 어쩔 수 없이 남쪽으로 밀려 내려왔고, 웅진에 새로운 도성을 만들 수밖에 없었사옵니다. 이렇게 웅진으로 천도한 백제국은, 남쪽 지역에 있던 마한 연맹체에 속한 나라들 대부분을 복속시켰사온데, 이때 대마도 역시 백제국의 속지가 되었사옵니다."

"그렇다면 구야한국도 백제가 흡수한 것이요?"

"아니옵니다. 구야한국은 신라에 의해서 멸망하고, 다만 구야한국의 속지이던 대마도만 백제 땅이 된 것이옵니다."

"그렇다면 그때 왜국은 백제와 어떤 관계였소?"

"왜는 백제국의 신국이옵니다."

"신하의 나라라는 말씀이요?"

"그렇사옵니다. 왜라는 나라는 오래전에 우리 백제국의 왕자가 바

---

* 영락대제: 고구려 광개토 대왕.
* 한성: 현재 서울 풍납동 지역, 백제 초기 도읍지였음.

다를 건너가 이룩한 나라이옵니다. 그래서 그들은 늘 부모국인 백제를 그리워하며, 더러는 기술자나 책 그리고 학자를 보내 달라고 청하기도 하였사옵니다."

태황제를 비롯해 그 자리에 참석한 천족장군들은 백기가 말하는 놀라운 사실에 침을 삼키며 귀를 기울이고 있었다.

"만약에 우리 배달국이 왜국을 정벌한다면 어떨 것 같소?"

"폐하! 왜국은 이미 우리 배달국을 향해 군사를 몰아오다가 돌아간 사실이 있사오니, 그 죄를 추궁해야 함은 마땅하옵니다. 하오나 그들이 우리 배달국에 적대한 것은 배달국이 자신들의 부모 나라인 백제국을 해하려 한다고 믿었기 때문이옵니다."

"알겠소! 왜국에 대해서는 차차로 생각해 보십시다. 그런데 백제국에서는 어째서 해적이 생길 정도로 그곳을 방치했던 것이요?"

태황제의 물음에 백기의 대답이 계속 이어졌다.

"대마도가 백제의 속지라고는 하나 그곳에 거주하는 자들이 부족한 식량을 구하러 자주 바다를 건너올 정도로 농토가 적고, 그나마 척박하기가 이를 데가 없는 곳이옵니다. 그렇기 때문에 전 백제 조정에서는 크게 관심을 기울이지 않았사옵니다. 그러니 자연히 굶주린 자들 중에 더러는 해적이 되어 지난번처럼 바다를 건너와 악행을 저지르기도 했던 것이옵니다."

"백기 장군! 그렇다면 그들이 어쩔 수 없이 해적이 됐다는 말씀이 아니오?"

"꼭 그런 것은 아니옵니다. 개중에는 굶주림 때문에 어쩔 수 없이 해적 무리에 가담한 자도 있으나, 대부분은 대륙에서 도망쳐 온 죄인이거나 왜인 그리고 삼한 땅에서 건너간 자들이옵니다. 그런 이유로 그들은 나라의 손길이 닿지 않고 토벌도 어려운 그곳을 소굴로 삼아 마음 내키는 대로 행동하고 있는 것이옵니다."

"그렇다면 대마도에는 양민과 해적이 섞여 있다는 말씀이요?"

"소신이 알기로는 양민들이 대부분이나, 섬 한구석에는 전적으로 노략질만 일삼는 무리가 모여 있는 것으로 알고 있사옵니다."

"그럼, 그것을 알면서도 어째서 백제국에서는 토벌도 하지 않았소?"

"폐하, 그곳까지 토벌군을 보내기는 쉽지 않은 일이옵니다. 게다가 그곳에는 오래전부터 우두머리가 있었고, 그에 의해 섬이 통치되고 있사옵니다. 그자는 매년 인편(人便)을 통해 백제의 신하임을 자처하면서 조정에 공물을 바쳐 왔기 때문에 그것을 족(足)하게 여겼을 따름이옵니다."

"호오, 그 우두머리는 뭐라 부르오?"

"우두머리인 군장을 비구(卑狗)라고 하고, 부관을 비노모리(卑奴母離)라고 부르옵니다."

백기는 그들에 대해 비교적 소상히 파악하고 있었다. 백제국 시절에 왕이던 부여장이 왜 그토록 그를 아꼈는지도 알 것 같았다.

"흠…… 총리대신!"

"예, 폐하!"

"이번에 토벌을 가시면 해적들을 엄히 다스리시오. 그 대신, 양민들에 대해서만큼은 생계 대책도 아울러 살펴 주도록 하세요. 그곳에서 생산되는 진주(眞珠)는 품질이 좋으니 특산품으로 만들어 나라에 납품케 해 보세요. 가격을 잘 쳐준다면 곡식을 구하기에는 충분할 것이오. 우리는 그것을 교역 물품으로 활용하면 될 일이니 말씀이요."

평소 같으면 가능한 한 생명을 다치지 않게 하라고 신신당부할 태황제가 어쩐 일로 이번에는 엄하게 다스리라는 말까지 하는지 강철은 속으로 신기해하면서 힘차게 대답했다.

"옛, 알겠사옵니다!"

"자! 그럼, 이번 토벌에 대한 논의를 시작해 보세요."

토벌에 대해 논의가 시작되자, 작전 분야에 대해서는 특전군사령인 조영호를 비롯한 천족장군들의 의견이 주를 이루었고, 정보와 민간 부문에서는 내정부 대신인 백기와 정보사령인 무은이 주로 의견을 말했다. 특히 지난번에 포로로 잡았던 해적들을 통해 정보사령이 알아낸 정보에 의하면, 해적들의 소굴은 대마도를 통치하는 우두머리가 있는 치소의 반대편 쪽에 있으며 더욱이 그들은 광산을 개발하여 은을 캐낸다는 것이었다. 그런 이유로 지난번에도 건장한 남자를 잡아가려 했다는 것이었다. 이러한 정보를 기초로 작전회의에서 논의된 내용은 다음과 같았다.

첫째로, 내정부 대신 백기 장군의 의견에 따라 대마도 정벌이라는 용어 대신 대마도 토벌로 정했다.

둘째로, 평소에 하던 작전대로 공격용 비조기와 수송용 비조기를 동원키로 했으며 강철이 토벌군 총사를 맡기로 했다.

셋째로, 조영호가 부총사를 맡아 20명의 특전군을 지휘하기로 했으며, 함께 데리고 갈 고구려 사신들의 관리는 정보사령인 무은이 맡기로 했다.

넷째로, 농어업부 대신인 부여장, 내정부 대신인 백기가 강철을 수행하기로 했다. 농어업부 대신인 부여장을 합류시킨 것은 훗날 왜국

통치를 맡기게 될 때를 생각해서 태황제가 안배한 것이었다.

다섯째로, 그곳에 2명의 한글 강사를 파견하되, 열악한 환경임을 감안하여 임기는 1년 주기로 교대해 주기로 했다.

마지막으로 출정길에 영암에 있는 여울상단에 들러 좀 더 자세한 정보를 얻기로 하고, 회의를 마치려는 순간 태황제가 불쑥 입을 열었다.

"이번 토벌 작전에서 특전군을 지휘하시는 분이야 당연히 조영호 총장이겠지만, 직접 진두에서 지휘할 부장은 누구요? 계백 소령은 이곳에 남아 있는 특전군을 지휘해야 될 터이니 부장이 없질 않소? 필요하다면 수황군장인 지소패 소령을 데려가지 그러시오?"

태황제는 총장 계급에 있는 조영호가 직접 소규모의 군사를 지휘하는 것이 모양새가 좋지 않다고 생각해서 한 말이었다. 그런 태황제의 뜻을 알아챈 조영호가 미소를 지으며 대답을 했다.

"폐하! 앞으로 특전군 부장에 대해서는 크게 걱정을 하지 않으셔도 될 것이옵니다. 계백 부장 외에 김유신이 교육 중에 있고, 그 외에도 소장이 미처 고하지 못했사오나, 최근에 지소패 소령에 못지않은 자를 찾아냈기에 임시로 부장을 맡기고 있사옵니다."

태황제는 반색을 하면 물었다.

"어허! 그래요? 그것 참으로 다행이구려. 그런데 어째서 그런 훌륭한 장수감이 있는데도 말씀 한마디 없으셨소!"

"예, 사실은 짧은 훈련 기간 동안의 결과만 가지고 판단하여, 그자의 능력을 제대로 알아보지 못했던 것이옵니다. 그 이후에 추가 훈련 과정에서 발군의 기량을 보이길래, 그를 발탁하게 된 것이옵니다."

"호! 발군의 기량을 보였다? 그렇게 말씀하시는 것으로 보아 대단한 사람인가 보구려. 그자의 이름은 무엇이요?"

"예! 설계두라는 자인데, 신라국 육두품 출신이라는 말을 들었사옵니다."

그 말이 끝나기가 무섭게 태황제가 되물었다.

"음? 설계두라 하였소?"

"예!"

"허어! 설계두라……?"

갑자기 태황제가 탄성까지 지르자, 그 자리에 있던 장수들이 '누구길래 폐하께서 저토록 감탄까지 하실까?' 생각하면서 궁금해하고 있는데 총리대신인 강철이 고개를 왼쪽으로 꼬며 입을 열었다.

"폐하! 혹시 그자가 주필산……."

강철이 뒷말을 채 잇기도 전에, 태황제가 고개를 끄덕이며 뇌까렸다.

"아마, 그런 것 같구려. 흠……! 지금 그자의 계급은 무엇이요?"

"예, 좀 더 지켜볼 생각에 임시로 대위 계급을 부여했사옵니다. 이번 토벌 작전에서는 그에게 지휘를 맡겨 볼 생각이옵니다."

"음, 과인이 하늘에 있을 때부터 그자의 이름을 들었던 적이 있었소. 이번 출전에서 돌아오면 그를 한번 만나 보도록 하십시다."

"알겠사옵니다."

설계두는 원래 신라 사람으로 골품이 6두품이었다. 그는 골품의 한계 때문에 신라에서는 고위직에 오를 수 없다는 것을 알게 되자 당나라로 건너갔다. 이후 당나라 장수가 된 그는 고·당 전쟁이 일어나자, 전투가 벌어진 주필산이라는 곳에서 고구려군을 맞아 용감히 싸우다 전사를 했다. 당태종은 그가 원래 신라 사람이었다는 말을 듣고는, 자신의 옷을 벗어 시신을 덮어 주면서 대장군의 관직을 내렸다고 삼국사기에 전해질 정도의 장수였다.

역사를 잘 아는 진봉민은 당나라 장수가 되었을 설계두가 아직도 떠나지 않고 삼한 땅에 있었다는 사실이 무척이나 기쁘고 다행스러웠다. 그것은 또 1명의 귀중한 인재를 타국에 빼앗기지 않았다는 안도감이었다.

대마도 토벌에 대한 의논을 끝마치면서 총리대신 강철이 다시 한 번 강조의 말을 했다.

"이번 토벌 작전은 해적들을 소탕하는 데 목적이 있으며, 곁들여 고구려 사신들에게도 우리의 힘을 보여 주고자 함이요. 이 점을 명심하여 주시오. 출발은 내일 아침 일곱 시에 하도록 하겠소. 준비에 착오가 없도록 부탁하오."

"예! 알겠습니다."

모두 힘차게 대답을 하자, 강철은 태황제를 쳐다보면서 고했다.

"폐하! 내일 아침에는 별도로 보고를 드리지 않고, 아침 일찍 대마도로 출발하겠사옵니다."

"그러시오! 총리대신이 어련히 알아서 잘하시겠지만, 그래도 매사에 조심하여 몸을 상하는 일이 없도록 하시오."

"예! 명심하겠사옵니다."

참석자 모두 시원스럽게 대답을 하고는 편전에서 물러 나왔다.

대마도 토벌

이튿날 이른 아침, 중천성의 정전 뜰에서는 예정대로 2대의 비조기가 하늘로 날아올라 남쪽으로 향하고 있었다.

비조기에서 내려다보는 산천에는 아직도 지지 않은 진달래와 철쭉이 짙은 초록 비단 위에 분홍빛 수를 놓은 것처럼 피어 있었고, 골짜기에서 흘러내린 물은 도랑을 만들고 도랑은 다시 큰 내를 이루며 흐르고 있었다.

이륙한 지 30분 남짓하여 월출산과 도갑산이 내려다보이는 영암군 치소 근방에 다다랐다. 강철이 영산강가에 있는 상대포를 내려다보니 포구에는 역시 여러 척의 배가 있었고, 특히 저번에는 보지 못했던 훨씬 큰 배가 정박해 있었다. 강철은 직감적으로 여울상단 강수가 돌아왔음을 알아차리고는 자신도 모르게 반가운 마음이 들었다.

2대의 비조기가 서서히 착륙을 시작했다. 그때까지도 고건무와 약덕은 하얗게 질린 얼굴로 기절 일보 직전이었다.

요란한 프로펠러 소리와 함께 비조기가 치소 담장 밖 공터에 착륙하자, 영암 군령인 협갈매가 한글 강사들과 함께 나와서 마중을 했다.

"각하! 어서 오십시오."

"오! 협 군령 오랜만이요. 그동안 잘 지냈소?"

"옛! 이곳은 무탈했었습니다. 어서 치소 안으로 드시지요."

"그럽시다."

강철은 군령의 안내를 받으며 일행과 함께 치소 안으로 들어갔다. 지난번에 왔을 때는 해적들이 분탕질을 쳐놓아 지저분했었지만, 지금은 전혀 딴판으로 보일 정도로 정돈이 잘되어 있었다. 홍룡군포 차림의 강철이 상석에 앉고, 좌우로 역시 홍룡군포를 입은 배달국 장수들이 앉았다.

강철이 군령인 협갈매를 일동에게 먼저 소개하고 협갈매에게도 배달국 신료와 장수들을 일일이 소개해 주었다. 그리고 마지막으로 아직도 얼이 반쯤 빠져 있는 고구려 사신인 고건무와 약덕을 소개했다. 군령인 협갈매는 매사가 조심스러웠다.

천족장군들은 이미 얼마 전에 만났었기 때문에 그렇다 쳐도, 몇 달 전까지만 해도 자신들이 폐하라고 부르며 감히 마주할 수도 없었던 부여장과 전국의 군령들을 감독하고 지휘하는 내정부 대신까지 들이닥쳤으니 몸이 움츠러드는 것은 당연했다.

군령의 행동을 보고 주눅이 들었다는 것을 눈치챈 강철이 넌지시 물었다.

"협 군령! 저번 해적들의 난동에 백성들의 피해가 적지 않았을 터인데 모두 안정은 되었소?"

"예? 예에! 구림촌의 국산해 촌주와 월남촌의 사도연 촌주가 앞장서서 피해자들을 구휼하여 빠르게 안정을 되찾았습니다."

"호오, 그렇소? 그것 참으로 고마운 일이구려."

"각하! 그렇지 않아도 급히 도성으로 연락을 취하려던 참이었습니다만, 어제저녁 늦게 여울상단 강수가 돌아왔습니다."

막 그 말이 끝났을 때, 치소 문 앞에서 보초를 서고 있던 특전군 하나가 안으로 들어와서는 구림촌 촌주인 국산해라는 자가 군령 뵙기를 청한다고 고했다. 그러자 군령이 어떻게 해야 할지 묻는 눈빛으로 강철을 쳐다보았다.

"어서 들어오시게 하시오."

"예."

강철의 말이 떨어지기가 무섭게 군령이 직접 밖으로 나가 그들을 데리고 들어왔다. 환하게 미소를 머금고 들어오는 촌주 뒤에는 듬직하게 생긴 장년의 사나이가 따르고 있었다. 그자는 40대의 나이에 보통 체격보다는 큰 편이었고, 강인함이 깃든 구릿빛 얼굴임에도 미소를 머금고 있어 호감이 갔다.

"어서 오십시오, 국 촌주! 그동안 평안하셨습니까?"

"각하! 오랜만에 뵙사옵니다. 그동안 별고 없으셨사옵니까? 구림촌 촌주 배달국 수군 소위 국산해 문안 인사드리옵니다."

"하하하! 반갑소이다."

"각하! 그렇지 않아도 난영이의 애비가 돌아왔기에 인사를 올리러 금명간(今明間)* 중천성으로 가려던 참이었사옵니다."

"아! 그러셨습니까?"

강철의 대답이 끝나자, 구림촌 촌주는 뒤에 서 있는 장년인을 돌아

---

* 금명간(今明間): 오늘과 내일 사이에. 가까운 시일 내에라는 의미로 씀.

다보며 말을 했다.

"인사 올리시게. 배달국 총리대신 각하시네."

그러자 한 발짝 앞으로 나와 자신의 두 손을 포개어 배꼽 부근에 대고는 깊숙이 고개를 숙였다.

"국태천이라 하옵니다. 어젯밤에 돌아와서부터 숙부님과 딸애로부터 말씀은 많이 들었사옵니다."

국태천이 인사말을 건네자, 곁에 있던 영암 군령이 통역을 했다.

강철은 자신이 어떻게 처신해야 할지 판단이 서질 않았다. 일반적인 인간관계로 본다면 자신의 장인이 될 분이니 큰절을 올려야 마땅한 일이었다.

"첨 뵙겠습니다! 강철이라고 합니다. 국사를 행하는 중이라 이렇게 간단히 인사를 드리는 것을 양해해 주십시오."

강철의 인사말을 통역을 통해 전해들은 국태천은 속으로 흐뭇했다. 이미 산전수전 다 겪은 그가 강철의 인사말에서 사위로서 예의를 갖추려는 의중을 분명히 읽었기 때문이었다.

이런 분위기를 눈치챈 영암 군령이 강철에게 조심스럽게 물었다.

"각하! 시간이 급하지 않으시면 이곳에서 이러실 것이 아니라, 좀 더 편한 자리에서 말씀을 나누시지요?"

영암 군령의 건의가 있자 곁에 있던 부여장도 권했다.

"각하! 군령의 말대로 하시는 것이 좋을 것 같습니다. 출발은 내일 아침에 해도 별문제가 없질 않겠습니까?"

부여장의 말에 백기도 덧붙였다.

"소장도 같은 생각입니다. 국 강수도 돌아왔으니, 좀 더 많은 정보도 알 겸해서 이곳에서 하루를 유하고, 내일 아침 일찍 출발하도록 하는 것이 좋을 것 같습니다."

그들이 이토록 권하는 것은 나름대로 이유가 있었다. 부여장에게는 이미 태황제로부터 강철과 조영호의 혼사를 주재할 집례를 맡으라는 명이 있었고, 백기는 강철의 정부인이 될 국난영 낭자와 조영호의 정부인이 될 사미령 낭자를 중천성까지 데리고 갈 책임을 맡았기 때문이었다. 그동안 국난영의 부친인 여울상단 강수가 왜국으로 장사를 떠나 있었기 때문에 그런 절차를 진행하지 못하고 있었는데, 마침 국태천 강수가 돌아왔으니 혼례 절차도 의논해야 하는 입장이었다.

강철은 어차피 대마도의 정보를 얻기 위해 들른 길이니, 편한 자리에서 대화를 나누는 것도 나름 괜찮을 것 같다는 판단이 섰다. 게다가 예상치 못하게 장인이 될 여울상단 강수도 만났으니 하루쯤 이곳에서 묵는다 해도 문제는 없을 것 같았다.

"음…… 방이 여러 개 필요할 터인데 준비가 되겠소?"

그러자 앞에 있던 구림촌 촌주가 무엇이 그리 좋은지 웃음 띤 얼굴로 얼른 말을 받았다.

"각하! 괜념치 않으신다면 태천이네 집에서 모실 수가 있사옵니다. 누추하지만 일행 분들이 묵기에도 충분할 것이옵니다."

"그래요? 그렇다면 신세를 지도록 하겠습니다."

"신세라니요? 허허! 소직은 오히려 광영으로 여길 따름이옵니다."

"자! 제장들은 들으시오. 오늘은 이곳에서 하루를 지낸 다음, 내일 아침 대마도로 출발하겠소."

강철은 장차 처갓집이 될 여울상단 강수의 집으로 안내되었다.

대문 안으로 들어서니 집은 지난 번 해적을 소탕할 때 묵었던 구림촌 촌주의 집보다도 컸고, 집안 곳곳에는 각종 물품들이 적잖이 쌓여 있었다.

정보사령인 무은은 촌주에게 부탁하여 따로 방을 정하여 고구려 사신들과 함께 들어가고, 나머지 배달국 장수들은 안채에 있는 방으로 안내되었다. 방 안으로 들어가자 무역상을 해서 그런지 고급 비단 보료까지 깔려 있었다.

국산해 촌주가 강철에게 상석을 권했지만, 강철은 오히려 국 촌주를 상석에 앉으라고 권했다. 처 종조부가 될 촌주에게 상석을 양보하려는 의도에서였다.

이때, 뒤쪽에 서 있던 부여장이 조금 높은 소리로 입을 열었다.

"각하! 각하께서 먼저 좌정하시지요. 이미 태황제 폐하께서 천족 장군들을 왕으로 예우한다 하셨고, 소장조차도 천족장군들 앞에서는 먼저 좌정할 수 없거늘, 어찌 촌주를 상석에 앉히신다는 말씀입니까? 각하께서 먼저 상석에 좌정하시는 것이 마땅합니다."

평소에 별로 말이 없는 부여장이 웬일인가 싶게 단호한 어투로 말을 하는 것이었다. 왕의 입장에서 보면 장인도 신하임이 분명했다. 그것이 당시 사회질서였으니, 부여장이 그른 말을 한 것은 아니었다.

"허허! 그렇소? 하계의 예법은 역시 어렵구려."

너스레를 떨면서 어색한 표정으로 강철이 상석에 앉자, 뒤이어 장수들도 빙 둘러 자리를 잡았다. 강철은 국산해 촌주와 국태천 강수를 위해서 좌중에 있는 사람들을 다시 소개하기 시작했다.

통역은 군령이 맡아서 했는데, 물론 그것은 아직 한글을 모르는 여울상단 강수를 위한 것이었다.

"국 촌주께서는 이미 아시겠지만, 이분은 천족장군 겸 특전군사령인 조영호 총장이시고…… 이분은……."

　먼저 천족장군들을 차례차례 소개하고 나서 다음 순서로 백제 국왕이던 부여장을 소개하자 갑자기 국산해 촌주와 국태천 강수가 벌떡 자리에서 일어나 두 손을 모으고 시립을 했다.

　바로 얼마 전까지만 해도 자신들은 감히 마주 대할 수도 없는 지체 높은 국왕이 함께 자리하고 있다는 것을 알게 되자, 황송한 얼굴로 자리를 차고 일어나 예를 차리는 것이었다. 이번에는 부여장이 머쓱해졌다. 총리대신 앞에서 자신이 예를 받는 꼴이 되었으니 그럴 만도 했다.

　부여장은 서 있는 두 사람을 향해 입을 열었다.

　"두 분은 어서 자리에 앉으시오. 이 자리에서 예를 받을 수 있는 분은 오직 총리대신 각하뿐이라는 점을 명심해 주었으면 하오."

　"예!"

　그들이 쭈빗거리며 다시 자리에 앉자, 강철은 백기를 비롯해 나머지 장수들의 소개를 마저 마치고는 본론을 꺼냈다.

　"본관이 오늘 이렇게 구림촌에 들른 것은 대마도를 토벌하러 가는 길에 그곳 정보를 여울상단에서 얻을 수 있을까 하여 들렀소. 마침 여울상단 강수께서 교역을 끝내고 돌아오셨으니 더욱 잘된 일인 듯 싶소."

　강철의 말을 통역을 통해 들은 국태천 강수가 머뭇거리다가 조심스럽게 입을 열었다.

　"대마도를 토벌하신다는 말씀이옵니까?"

　"그렇습니다만?"

　"토벌을 갈 군사수는 얼마나 되옵고, 군사들은 지금 어디쯤 오고 있는 중이옵니까?"

참으로 어이없는 질문이었지만, 그것을 이해하는 백기조차도 그 질문이 왠지 모르게 생뚱맞게 들렸다.

백기가 참지 못하고 먼저 대답을 했다.

"군사는 지금 영암 군령 치소에 있는 군사가 전부요."

"하오면 제가 본 숫자로는 기껏 스물밖에 안 되어 보였사온데, 소인이 보지 못한 군사가 어디에 또 있었던 것이옵니까?"

"아니오! 국 강수가 본 대로 그 숫자가 전부외다. 아직 이해가 되지 않을 것이요. 허나 그 군사로도 충분하오."

백기의 대답을 들은 국 강수는 아직도 미심쩍어 하는 표정으로 이번에는 강철에게 물었다.

"제가 듣기로는 하늘에서 내려오셨다는 말씀을 들었사옵니다만……?"

질문을 받은 강철은 순간 속으로 '장인이 되실 분이지만, 아직도 의구심을 가지고 있으니 장차 나랏일을 맡기려면 확고한 믿음을 심어 주어야겠다.'고 결심했다.

"그렇습니다. 말씀은 들으셨겠지만, 긴가민가하실 거라고 생각합니다. 국 강수께서는 토벌에 앞서 본관과 함께 먼저 대마도를 다녀오십시다. 그리고 어차피 작전을 구상하려면 본관과 조영호 총장이 먼저 그곳을 살펴보고 오는 것도 좋을 것 같소."

"예……."

하늘에서 내려왔느냐고 물었는데 엉뚱하게 대마도를 다녀오자는 말로 대꾸를 하니, 또다시 이유를 물어볼 수도 없고 하여 그는 얼떨결에 대답을 했다.

강철은 이어 공격용 비조기 조종사인 이일구를 쳐다보면서 지시를 했다.

"이일구 장군이 조종하는 1호기만 다녀옵시다. 작전을 지휘할 조영호 총장은 물론 국 강수와의 통역도 할 겸해서 설계두 대위도 데리고 가야겠소."

"옛! 알겠습니다."

이때 밖으로부터 월남촌 촌주가 찾아왔다는 전갈이 있었다. 그 말을 들은 강철은 조영호의 표정을 슬쩍 살펴보았다. 표정은 크게 변하지 않았지만 월남촌 촌주가 찾아왔다는 소리를 듣고는 그의 입 꼬리에 미소가 스쳐 가는 것을 볼 수 있었다. 예상했던 대로 월남촌 촌주인 사도연 역시 한 사람을 대동하고 들어왔다.

서로 인사를 나누어 보니, 월남촌 촌주가 대동한 사람은 조영호와 인연을 맺은 사미랑 낭자의 부친인 사명운이었다. 도자기를 만드는 옹기장인 그의 외모는 수수했지만, 밝은 표정에 목소리는 낭랑했다.

그는 조영호와는 첫 대면이라 그런지 대화가 오가는 중에도 흐뭇한 표정으로 조영호를 자주 쳐다보는 낌새가 사윗감이 꽤나 마음에 드는 눈치였다. 강철은 그런 모습을 보면서 조영호의 체면을 세워 주고 싶었다.

"자! 자! 더 많은 얘기는 본관이 대마도를 다녀오고 나서 마저 하십시다. 기왕에 탑승할 자리도 있으니 사명운 상사도 함께 가십시다. 우리가 다녀올 동안 나머지 분들은 이곳에서 대화를 나누며 기다려 주시오."

말을 마친 강철이 먼저 자리에서 일어나자, 모두 따라 일어나서는 밖으로 나왔다. 함께 다녀올 사람들을 먼저 탑승시키고 마지막으로 강철이 잘 다녀오시라는 인사를 받으며 비조기에 올랐다.

곧, 프로펠러의 굉음과 함께 서서히 이륙한 비조기는 동남쪽을 향해 방향을 잡고 비행을 시작했다. 대마도까지는 1시간 정도가 소요되는 거리였다. 국태천과 사명운이 처음 얼마 동안은 정신을 차리지 못하고, 서로 대화조차 나누지를 못하고 있었다.

차츰 시간이 지나면서부터 웬만큼 정신을 추스른 국태천은 가끔 창밖으로 보이는 육지와 바다를 내려다보면서 경이로움을 감출 수가 없었다. 자신이 비록 험한 파도와 싸우면서 여러 곳을 다녀 보았지만, 사람이 이렇게 하늘을 자유롭게 난다는 것은 듣도 보도 못한 일이었다.

'이것이 하늘을 난다는 비조기인가 본데, 도대체 인간이 어떻게 하늘을 날 수가 있다는 말인가? 그렇다면 듣던 대로 사위가 될 사람이 하늘에서 내려온 신장이 분명하단 말인가? 아무리 생각을 해 보아도 하늘에서 내려온 장수라고밖에는 달리 생각할 수가 없구나!'

이것이 국태천의 결론이었다.

이때, 멀리 대마도가 보인다는 이일구 대장의 말에 강철은 품속에서 대마도 지도를 꺼내 펼쳐 놓고는 국태천에게 물었다.

"국 강수! 강수께서 배를 대던 포구가 어디입니까?"

지도에는 현대 지명으로 쓰여 있어 지금 시대 지명과는 다를 것이라고 생각하고 물은 것이었다. 강철의 질문을 설계두가 통역하자 국태천은 강철이 보여 주는 지도를 받아 살펴보고는 우선 그 정밀함에 속으로 놀라고 있었다. 그로서도 상단을 이끌고 자주 다닌 곳이기 때문에 대충 섬의 윤곽은 알고 있었지만 지도에 나타난 것만큼 정확히는 알지 못했다.

잠시 지도를 살펴보던 그는 두 곳을 번갈아 짚고는 대답을 했다.

"이 두 곳이옵니다. 하대마에 있는 이곳이 엄원포(嚴原浦)라고 부르는 포구이고, 위쪽 상대마에 있는 이 포구를 비전승포(比田勝浦)라고 부르옵니다."

강철이 살펴보니 현대에서도 마찬가지로 이즈하라(嚴原) 항구와 히타카츠(比田勝) 항구로 표기되어 있었다. 역시 역사가 흘러도 항구가 들어선 자리와 이름은 쉽게 변하지 않는다는 것을 깨달았다.

"그렇다면 대마도를 다스린다는 우두머리가 있는 곳은 어디입니까?"

국태천은 엄원포 옆을 손으로 가리키며 대답했다.

"대마도를 다스리는 자의 관직 이름을 비구라고 하옵는데 그자가 있는 곳은 엄원포에서 가까운 이곳 금석성(金石城)이옵니다."

그는 출발하기 전보다 더욱 공손해진 말투와 태도로 답변을 하고 있었다.

"혹시, 그자의 이름을 아십니까?"

"예, 그자의 이름은 아비류 규(阿比留 珪)라 하옵고, 그 조상은 우리 백제국에서 건너간 자라 하옵니다. 그래서 우리 상단이 들를 때마다 여러모로 편의를 봐주고 있사옵니다."

국태천의 대답이 끝나자마자 설계두 대위가 호통을 쳤다.

"국 강수! 우리 백제국이라니요? 백제국은 배달국 태황제 폐하께 손국을 하였으니 없어진 나라요. 이제부터는 우리 배달국이라 해야 마땅할 것이오. 명심토록 하시오!"

"예…… 송구하옵니다."

설계두의 말에 국태천이 쩔쩔매는 모습을 보고는 왜 그러는지 대충 감을 잡은 강철이 입을 열었다.

"설 부장! 국 강수께서 아직 우리 제국에 대해 잘 몰라서 그런 것이니 그쯤해 두시오."

"예, 각하! 죄송합니다."

대화를 나누는 사이 조종사인 이일구가 대마도 상공이라고 외쳤다.

"흠, 이 장군! 해안을 따라 섬을 한 바퀴 돌아봅시다."

"옛! 알겠습니다."

섬은 대충 폭이 평균 10킬로미터 정도 되고 종단 길이는 75킬로미터 정도였다.

비조기가 해안을 따라 비행하는 동안, 창밖을 주의 깊게 내려다보던 특전군사령인 조영호가 문득 한 곳에 이르자 큰소리로 말했다.

"이일구 장군! 이 근처를 좀 더 자세히 돌아봐 주시겠소?"

"예! 알겠습니다."

이일구는 아래를 자세히 살필 수 있도록 비조기의 기수를 더욱 낮추고, 근처를 서너 바퀴나 돌았다.

"각하! 이곳이 포로가 된 해적들이 말한 소굴인 것 같습니다."

"으흠, 내가 보기에도 그런 것 같소."

아래에는 선착장인 듯 크고 작은 여러 척의 배가 정박해 있었고, 주변에는 사람들이 하늘을 올려다보면서 오글거리는 모습이 보였다.

강철이 국태천 강수에게 물었다.

"배가 있는 것으로 보아 저곳은 포구가 분명한데 혹시 와 보셨습니까?"

"아니옵니다. 저 근처는 배가 가까이 갈 수 없는 항해 금지 구역이라 와 보지 못했사옵니다."

"누가 가지 못하게 정한 것입니까?"

"대마도 비구의 명이옵니다."

고개를 갸우뚱거리던 강철이 다시 창을 내려다보니, 선착장 근처에는 경비 초소인 듯싶은 높은 망대도 설치되어 있었다. 포구에서 연결되는 길을 따라 육지 안쪽으로 비행해 들어가자, 광산이 분명해 보이는 시설이 나타났다.

강철이 아래를 내려다보면서 물었다.

"저 아래 보이는 것이 광산 시설 같지 않소?"

역시 창밖을 내려다보고 있던 월남촌 사명운 옹기장이 즉시 대답을 했다.

"제가 보기에도 광산이 틀림없사옵니다."

그는 한글을 배웠기 때문에 능숙하게 말을 했다.

"광산이라……."

정보사령인 무은이 해적 포로들의 입을 통해 얻은 정보에 의하면 해적 소굴이 있는 곳에 은(銀)을 캐는 광산이 있다고 했으니, 의심할 바 없는 해적들의 소굴이 분명했다.

고개를 끄덕인 강철은 조영호에게 지시를 했다.

"조영호 총장! 저곳에 있는 해적들을 일망타진한 다음, 광산은 우리 제국의 광공업부에서 관장하게 해야 하겠소."

"당연한 말씀입니다."

"자! 이일구 장군! 해적 소굴을 확인하였으니, 이제부터는 대충 해안을 따라 한 바퀴 둘러보고 돌아가십시다."

"예, 알겠습니다."

해변을 따라 비행한 비조기가 비전승포를 돌아서 이윽고 엄원포가 보이는 근처에까지 다다르자, 강철이 다시 지시를 내렸다.

"이 장군! 섬의 우두머리가 머문다는 금석성이 저기 보이는 항구 근처라 하니 한번 둘러봅시다."

"예!"

대답을 한 이일구는 국태천이 안내하는 방향으로 기수를 돌리자마자 금방 금석성이라는 곳을 찾을 수가 있었다. 그래도 금석성이라는 이름을 가졌으니 꽤나 대단할 줄 기대했건만 성이라고 하기에는 너무나 초라했다. 그나마 커다란 나무 대문이 있고, 대문 옆으로는 통나무로 높게 올려 만든 경계용 망대가 서 있으니 망정이지, 그렇지 않았다면 육지에 있는 웬만한 촌주들의 저택만도 못해 보였다.

그래도 초가지붕을 올린 몇 채의 집에서 적지 않은 숫자의 사람들이 튀어나와 하늘을 올려다보고 있었다.

강철은 비조기를 착륙시켜 비구인 아비류 규라는 자를 만나 보고 갈까 하다가 생각을 바꿔 서둘러 돌아가자고 말을 했다. 손목에 차고 있던 시계를 보니, 어느덧 오전 11시가 넘어가고 있었다.

이때 강철이 시계를 들여다보는 모습을 본 국태천이 자신의 품속에서 시계를 꺼내 손에 들고 말을 했다.

"이것을 딸애가 주면서 각하께서 주신 시진(時辰)을 보는 물건이라고 들었사옵니다."

국태천의 말을 설계두가 통역하자, 강철이 대답을 했다.

"그렇습니다."

대답을 한 강철은 태엽을 감는 요령에서부터 시간을 보거나 심지어 시계를 이용해서 간단하게 동서남북 방향을 알아내는 방법까지 한참 동안 설명해 주었다. 딸로부터 처음 시계를 전해 받으며 설명을 들었을 때에는 신기한 물건쯤으로만 여겼는데, 강철로부터 자세한 사용법을 듣고 나자 항해를 위해서는 여간 요긴하게 쓰일 물건이 아니었다.

국태천 강수는 돌아오는 동안 자주 월남촌 사명운 옹기장과 대화를 나누고 있었다. 그들이 사용하는 말은 백제어였기 때문에 강철은 알아들을 수 없었지만, 설계두가 그들의 대화 내용을 통역해 주지 않는 것으로 보아 국 강수가 여러 가지 궁금한 점을 사 옹기장에게 묻는 모양이었다. 사명운 옹기장은 배달국이 개국하고 나서 지금까지의 변화를 직접 겪었기 때문에 손짓까지 해 가면서 국태천에게 설명해 주고 있었다.

두 사람의 대화가 뜸해지는 것을 기다려 강철이 사명운 옹기장에게 물었다.

"요사이 도자기 만드는 기술은 많이 느셨소? 지난번에 보니 사도연 촌주께서 관심이 크신 것 같았소만……."

"예, 요사이 저희 마을은 밤낮이 없사옵니다. 촌주께서 알아 오신 것을 마을 도공들에게 가르쳐 주고 나서, 도공들이 밤을 새워 가며 연구를 하느라고 그렇사옵니다."

"하하! 그렇소?"

"예, 얼마 지나지는 않았지만, 저희들이 빚어서 구워 낸 그릇 때깔이 여간 곱지 않아 스스로도 놀랄 정도이옵니다."

"호오! 그렇다면 올 연말에 치러질 과거 시험을 기대해도 되겠구려. 월남촌 출신 도공이 많이 합격할 테니 말씀이요."

"소인도 그렇게 되었으면 좋겠사옵니다. 마을 옹기장들이 과거에 합격하면 벼슬까지 얻는다는 말을 듣고는 신바람이 나는지, 밤잠도 설쳐 가면서 물레를 돌리고 있어 몸이 상할 정도이옵니다."

사명운 옹기장의 말을 들으면서, 조영호를 힐끗 쳐다본 강철은 크게 웃으면서 물었다.

"하하하! 그 정도로 열심이라면 좋은 결과가 있을 것이요. 그런데 사 옹기장은 이번에 조영호 총장과 첫 대면이질 않소?"

"예, 그렇사옵니다."

"사윗감은 마음에 드시오?"

강철의 물음에 그는 조영호를 흐뭇한 눈빛으로 쳐다보고는 곧바로 대답을 하지 않은 채, 옆에 앉아 있는 국태천에게 무엇인가를 묻는 것이었다. 역시 국태천이 미소를 띠며 그에게 무슨 말인가 대꾸를 하자, 그제야 강철을 쳐다보며 대답을 했다.

"각하! 집안 어른이신 촌주 말씀만 듣고도 저는 삼생의 복이라고 생각하고 있었사온데, 막상 천장의 현신을 뵙고는 오히려 촌주의 말씀이 부족하다는 느낌이옵니다. 지금 곁에 있는 국 강수께도 각하를 뵙고 어찌 생각하느냐고 물었더니 하늘의 장수를 사위로 모시게 됐는데 무슨 말이 필요가 있겠느냐는 대답이었사옵니다."

"……."

그 말을 들은 강철은 온몸에 닭살이 돋는 느낌이 들어 아무 말도 할 수가 없었다. 강철이 쑥스러워한다는 것을 눈치챈 설계두가 그들에게 백제어로 말을 했다.

"우리가 도착하면 아까 보았던 내정부 대신인 백기 장군께서 두 분에게 여식의 혼례 절차를 의논하자고 하실 것이요. 그리고 태황제 폐하께서 이번 혼사를 주관하는 집례를 전 백제 국왕이던 사비 공께 맡기셨소. 그뿐만 아니라, 왕의 혼례식에 준한 궁혼으로 하라고 명

하신 것만 보아도 이번 혼례를 얼마나 중하게 생각하시는지 이해가
되실 것이요."

"……!"

두 사람은 어안이 벙벙하여 벌어진 입을 다물 줄을 몰랐다. 나라가
바뀌었다고는 하지만 누대(累代)*에 걸쳐 백제국 신민으로 살아왔던
그들로서는 자신들의 왕이었던 분이 딸의 혼사를 주관하게 되었다
는 사실만으로도 기절초풍할 노릇이었다. 그들의 대화가 오가는 사
이에 어느덧 비조기는 영암 군령의 치소 밖에 착륙을 했다.

강철 일행이 내리자 마중을 나와 있던 부여장을 비롯해 백기 등이
군례를 올렸다.

"각하, 벌써 다녀오셨습니까?"

"하하하! 생각보다 시간이 많이 걸렸소이다. 어서들 들어가십시
다."

"예!"

그들은 여울상단 국태천 강수의 집으로 가서 다시 방 안에 둘러앉
았다. 그 자리에는 고구려 사신들과 함께 있던 정보사령인 무은도
자리하고 있었다. 제일 먼저 입을 연 것은 백기였다.

"각하! 해적들의 소굴은 찾으셨습니까?"

"물론이요. 무은 장군이 해적 포로들로부터 얻어 낸 정보 덕분에
쉽게 찾을 수가 있었소."

강철의 말을 듣자, 모두 무은에게 눈길이 모아졌다.

"소장이 포로들로부터 알아 낸 정보가 도움이 되어 다행입니다."

쑥스러워하면서 말하는 무은을 보자, 고구려 사신들과 함께 있어야

---

* 누대(累代): 여러 대에 걸쳐.

할 무은이 이 자리에 있다는 것을 그때서야 깨달은 강철이 물었다.

"아니? 고구려 사신들은 어떻게 하고 여기에 계시오?"

"예, 그들이 말로만 듣던 비조기를 타 보고는 놀랐는지 소장에게 정말로 배달국 태황제 폐하께서 고구려를 정벌하실 뜻이 없으시냐? 고구려에서 어떻게 하면 되겠느냐? 대륙에 있는 수나라가 배달국을 쳐들어온다면 막아 낼 수 있느냐는 등 여러 가지를 물었습니다. 그러고는 자기들끼리 나눌 말이 있다고 해서 자리를 비켜 주었는데 마침 각하께서 돌아오신 것입니다."

"하하! 그랬소? 이제야 자신들의 힘이 얼마나 보잘것없는지 깨달았나 보구려."

이때 밖으로부터 점심 식사가 준비되었다고 고하는 소리가 들리고, 일행은 웃음꽃을 피워 가며 점심답지 않게 푸짐히 차려진 음식을 들었다.

식사를 마치자, 부여장이 강철에게 양해를 구했다.

"각하! 백기 장군과 함께 소장이 의논할 일이 있어 구림촌 촌주와 월남촌 촌주 그리고 국태천 강수와 사명운 옹기장을 데리고 나가도 되겠습니까?"

자신들의 혼사 문제 때문이라는 것을 잘 아는 강철은 고개를 끄덕이면서 대답을 했다.

"그러시오."

밖으로 나온 여섯 사람은 따로 마련한 한적한 방으로 들어갔다. 먼저 농어업부 대신인 부여장이 상석에 앉고 뒤따라 백기가 옆자리에 앉았지만, 네 사람은 머뭇거리면서 앉지를 못하고 있었다.

"네 분은 괘념치 말고 편히 앉으시오."

"예!"

그 말을 듣고서야 네 사람은 송구스러워하면서 조심스럽게 자리를 잡았다. 부여장이 먼저 백제어로 말을 꺼냈다.

"이곳에 모인 이유는 이미 잘 아시겠지만, 국태천 강수와 사명운 옹기장의 따님들이 우리 배달국 천족장군들의 정부인으로 정해져서 혼례를 논의하기 위함이요."

"정부인이라 하시오면?"

"부실이나 소실이 아니라, 왕후에 해당하는 정실이라는 말씀이요! 본장이 봐도 그런 광영은 다시 찾아볼 수 없을 것이요."

왕후라는 말에 네 사람은 또다시 놀라고 있었다.

"……!"

"흠! 그건 그렇고…… 본래 혼례에는 육례의 절차가 있으나 이미 촌주들의 뜻으로 인연을 맺도록 하였다 하니, 앞의 다섯 가지 절차는 이루어진 거나 같다고 보오. 그러니 신랑이 신부를 맞아들이는 친영의 절차만을 행하는 것이 어떨까 하오."

부여장이 말을 마치자, 국태천 강수가 대답했다.

"다른 사람도 아니고 집안의 어르신이신 촌주께서 이미 정하신 일인데, 소인이 무슨 할 말이 있겠사옵니까? 오직 따를 뿐이옵니다."

"그렇다면 두 분께서 이의가 없는 것으로 알고, 언제면 따님들을 데려갈 수 있겠소?"

"지난번에 보름 내로 데려가겠다는 말씀이 있으셔서, 그때부터 준비하였다 하니 지금이라도 상관이 없사옵니다."

"소인도 마찬가지이옵니다."

두 사람의 대답이 있자, 부여장은 백기를 쳐다보며 말을 했다.

"백기 장군! 여기서 제일 가까운 해남에 주둔하고 있는 해수 장군에게 호위토록 하여 신부들을 도성으로 모시는 것이 어떻겠소?"

"예! 그것이 좋을 것 같습니다. 다만, 해수 장군이 군사를 움직이려면 총리대신 각하의 허락을 받아야 하지 않겠습니까?"

"물론이요. 백기 장군은 어서 가서 각하의 명을 받아 오시오."

"알겠습니다."

대답을 한 백기는 다른 방에 있는 강철을 보기 위해 밖으로 나갔다.

말없이 앉아 있던 부여장이 입을 열었다.

"총리대신 각하께서 별도의 말씀이 있으시겠지만, 국태천 강수는 도성으로 가야 할 것이요. 혼사도 혼사지만 그보다 태황제 폐하께서 국 강수를 보시기를 원하시기 때문이요."

"……?"

"아마 국 강수는 우리 배달국의 장군으로 임명될 것이요. 게다가 천족장군의 장인까지 되게 생겼으니, 그 광영을 무엇으로 헤아릴 수 있겠소?"

"그 말씀은 옆에 계신 당숙께 어젯밤에 들었사오나 소인은 영문을 모르겠사옵니다. 어떻게 배나 부리고 장사나 하는 소인 같은 사람이 장군이 될 수 있겠사옵니까?"

"그것은 몰라서 하는 말씀이요. 부끄러운 말이지만, 본장도 일국의 군수였는데 사직까지 바친 것을 보면 모르겠소? 우리 배달국은 본장이 다스리던 백제처럼 좁은 땅에서 아웅다웅할 나라가 아니라 사해(四海)를 평정해 나갈 나라외다. 그러니 국 강수 같은 사람이 필요한 것이요."

이때 백기가 문을 열고 들어와 자리에 앉으며 말했다.

"총리대신 각하께서 해수 장군의 군사를 움직여도 좋다고 허락하셨습니다. 어차피 대마도를 토벌하면 해적 걱정은 없을 것이니, 진주에 주둔하고 있는 흑치덕현 장군과 순천에 주둔하고 있는 부여사걸 장군도 주둔지를 정리하고 중천성으로 복귀시키라는 명이셨습니다."

"그렇다면 그들에게 연통을 보내야 하지 않겠소?"

"예, 소장이 이미 영암 군령에게 연통을 보내라고 지시하고 왔습니다."

"잘 하셨구려. 그럼, 두 분 신부를 호위할 해수 장군은 언제까지 이곳에 도착할 수 있는 것이요?"

"글피 아침이면 당도할 것입니다."

백기와의 대화가 끝나자, 부여장은 네 사람을 향해 말을 했다.

"그럼, 글피 아침까지 따님들이 출발할 수 있도록 채비해 두시오."

"예, 알겠사옵니다."

혼례식에 대한 논의를 끝낸 그들은 모두 자리에서 일어나 본래 있던 방으로 돌아갔다. 안에는 천족장군들을 비롯한 배달국 장수들과 고구려 사신인 고건무와 약덕도 앉아 있었다. 부여장 일행이 들어가자 그들이 앉을 수 있도록 자리를 내주고는 이미 나누던 화제가 있었는지 강철이 말을 했다.

"그래서 태황제 폐하께서는 천제의 명에 따라 같은 핏줄인 배달민족을 일으켜 세우시려는 것이요. 사실 여기 백제 국왕이던 사비 공도 계시지만, 같은 민족끼리 서로 싸움질을 일삼아 온 것은 사실이잖소?"

강철의 말을 정보사령인 무은이 통역을 하고 있었다. 당시에 고구려, 백제, 신라 사이에 쓰는 단어들이 조금씩 다른 것도 있었지만 의사소통에 크게 어려움은 없었다.

무은의 통역이 끝나자 고구려 사신인 고건무가 물었다.

"각하! 그 말씀은 배달국에서 삼한을 일통하시겠다는 말씀입니까?"

굳어진 표정으로 고건무가 묻는 질문에 강철은 단호하게 대답을 했다.

"그렇소! 그렇지만 지금 당장은 아니요. 힘으로만 한다면, 내일이라도 삼한을 일통시키는 것쯤은 식은 죽 먹기라고 생각하오. 다만 지금은 태황제 폐하께서 그럴 뜻이 없으시다는 것이요."

"삼한을 일통하겠다고 하시고, 게다가 힘도 충분하시다고 말씀하시면서 한편으로는 폐하께서 그럴 뜻이 없으시다니 소관은 이해가 되질 않습니다."

"고 정사! 잘 들으시오. 이것은 천기이기 때문에 말을 하지 않으려 했으나 이해가 되지 않는다니 천기의 일부만 알려 드리리다."

그렇게 서두를 꺼낸 강철이 잠시 숨을 고르자, 고구려 사신들인 고건무와 약덕뿐만 아니라, 천족장군들을 제외한 모두가 귀를 세우고 강철의 다음 말을 기다렸다.

"……?"

"흠, 삼한을 일통시킨다는 것은 신라와 고구려를 모두 배달국에 합치겠다는 뜻이라는 것은 다들 아실 것이요. 귀공이 궁금한 것은 고구려일 것이니 신라는 논외로 치고, 고구려에 대해 말씀을 드리겠소."

"……?"

"그동안 고구려는 여러 차례 수나라와 전쟁을 치르지 않았소? 그래서 고구려 역시 힘이 겹던 판에 다행히 수나라에 내란이 일어나서 지금 한숨을 돌리고 있는 순간이 아니요?"

"그런 점도 없지는 않습니다."

"지금 내란이 일어난 수나라는 곧 망하게 되어 있소."

청천벽력 같은 말이었다. 아직도 멀쩡하게 존재하고 있는 수나라가 망한다니 청천벽력이 아니고 무엇이겠는가!

"그렇다면 이번 내란 때문입니까?"

"그렇소! 그렇지만 수나라가 망하고, 뒤이어 들어서는 당이라는 나라가 고구려를 멸망시키는 것이요. 물론 그다음에는 우리 배달국이 고구려가 가지고 있던 땅을 도로 찾아올 것이라는 것쯤은 충분히 추측이 가능하실 것이요. 자! 그러니 지금 구태여 우리가 고구려를 공격할 필요가 있겠소?"

"지금 말씀하신 것이 천기가 확실합니까?"

"허허허! 믿든지 말든지, 그것은 공들이 알아서 하시오. 고구려로 돌아가시거든 수나라에서 내란을 일으킨 자 중에 이연이라는 자가 있는지만 알아보면 깨닫는 바가 있을 것이요."

물에 빠진 자가 지푸라기를 잡는 심정으로 고건무가 물었다.

"그렇다면 우리 고구려는 사직을 보존할 수 없다는 말씀입니까?"

"하늘의 뜻이 바로 천기가 아니요? 하늘의 뜻이 그럴진대 인간의 힘으로 어찌시겠소?"

"……?"

고구려 사신들인 고건무와 약덕은 새파래진 얼굴로 침묵을 지켰지만 구림촌 촌주를 비롯해 나머지 사람들은 뿌듯함으로 가슴까지 확 퍼지는 느낌이었다. 특히, 오늘 처음으로 강철이나 조영호를 만나 본 국태천 강수와 사명운 옹기장은 더욱 그랬다.

이때, 어두운 신색으로 말없이 앉아 있던 약덕이 조심스럽게 물었다.

"각하! 배달국에서 삼한을 일통하신 연후에는 어떻게 하실 요량이십니까?"

"저 수나라가 있는 대륙과 사해를 모두 평정할 것이요. 이번 대마도 토벌도 그 일환 중에 하나인 것이오."

"예…… 한 가지만 더 여쭈어 봐도 되겠습니까?"

"말씀해 보시오."

"수나라가 있는 대륙까지 병탄하신다면 그곳에 내란이 일어난 지금이 호기일 듯하온데, 어째서 거병치 않으시는 것입니까?"

"하하하! 배달국의 전략을 송두리째 가르쳐 달라는 말씀이요?"

"송구합니다."

"기왕에 말이 나왔으니 본관이 말씀드리리다. 지금 수나라를 치려면 그들과 경계를 맞대고 있는 공들의 나라인 고구려를 먼저 평정해놓고 시작해야 하지 않겠소?"

"물론 그렇기는 합니다."

"조금 전에도 말했지만, 본관이 장담컨대 하루면 고구려를 손에 넣을 수가 있소. 그러나 세월이 지나면 모르겠지만, 자신들의 나라를 멸망시킨 배달국에 고구려 백성들이 과연 충성을 다하겠소?"

"……!"

"절대 그렇지 않을 것이요. 오히려 망한 고구려를 다시 일으켜 세우겠다고 난을 일으키는 자들도 생길 것이고, 더러는 수나라와 내통하는 자도 생길 것이요. 약덕 공! 그렇지 않소?"

"당연히 그럴 것입니다."

"어차피 불원간에 다른 나라에 망할 고구려를 백성들의 마음까지 잃어 가면서 병탄할 이유가 무엇이겠소? 오히려 망하고 난 다음 여유 있게 그곳을 취하면 오히려 망국의 한을 갚아 주었다고 모든 백성들이 한 마음으로 따를 터인데 말씀이요."

막힘이 없는 강철의 말에 고건무와 약덕은 가슴이 서늘할 정도로 두려움이 엄습해 왔다. 사신으로 보냈던 을지문덕이 배달국에 망명한 이유를 이제는 대충이나마 알 것도 같았다.

그들의 대화를 들으면서 가슴이 터질 것 같은 감동을 느낀 국태천은 자신의 사위인 강철과 잠시라도 오붓한 시간을 갖고 싶었다.

"각하! 오전에 대마도를 다녀오시느라고 곤하실 텐데, 잠시 쉬시는 것이 어떻겠사옵니까?"

국태천의 말을 누군가 통역도 하기 전에 백기가 얼른 고개를 끄덕이며 모두가 알아들을 수 있게 말을 했다.

"국 강수의 말씀이 지당하오. 각하께서도 쉬셔야 하고, 우리도 좀 쉬어야 할 것 같소."

그러고는 강철만 남겨 놓고 모두 자리에서 일어나 밖으로 나갔다. 그들을 따라 나간 국태천은 백기와 상의하여 일행들이 묵을 방을 배정했다. 우선 방 하나를 별도로 정하여 조영호와 월남촌 촌주, 사명운 옹기장이 대화를 나눌 수 있도록 해 주었고, 고구려 사신들에게도 따로 방 하나를 준 다음, 나머지 부여장 등에게는 방 하나에 한 사람씩 사용하게 했다.

강철은 국태천과 구림촌 촌주가 권하는 대로 국태천이 평소에 사용하는 방으로 옮겼다. 아담한 방 한가운데에는 탁자와 의자가 놓여 있었고, 한쪽 편에는 침상이 놓여 있었다. 의자에 자리를 잡자, 구림촌 촌주인 국산해가 강철을 바라보면서 입을 열었다.

"불편하시겠지만 오늘은 여기서 쉬시옵소서."

"무슨 불편할 것이 있겠습니까? 그런데 잠시 할 말이 있으니 조영호 총장과 사명운 옹기장을 좀 불러 주시겠습니까?"

"알겠사옵니다."

구림촌 촌주가 곧 조영호와 사명운을 데리고 들어왔다.

그들이 자리에 앉자 강철이 사명운에게 말을 건넸다.

"사명운 공!"

"예? 각하! 공이라니 가당치 않사옵니다."

"아니오. 천족장군은 왕의 예로 대하라는 태황제 폐하의 황명이 있으셨고, 사 공은 조영호 총장의 장인이 되시니 그리 호칭해도 별 문제가 없소이다."

"……!"

"여기서 월남촌까지는 거리가 얼마나 되오?"

"여기서 지척(咫尺)이옵니다."

"그렇다면 다행이구려. 조영호 총장이 사 낭자와 혼례를 올리고 나면 처가가 있는 월남촌에 자주 들를 수 없는 입장이라는 것은 사 공도 잘 아실 것이오."

"알다 뿐이겠사옵니까?"

"그래서 조영호 총장을 오늘 밤은 처가에서 묵도록 하고 싶은데, 사 공은 어떻게 생각하시오?"

"소인이야 더할 나위 없이 기쁜 일이오나 그렇게 해도 되겠사옵니까?"

"물론이요."

사명운 옹기장과 대화를 끝낸 강철이 조영호를 바라보며 말을 했다.

"말씀을 다 들었을 테니 길게 말하지 않겠소. 내일 아침 여덟 시에 출전할 것이니 조 총장은 월남촌으로 갔다가 그 시간에 맞춰 돌아오시오."

"예! 알겠습니다."

배려해 주는 마음을 잘 아는 그는 두말없이 강철의 말에 따랐다.

조영호와 사명운이 나가자, 한숨 돌렸다고 생각한 강철이 구림촌 촌주인 국산해와 자신의 장인이 될 국태천을 마주하고 앉았다.

"세상 법도로는 소장이 두 분에게 깍듯이 예의를 갖추어야 마땅하다는 것을 알지만 본의 아니게 결례를 많이 했습니다. 양해해 주시기 바랍니다."

그러자 국산해가 손사래를 치면서 말을 받았다.

"천부당만부당하신 말씀이옵니다. 사적으로는 그렇겠지만 공적으로는 엄연히 소인이나 국 강수나 모두 각하의 아랫사람이 되옵니다. 선공후사(先公後私)*이온데 그런 말씀은 거두어 주시옵소서."

"고마운 말씀이나 소장이 겸연쩍은 것은 사실입니다."

"각하! 절대 그렇게 생각하시면 아니 되옵니다. 소장이 알기로 태황제 폐하 아래로는 각하께서 최고의 어른이시고, 더욱이 하늘에서 함께 내려오신 천장들까지 지휘하시는 줄로 아옵는데, 그토록 사사로움에 연연하시면 체모가 서질 않사옵니다."

"……."

---

* 선공후사(先公後私): 공적인 것이 우선이고 사적인 것은 뒤라는 말.

"세상의 법도를 한 가지 더 말씀드리면 왕의 장인인 국구가 되었다 하더라도 그 역시 왕의 신하일 뿐이니, 그런 점을 헤아려 위엄을 갖추시기 바라옵니다."

국산해가 마음을 다해서 손자사위를 타이르는 모습에 강철은 속으로는 무척이나 낯이 간지러웠지만 겉으로는 고개를 끄덕이며 대답을 했다.

"알겠습니다! 그렇게 하겠습니다. 혹시 두 분께서 궁금한 것이 있으시면 말씀해 주시기 바랍니다."

강철의 말을 곧바로 국산해가 통역을 해 주자, 기다렸다는 듯이 국태천이 물었다.

"각하! 고구려 사신이라는 자와 말씀하실 때, 수나라가 망하고 새로운 나라가 들어선다고 말씀하였사온데 그때가 언제쯤인지 알 수 있겠사옵니까?"

"무슨 이유로 물으시는지?"

"이번에 왜를 다녀왔으니, 다음에는 수나라로 장삿길을 떠날까 하는 중이라 그렇사옵니다."

"수나라는 금년에 망합니다. 당분간 상단을 움직이지 마시고 일단 태황제 폐하를 뵙고 나서 다음 일정을 생각하세요. 이번에 폐하를 뵙게 되면 배달국 장군으로 명을 받으실 겁니다."

그러자 국태천이 되물었다.

"조금 전에도 같은 말씀을 들었사온데 도대체 영문을 모르겠사옵니다."

"네에……."

국태천이 궁금해하자 잠시 생각을 정리한 강철은 품속에서 접혀진

두 장의 지도를 꺼냈다. 그중에서 세계지도를 탁자에 펼쳐 놓고는 배달국을 중심으로 하여 세계 각국을 손으로 짚어 가며 각 나라들에 대한 설명을 곁들여 주고는, 배달국은 이들 나라들과 뱃길을 통해 교역을 할 것이라고 했다. 그러기 위해서 나라에서는 커다란 상단 2개를 운영할 계획인데, 그중에 하나가 국태천 강수의 여울상단이라고 말해 주었다.

또한 배달국은 모든 남자는 능력에 따라 군사 계급을 갖게 되는데, 국태천은 나라에서 운영할 상단의 책임자가 될 것이고, 그런 이유로 장군으로 임명을 받게 될 것이라고 설명해 주었다.

강철의 자세한 설명을 듣고 나자, 이해가 된 국태천이 강철에게 물었다.

"각하! 다른 상단 한 곳은 어디이옵니까?"

"그곳은 제국상단인데 본래 이름은 구봉상단이었습니다."

"아하! 구봉상단…… 소인도 신라 땅에 구봉상단이 있다는 말을 들은 바가 있지만 상단 규모가 그리 크지 않은 것으로 알고 있사옵니다."

"어떻게 백제 땅에 계시는 분이 신라 땅에 있는 상단을 아셨습니까?"

"강을 지나기도 하고 바다를 건너기도 하면서 장사를 다니다 보니, 자연히 이런저런 소문을 듣게 되옵니다."

"아! 그렇군요. 그 구봉상단 규모가 지금은 몇 배나 커졌습니다."

말을 꺼낸 강철은 그 상단이 배달국 개국에 많은 도움을 주었다는 것과 태황제 폐하로부터 상단 이름까지 하사받고, 목강수의 딸이 태황제 폐하의 빈이 된 것까지 말해 주었다. 덧붙여 지금 목 강수는 수나라 땅인 산동에 가 있는데, 그 이유는 배달국이 그곳을 점령했을 때를 대비해 근거를 마련하기 위함이라고 했다. 강철로부터 자세한 설명을 들은 국태천은 자신이 얼마나 중요한 일을 맡아야 하는지 점차 이해가 되었다.

저녁 식사 후에도 밤이 깊도록 많은 얘기를 나눈 그들은 편안히 주무시라는 인사를 하고 방을 나갔다. 그러고는 얼마 지나지 않아 살며시 문이 열리고 국난영 낭자가 들어와 절을 했다.

"서방님, 그동안 평안하셨사옵니까?"

"절은 무슨……! 어서 오시오. 나야 잘 지냈소만…… 그리고 앞으로는 내게 절을 하지 마시오."

"아니옵니다. 종조부께서 소녀에게 말씀하시길 하늘의 복연으로 서방님을 모시게 되었지만, 서방님께서는 하늘에서 오신 분이니, 여종이 주인을 모시듯이 우러러 모셔야 한다고 하셨사옵니다."

"허허! 그러셨소? 그런데 어제 돌아오신 부친은 뭐라 하셨소?"

"어젯밤에 아버님께서 돌아오신 후, 종조부님과 어머님으로부터 말씀을 들으시곤 소녀에게 서방님이 마음에 드느냐고 물으셨사옵니다. 그러고는 주로 종조부님과 말씀을 나누시어 소녀는 대화를 나눌 시간이 없었사옵니다."

그 대답을 듣자 강철은 문득 장모가 될 분을 여태껏 뵙지 않은 것이 생각났다.

"그리고 보니 장모님이 되실 낭자의 모친을 한 번도 뵙질 못했구려."

"그렇지 않아도 무척이나 궁금해하시옵니다. 어머님은 웃으시며 간신히 먼발치에서 서방님의 외모만 뵈었다고 하셨사옵니다."

"그랬소?"

"예."

역시 또다시 봐도 미인이었다. 내 사람이다 생각해서 그런지는 몰라도 온유하고 순종적인 이미지를 풍기는 국난영이 더욱 사랑스럽게 느껴졌다.

"이리 가까이 와 보시오."

"......!"

강철이 가까이 오라는 말에 국난영은 얼굴이 달아오르고 숨이 멎을 것만 같았다. 오랜만에 해후한 그들은 원앙처럼 보듬으며, 밤하늘에 떠 있는 별들이 시샘할 만큼 그들만의 밤을 곱게 수놓았다.

이튿날, 강철 일행은 계획대로 대마도를 향해 출발했다. 어제 답사를 하면서 해적들의 소굴과 대마도 비구가 거처하는 곳을 알아 놨기 때문에 비조기는 목적지를 향해 곧바로 날아갔다.

강철과 조영호는 일단 대마도 도주격인 아비류 규라는 자를 먼저 만나 보기로 했다. 그자가 해적과 연관되어 있는지의 여부를 알아야 그자를 어떻게 처리할지 결정할 수 있었기 때문이었다. 이륙한 지 1시간이 지나자 2대의 비조기는 엄원항 가까이에 있는 금석성 상공에 도착했다.

평소대로 공격용 비조기가 엄호하는 가운데 수송용 비조기가 먼저 착륙을 했다. 착륙한 비조기에서 튀어나온 특전군들이 순식간에 울타리 내에서 경계를 서고 있던 자들을 제압해 무릎을 꿇리고 있었다. 외부 경계병들이 모두 포획되자 비조 1호기도 서서히 착륙을 했다.

강철을 비롯한 비조 1호기에 탔던 장수들이 내리는 사이에 조영호는 특전군 부장인 설계두 소위를 불러 작전 지시를 내렸다.

명을 받은 설계두는 군례를 올리고 나서 10여 명의 특전군을 인솔하여 민첩하게 건물 안으로 진입을 했다. 배달국 장수들과 고구려 사신들이 한쪽에 서서 지켜보고 있는 동안, 건물 안으로 들어갔던 특전군들은 안에 있던 자들을 하나둘씩 끌고 나와 마당에 무릎을 꿇리기 시작했다.

이윽고 설계두가 강철과 조영호가 서 있는 곳으로 와서는 안에 있는 자들을 모두 포획하였고 성을 완전히 장악했다고 보고했다. 비조기 착륙과 더불어 작전이 개시되고 나서 채 반 시간이 걸리지 않았다.

강철 앞으로 비단 옷차림을 한, 2명의 남자가 끌려 왔다. 그들은 대마도의 비구와 비노모리라고 했다. 대마도 도주에 해당하는 관직명이 비구이고, 부도주에 해당하는 관직명이 비노모리였다. 그들에 대한 취조를 백기와 무은에게 맡기고, 강철은 다른 장수들과 함께 건물 안으로 들어가 보았다.

여러 개의 작은 방들로 이루어진 건물은 깨끗했지만 육지에 있는 건물보다 세련되지 못했고, 특징이 있다면 돌과 목재를 많이 사용했다는 점이었다.

건물 안을 한 바퀴 돌아보고 나서 밖으로 나오니 취조를 맡았던 백기가 결과를 요약해서 보고를 했다.

이곳 대마도에 사는 사람은 모두 3,500여 명인데 여자가 귀해서 남자 혼자 사는 집이 많아 가구수는 크게 의미가 없다는 것이었고, 그 외로 해적의 숫자는 정확히 알 수 없으나 어림잡아 1천 명을 헤아린다는 것이었다.

또한, 도주격인 비구의 이름은 아비류 규라 하는데, 그는 해적들과 직접적인 관계는 없지만 그들의 행동을 묵인해 주는 대가로 은 광산에서 생산되는 수입의 2할을 세금으로 받고 있었다는 것이었다. 부도주격인 비노모리는 사보련(沙寶蓮)이라는 자로, 상당한 학식이 있기 때문에 평소에는 이곳 백성들에게 가르침을 베푸는 훈교(訓敎) 노릇을 한다고 했다.

백기와는 별도로 정보사령 무은이 알아낸 정보에 의하면, 해적들이 얼마 전부터 육지에서 여자를 잡아다가 비구에게 바치기 시작하고 나서부터는 비구는 해적과 부쩍 가까워졌다는 것이었다. 부도주격인 비노모리는 비구의 이런 행동을 못마땅하게 생각해 왔는데, 최근 들어서는 자주 언쟁이 일어날 정도로 감정의 골이 깊어졌다는 것이었다. 섬 안에 살고 있는 백성들 사이에는 비구보다 비노모리인 사보련이 훨씬 신망이 높다고 했다.

보고를 받은 강철은 직접 아비류 규라는 자에게 왜 해적들과 가까이 지냈는지를 추궁했다. 비구는 강철로부터 추궁을 받자 여러 가지 구구한 이유를 늘어놓았지만 억지 변명에 불과한 내용이었다. 강철은 그자를 즉시 처형하게 하고, 이곳을 배달국 대마군으로 삼는다고 선포해 버렸다.

그런 다음 대마도 전체를 관장하는 배달국 대마 군령(大馬郡領)에 사보련을 임명하고, 비구의 일족을 모두 관노로 삼아 대마 군령에게 속하게 했다. 강철이 이토록 신속하고도 가혹하게 처리한 것은 도성에서 멀리 떨어져 있는 이곳을 하루빨리 안정시키고자 하는 의도였다.

새로 대마 군령이 된 사보련을 비롯해서 그곳에 있던 자들은 비구가 처형당하는 모습을 보고 크게 두려워하고 있었다. 강철은 얼굴이 해쓱해진 사보련에게 물었다.

"사 군령! 지금부터 해적들을 토벌할 계획인데 그들을 어떻게 처리했으면 좋겠소?"

그는 잠시 생각하더니 대답을 했다.

"은광을 계속 개발하시려면 그들 중에 두목급만 처형하고, 나머지는 채광 인부로 활용하는 것이 좋을 것 같사옵니다."

고개를 끄덕인 강철은 해적들을 소탕하고 올 동안, 부여장과 이곳에 근무할 2명의 한글 강사에게 이곳을 수습해 놓으라고 지시하고 비조기에 올랐다.

해적 소굴이 있는 곳은 서쪽으로 10킬로미터 정도의 거리였기 때문에 이륙을 하고 나서 바로 그곳 상공에 도착했다. 아래에 있는 가장 큰 건물에서는 해적들이 꾸역꾸역 몰려나오고 있었다.

강철은 조영호와 사전에 의논한 대로 해적들의 기선 제압과 고구려 사신들에게 보여 주려는 의도로 건물에서 나오고 있는 해적들과 건물을 향해 기관총 사격을 명했다.

비조기에 장착된 기관총좌는 꽤 오래전부터 특전군이 맡고 있었다. 그들은 벌써 여러 차례 사격 경험이 있었기 때문에 비조기가 움직이는 와중에도 명중률이 높아 조영호의 칭찬을 들을 정도였다.

요란하게 울리는 '누—누—두—두—!' 소리와 함께 벌건 대낮임에도 기관총구 끝에서 번개 같은 불꽃이 튀어 나가는 것이 언뜻언뜻 눈에 보였다.

비조 1호기에서 기관총 사격이 시작되자 큰 건물에서 튀어나와 하늘을 올려다보던 자들이나 건물에서 나오는 자들이 무너지듯 쓰러지고 있었다.

이러한 광경을 내려다보던 고구려 사신인 고건무와 약덕은 기겁을 했다. 좌우상하로 움직이는 검은 방망이 끝에서 소문으로만 듣던 벼락이 튀어 나가 땅에 있던 해적들을 순식간에 쓰러뜨리는 것을 실제로 목격하고는 입을 떡 벌린 채 다물 줄을 몰랐다. 순식간에 50여 명의 해적들이 쓰러지고 그들의 일부는 광산이 있는 산 쪽으로 도주하고 있었다.

사격을 멈춘 공격용 비조기가 경계 비행을 하는 사이에 특전군들이 탑승해 있는 수송용 비조기가 착륙하여, 해적들의 산채가 있는 곳을 순식간에 장악해 버렸다. 비조 1호기에 타고 있던 강철은 조영호로부터 두목을 잡았다는 무전 연락을 받자 비조기를 착륙시키고 천천히 조영호 쪽으로 걸어 나갔다.

곧 두목이란 자가 강철 앞으로 끌려 왔다. 그자는 해적 두목이라고 하기보다는 벼슬아치 같은 인상을 풍겼고, 소매가 넓은 중국풍의 화려한 비단 의복을 치렁치렁하게 걸치고 있었다.

백기가 강철 앞으로 와서 걱정스럽게 말을 했다.

"각하! 이자의 말은 소장도 몇 마디밖에 알아들을 수가 없을 정도입니다. 혹시 대마군 치소에는 이자의 말을 알아듣는 자가 있을지 모르니 갔다 와야 될 것 같습니다."

"무슨 말인데 그렇소?"

"남방 한어(漢語) 같습니다."

"그렇다면 그렇게 하는 수밖에 더 있겠소?"

이때 고구려 사신들과 함께 있던 정보사령인 무은이 다가와 물었다.

"각하! 무슨 일이 있으십니까?"

"이자가 남방 한어를 쓰기 때문에 하는 말을 알아들을 수가 없다고 하오. 그래서 혹시 대마군 치소에는 알아듣는 자가 있을까 하고 가 보라고 했소."

"네에…… 각하, 치소로 가기 전에 잠시만 기다려 주십시오."

"……?"

하고 말하더니, 대답도 듣지 않고 급한 걸음으로 고건무와 약덕이 서 있는 곳으로 걸어갔다. 순간, 강철은 고구려 사신으로 온 약덕이 바로 외교통이라는 생각이 머릿속을 스쳤다.

역시나 무은은 약덕을 데리고 강철 앞으로 와서는 말을 했다.

"각하! 약덕 공이 남방 한어로 대화가 가능하다고 합니다. 우선 급한 대로 말씀하실 것이 있으시면 해 보시지요."

"아하! 그렇소? 그렇다면 우선 저자가 어떤 이유로 이곳에 와서 해적질을 하는지부터 물어봐 주시오."

그로부터 강철이 질문하는 내용을 받아 무은이 약덕에게 말하고, 약덕은 다시 해적 두목이 알아듣는 남방 한어로 그 말을 물어보는 방식으로 어렵사리 대화가 진행되었다. 해적 두목은 대륙에 있던 양(梁)나라의 5대 황제인 경제(敬帝) 소방지(蕭方智)의 서계(庶系) 후손으로 소중덕(蕭中德)이라는 자였다.

양나라가 멸망한 이후에도 적통(嫡統) 출신들은 수나라로부터 그런대로 대우를 받았으나, 서출인 자신은 그곳에 살던 백성들과 마찬가지로 통제거라는 대운하 공사에 끌려갔다는 것이었다. 그곳에서 한 달이면, 열에 서넛은 죽어 나갈 정도로 가혹한 노역을 강요당하다가 견디다 못해, 추종자 몇 명과 함께 배를 훔쳐 타고 무작정 바다로 도망쳤다는 것이었다.

배를 모는 것도 서툴러 몇 번이나 죽을 고비를 넘기면서 다다른 곳이 이곳이었다는 것이다. 다행이 이곳에 터를 잡게 된 그는 스스로를 양나라 표기대장군으로 자처하면서 나라의 부흥을 꾀하던 중에, 몇 년 전에는 은광까지 발견하여 수나라를 칠 상당량의 군자금까지 마련해 놨다는 것이었다.

강철이 두목이라는 자와 대화를 나누는 사이에도 곳곳에 숨어 있던 해적들이 잡혀 와 널찍한 마당에 꿇려지고 있었고, 건물 지하에 숨겨 놨던 은괴(銀塊)까지 찾아냈다. 특전군 부장인 설계두 대위의 뛰어난 활약은 강철의 눈에도 금방 띄었다.

강철은 두목이라는 자를 처음에는 악독한 해적 무리의 수괴 정도로만 생각했는데 대화를 나누다 보니 일말 동정심조차 일었다. 그래서 일부러 그자에게 산으로 도주한 그자의 부하들과 은광에서 일하고 있는 자들을 모두 찾아 이곳으로 데리고 오도록 명을 내렸다. 그자는 꿇고 있는 부하 중에 2명만 데리고 가고 싶다는 의사를 표했다.

강철이 허락하자, 그는 부하 2명을 데리고 쏜살같이 광산이 있는 산 쪽으로 뛰어 올라갔다. 30여 분이 지나도록 돌아오는 기색이 없자 부여장과 백기가 불안한 표정을 짓고 있었지만 강철은 못 본 척했다.

다시 얼마의 시간이 흐르자, 이윽고 산 쪽으로부터 해적 두목이 한 떼의 무리를 이끌고 내려오기 시작했다. 그 숫자는 어림잡아도 1천여 명 가까이 돼 보였다. 눈썰미가 있는 설계두는 그들이 도착하는 족족 해적과 광산 노역자로 구분해서 무릎을 꿇리고 있었다.

해적들의 옷차림은 그런대로 괜찮은 편이었으나, 광산 노역자들은 옷이라고도 할 수 없는 천 조각으로 간신히 사타구니만 가리고 있는 행색이었다.

그것을 본 강철은 다시 울화가 치밀었다. 그는 다시 앞에 와서 무릎을 꿇고 있던 두목을 내려다보면서 물었다.

"너의 부하와 광부는 각각 몇 명이냐?"

"부하는 모두 870명이고, 광부는 430명이옵니다."

"머리수가 부족해 보이는데……?"

"두 달 전에 식량을 구하러 나간 300여 명이 아직 돌아오지 않아 지금은 487명만 남아 있는 것이옵니다."

강철은 지난 번 영암 지방을 약탈하던 해적의 숫자를 기억해 보니 맞아떨어졌다.

"네 졸개들은 모두 너와 함께 운하 공사장에서 도주한 자들이냐?"

"그런 것이 아니옵고, 수나라 땅이나 백제, 신라 땅으로 식량을 구하러 다닐 때에 만난 호걸들이거나 나라에 죄를 짓고 이곳으로 도망쳐 온 자들이옵니다."

"흥! 호걸이라? 그런데…… 광부들은?"

"그들 역시 식량을 구하러 다닐 때에 데리고 온 자들입니다."

"데리고 온 것이 아니고, 잡아 온 것이 아니냐?"

"……."

강철은 설계두에게 해적들과 광부들의 출신지를 알아보라고 지시를 했다.

소사 결과, 해석늘은 대부분 수나라 사람들이었고, 10여 명만이 신라와 백제 사람들이었다. 광부들은 수, 백제, 신라인들이 섞여 있었는데 특히 신라인들이 많았다. 옆에 있던 조영호가 작은 소리로 물었다.

"각하! 이들을 살려 주시려고 그러십니까?"

"그렇소만…… 이자가 수나라를 적대하고 있으니, 훗날을 위해서 이자를 활용해 볼 생각이오."

"각하! 그렇더라도 본때는 보여야 할 것입니다."

"그것도 옳은 말씀이오. 광부들에게 물어 저들 중에서 특별히 난폭하게 굴었던 자들을 색출해 보시오."

"예!"

조영호로부터 강철의 지시를 전달받은 설계두는 30여 명을 골라내었고, 강철은 그들을 즉결처분하라고 명했다.

사형이 집행되는 것을 지켜보던 해적들과 광부들은 아직 이들이 누구인지도 모른 채, 듣도 보도 못한 병장기에 의해서 순식간에 목숨을 잃는 것을 보자 온몸에 소름이 끼치는 모양이었다. 고구려 사신들 역시 비조기에서 기관총을 보고 놀란 가슴이 채 진정되기도 전에 또다시 경악하고 있었다.

이미 비구를 처형시키는 것을 봤지만, 그때는 단 두 발의 뇌성(雷聲)뿐이었지만, 이번에는 콩 볶는 소리와 함께 멀리 있던 30여 명이 순식간에 고꾸라지는 것을 보고는 자신이 오줌을 지리는 줄도 몰랐다.

해적 두목인 소중덕과 졸개들이 공포에 질려 있는 얼굴을 잠시 훑어보고 난 강철은 장지원을 불러 은괴의 양이 얼마나 되는지 알아보게 했다. 그 양은 자그마치 2대의 비조기가 함께 운반해야 될 정도라고 보고를 했다.

어마어마한 양이었다. 수송용 비조기가 10톤, 공격용 비조기가 4톤 정도의 화물을 실을 수 있다는 것을 알고 있는 강철은 그 막대한 양에 흐뭇했다. 그 정도의 군자금이라면 수나라를 뒤엎으려는 이들의 계획도 아주 허무맹랑한 것은 아니라는 생각조차 들었다.

강철은 해적과 광부들을 동원해 은괴를 비조기에 싣게 했다. 그러고는 비조기에 실린 은괴를 대마 군령에게 인계하고 오라고 백기에게 명했다. 비조기가 금석성을 향해 출발하는 것을 바라보던 강철은 다시 해적 두목을 향해 입을 열었다.

"소중덕! 네놈은 금석성이라는 치소를 알렸다?"

"예, 알고 있사옵니다."

두목은 졸개들이 사시나무 떨듯이 떨고 있는 것과는 달리, 그래도 스스로 표기대장군을 자칭하던 자답게 두려움을 애써 감추면서 대답했다.

"그렇다면 너를 죽일지 살릴지는 네가 하는 꼴을 봐서 결정하겠다. 저기에 있는 네 졸개들과 광부들을 인솔하여 한 시진 이내에 치소로 오도록 하라."

"예! 분부대로 하겠사옵니다."

그자는 통역을 하고 있는 약덕의 말이 떨어지기가 무섭게 실낱같은 희망을 발견했는지 바로 대답을 하는 것이었다.

"만약 허튼짓을 했다가는 어찌 되는지 잘 알 것이다."

"물론이옵니다."

"그럼, 출발하라!"

"예!"

그자는 꿇었던 자리에서 벌떡 일어나 무리들에게 달려가더니 그들을 데리고 산길을 따라 올라가기 시작했다. 은괴를 싣고 간 비조기가 돌아오려면 적지 않은 시간이 걸릴 것이라고 생각하면서 강철은 문득 고건무를 쳐다보았다. 한쪽에 서 있는 그의 얼굴은 아직도 두려움에 질린 표정이어서 그런지 무척이나 초췌해 보였다. 강철은 정보사령인 무은을 가까이 불렀다.

"장군은 이곳에 있는 광산의 형편을 자세히 살핀 다음 돌아가서 광공업부에 알려 주시오."

"예! 알겠습니다."

그는 대답과 동시에 특전군 둘을 대동하고 빠른 걸음으로 은을 캐던 광산으로 향했다. 강철은 그 외에도 항구에 정박되어 있는 해적들의 배를 살펴보라고 지시하였다. 대마 군령에게 은괴를 인계하러 갔던 비조기가 돌아와서 기다리는 동안 해적들이 사용하던 선박의 상태도 확인이 되었고, 은광을 살피러 갔던 무은도 돌아왔다.

그들이 비조기에 올라타고 금석성으로 향하고 있을 때, 앞서 보냈던 해적 두목과 그 무리들이 달려가고 있는 모습이 눈에 띄었다. 성안에 비조기가 착륙하자, 농어업부 대신인 부여장과 2명의 한글 강사를 비롯해 새로 군령으로 임명받은 사보련이 마중을 했다.

"각하! 다녀오셨습니까?"

"그렇소."

대답을 한 강철이 살펴보니, 성안에는 대마도 군사들과 백성들이 곳곳을 정돈하느라 부산스럽게 움직이고 있었다. 그때 해적 두목인 소중덕과 그 무리들이 성문을 들어서자마자 특전군들에 의해 성안 마당에 다시 꿇려졌다.

이제 토벌 일정을 마무리지어야겠다고 생각한 강철이 군령을 향해 입을 열었다.

"사보련 군령!"

"예!"

"지금부터 본관이 하는 말을 명심해서 들으시오."

"말씀하시옵소서."

"본관이 누구인지는 알고 있소?"

"예! 조금 전에 이미 부여장 장군님으로부터 말씀을 들었사옵니다."

"흠, 우선 이곳에 한글 강사 두 사람이 머물면서 대마군에 있는 모든 백성들에게 한글을 비롯해 여러 가지 교육을 시킬 것이니 적극 협조하시오."

"이르다 뿐이겠사옵니까? 심려치 마시옵소서."

"군령은 두 달마다 도성으로 전령을 보내, 이곳에서 이루어지는 일을 보고하도록 하고, 은괴는 가까운 날 가지러 올 것이니 잘 보관하시오."

그러자 사보련이 마당에 꿇어앉아 있는 무리를 쳐다보고는 물었다.

"예! 하온데 저들은 어찌 처결하실 요량이시옵니까?"

"흠, 이곳에 군사가 모두 몇 명이요?"

"모두 사십인입니다."

"광산은 별도의 명이 있을 때까지 군령이 관리하되, 저기 있는 해적 두목이란 자는 본관이 데리고 갈 것이나 나머지 해적들은 모두 광부로 쓰도록 하시오. 그들을 감독하려면 더 많은 군사가 필요할 것이니, 광부였던 자들 중에서 뽑아 쓰도록 하시오. 저들이 사용하던 선박 역시 군령이 관리하시오."

"예! 그렇게 하겠사옵니다."

"이곳 바다에서는 진주가 생산된다는 것을 아시오?"

"예, 알고 있사옵니다."

"세금은 백성들에게 부담이 안 될 정도로만 걷어 이곳을 통치하는 데 사용하고 조정으로는 보내지 않아도 되오. 그리고 생산된 진주를 조정으로 보내면 값을 쳐서 그 값만큼 식량으로 되돌려 보내 주겠소."

"정말로 그렇게 해 주시겠사옵니까?"

"그렇소! 본관이 군령을 믿고 맡기는 것이니, 한 치의 어긋남도 없도록 하시오."

"명…… 명심하겠사옵니다!"

"혹시, 군령이 앞으로 일을 해 나갈 때에 장애가 될 자는 없소?"

"저들을 모두 잡았으니 이제 큰 어려움은 없을 것이옵니다."

군령에게 지시를 끝낸 강철은 이곳에 남을 2명의 한글 강사를 특별히 불러 위로한 다음 대마도 토벌군과 해적 두목인 소중덕을 데리고 비조기에 올랐다. 시간은 벌써 오후 2시를 가리키고 있었다.

불가침 조약

대마도 토벌군은 돌아오는 길에 영암에 다시 들렀다. 여울상단 국태천 강수를 도성으로 데리고 가기로 했었기 때문이었다. 그때까지 점심 식사를 하지 못한 강철 일행은 국태천의 집에서 서둘러 마련한 음식으로 간단히 요기를 마쳤지만, 비조기를 처음 타는 해적 두목 소중덕은 속이 울렁거린다며 식사를 하지 못했다.

강철은 여울상단 강수까지 비조기에 태우고 중천성으로 향했다.

국태천 강수는 평소에도 너울대는 험난한 파도와 싸우며 뱃길을 다니던 습관이 몸에 배인데다가, 어제 비조기를 타고 대마도를 다녀온 경험이 있어서인지 한결 여유가 있어 보였다.

비조기가 중천성 정전 뜨락에 사뿐히 내려앉자 마중을 나와 있던 천족장군인 민진식, 김백정, 부여망지, 알천 등이 반갑게 맞이했다.

"각하! 잘 다녀오셨습니까? 먼 길에 고생하셨습니다."

"다들 별일 없으셨소?"

강철이 가볍게 던진 인사말에 외교청장 알천이 대답을 했다.

"신라에서 사신이 오고 있다는 소식 외로는 특별한 게 없습니다."

"신라에서 사신이?"

"예!"

"알겠소! 우선 태황제 폐하께 토벌 결과를 보고 드리고 오겠소. 자세한 얘기는 그다음에 하십시다."

"알겠습니다."

강철은 알천에게 고구려 사신들을 숙소인 영빈관으로 안내해 주라고 지시한 다음, 정보사령 무은에게는 해적 두목인 소중덕을 지난번에 잡은 해적들과 합류시키라고 명했다. 급한 대로 처리가 끝나자, 대마도 토벌군 일행들과 함께 편전으로 향했다.

일단 여울상단 강수를 편전 밖에서 기다리라고 해 놓고는 대마도 토벌에 나섰던 일행들이 먼저 편전 안으로 들어갔다. 그들이 들어가자, 태황제인 진봉민이 미소 띤 얼굴로 반갑게 맞았다.

"어서들 오세요! 장도에 고초가 크셨소."

"폐하! 우선 대마도 토벌을 다녀온 경과에 대해 고하겠사옵니다."

강철은 도성을 출발하여 이틀 동안 이루어진 일들을 비교적 상세히 보고했다. 감탄을 연발하며 보고를 다 들은 태황제가 환하게 웃으며 입을 열었다.

"참으로 큰일을 하고 오셨소. 이제야 남쪽 백성들이 안심하고 살아갈 수 있게 되어 과인도 한시름 던 것 같소."

"예, 소장들도 그렇게 생각하옵니다."

"그래? 함께 왔다는 해적 두목이라는 자와 여울상단 강수는 어디 있소?"

"해적 두목은 소중덕이라는 자로서 양나라 황제의 서출이라고 주장하는데 일단 지난번에 포획했던 해적들과 합류시키라고 지시했사옵니다. 그리고 여울상단 강수는 밖에 대령해 있사옵니다."

"양나라는 진나라에 망하고 진나라는 다시 수나라에 흡수되었는데……."

"예, 그자는 수나라에서 몹쓸 일을 많이 당해서 그런지, 수나라에 복수를 하겠다며 칼을 갈고 있었습니다."

"흠…… 황제의 후손이라……? 여하튼 그자에 대해선 차차 얘기하도록 하고, 우선 여울상단 강수를 들어오게 하세요."

"예!"

여울상단 국태천 강수가 안으로 들어왔다. 그는 이미 태황제를 비롯한 천족장군들이 하늘에서 내려온 천장들임을 확신하고 있었기 때문에 머뭇거리거나 망설이지도 않고 넙죽 엎드려 아홉 번의 큰절을 올렸다.

"태황제 폐하! 미거한 백성 국태천, 태황제 폐하께 문후를 올리옵니다."

통역은 궁청장인 변품이 맡았다.

"반갑소, 국 강수! 그렇지 않아도 공을 보고 싶었소."

"황감하옵니다."

"게다가 공의 여식이 우리 총리대신과 인연이 닿아 혼례를 올리게 됐으니, 이처럼 기쁜 일이 어디 있겠소?"

"미거한 여식을 거두어 주신 총리대신께 아비로서 감사할 따름이옵니다."

"하하하! 하기는 하늘에서 온 장수를 사위로 둔다는 것도 그렇게 쉬운 일은 아니요."

"소인도 크나큰 광영으로 알고 있사옵니다."

국태천과 대화를 나누던 태황제가 부여장을 쳐다보면서 물었다.

"사비 공! 총리대신과 특전군사령의 혼사는 어떻게 진행되고 있소?"

"예! 그렇지 않아도 해남에 주둔하고 있는 해수 장군에게 신부들을 호위하여 도성으로 모시고 오도록 명하였사옵니다."

"해수 장군에게?"

"예! 이제 대마도가 토벌되어 해남에 군사를 주둔시킬 필요가 없다고 판단하신 총리대신께서 명하신 일이옵니다. 하옵고 진주에 주둔하고 있던 흑치덕현 장군과 순천에 주둔하고 있던 부여사걸 장군 역시도 도성으로 복귀하라는 명을 내렸사옵니다."

"아하! 그랬구려. 그런데 먼 길을 오게 될 신부들이 불편할까 걱정이구려. 그렇다고 비조기로 오게 할 수도 없고…… 흠, 사비 공!"

"예, 폐하!"

"전에 공과 김백정 장군이 왕이었을 때 타던 수레인 그 어가(御駕)라는 것이 있질 않소?"

"예, 있사옵니다. 궁청장인 변품 장군이 관리하고 있는 줄로 아옵니다."

그 말에 듣고 있던 변품이 얼른 태황제에게 고했다.

"폐하, 어가는 궁 안 창고에 보관하고 있사옵니다."

고개를 끄덕인 태황제는 고개를 돌려 내정부 대신을 쳐다보며 물었다.

"신부들을 데려오는 책임은 백기 장군이 맡았던 걸로 아는데, 그렇지 않소?"

"예, 그렇사옵니다."

"백기 장군! 어가를 끌 수 있는 말이야 그곳에도 있을 터이니 두 대의 어가를 수송용 비조기로 실어다 주도록 하시오. 어가를 타고 온다면 신부들도 훨씬 불편함이 적지 않겠소? 호위는 해수 장군에게 맡겼다 하니 안심이고……."

"예, 폐하! 그렇게 하겠사옵니다."

대답을 들은 태황제는 참석자들을 휘 둘러보고는 말을 했다.

"모두 들으시오!"

"예!"

"여울상단 강수인 국태천을 배달국 수군 소장에 임명하오. 아울러 상단에는 청룡상단이라는 이름을 내리고, 국태천 장군에게 청룡상단 책임자인 단주의 직을 부여하겠소."

태황제의 말이 변품에 의해 통역되자, 국태천은 다시 넙죽 엎드리며 사은에 감사하는 말을 했다.

"태황제 폐하! 하잘것없는 미천한 백성을 장수로 삼아 주시고, 상단의 이름과 벼슬까지 내려 주심에 몸 둘 바를 모르겠사옵니다. 이 한 몸 다 바쳐 충성으로 성은에 보답하겠사옵니다."

"하하하! 고맙소. 과인도 국태천 장군의 활약을 기대하겠소."

"예!"

"총리대신은 들으세요. 이 기회에 오양 공이 지휘하는 제국상단도 백호상단이라는 이름으로 바꾸고, 오양 공의 직관도 백호상단 단주로 임명하세요. 어련히 알아서 하시겠지만, 국 장군은 여식의 혼사도 있고 하니 당분간 도성에 머물러야 할 것이요. 근무지인 영암으로 가기 전까지 불편하지 않도록 살펴 드리시오."

"알겠사옵니다."

"또한, 혼사를 앞두고 조영호 장군의 신부 쪽 가족들도 올 것이니, 그들 역시 불편함이 없도록 살펴 주어야 할 것이요."

"예, 명심하겠사옵니다. 하옵고, 해적 두목인 소중덕은 지난번 포로가 됐던 해적들과 합류시켜 한글을 가르치도록 하겠사옵니다."

"그렇게 하세요. 그리고 이번 토벌에서 노획한 은괴는 하루빨리 가져와 국세청장에게 넘기는 것이 좋겠소."

"예!"

강철의 대답이 끝나자, 이번에는 백기가 입을 열었다.

"폐하! 소장 내정부 대신 백기 아뢰겠사옵니다. 그동안 해적들의 잦은 출몰로 근심하던 백성들에게 이번 토벌 소식을 알리고자 하옵니다."

"오! 당연한 말씀이요. 그래야 백성들도 안심하고 생업에 종사하게 될 것이요."

"소신도 그렇게 생각하옵니다."

그 대답이 끝나자 잠시 생각을 하던 태황제가 빙그레 웃으며 농어업부 대신인 부여장을 쳐다보며 입을 열었다.

"사비 공은 들으세요!"

"예!"

"전날 천족장군들의 혼례를 궁혼이라 정한 까닭은 나라의 큰 경사로 삼고자 함이었소. 그런 이유로 이번 천족장군들의 혼례 일을 전후해 열흘 동안을 궁혼 기간으로 정하겠소. 혼례를 주관하는 사비 공께서는 이 기간 동안 모든 백성들이 이들의 혼례를 축하하고, 백성들 또한 즐거운 시간을 가질 수 있도록 해 주시오."

"예, 삼가 명을 받들겠사옵니다."

"그럼, 다들 피곤하실 텐데 더 이상 하실 말씀이 없으시면 돌아가 쉬도록 하세요."

"예."

대마도 정벌에 대한 보고와 후속 조치까지 끝나자 편전에 들었던 신료들은 강철과 함께 총리부로 갔다.

협의용 탁자 상석에 강철이 앉자 다들 좌우로 나뉘어 앉았다.

"이번에 다들 고생들이 많으셨소. 다행히 큰 어려움 없이 대마도에 있던 해적들을 소탕하게 되어 다행이요. 늘 그래왔지만 이번에 더욱 일사불란해진 특전군들의 작전 수행 능력을 다시금 확인할 수 있었소. 조영호 사령!"

"예, 각하!"

"이번 작전에 참가한 특전군들에게 무공훈장 수여를 폐하께 상신 하도록 하겠소. 명단을 작성해 보시오. 그리고 이번에 보니 부장인 설계두 대위가 기대했던 것보다도 훨씬 더 뛰어나 보이던데, 이번 토벌에 공도 있고 하니 계백과 같은 소령으로 승진시켜도 괜찮지 않겠소?"

배달국은 이미 당성에 있을 때부터 3단계의 무공훈장을 정했었다.

"예, 사하! 냉난은 삭성해 보도록 하겠습니다. 그리고 설 대위 승진 문제는 김유신의 훈련이 끝나고, 특전군의 편제를 조정하는 문제를 상의 드린 다음 하려고 생각하고 있었습니다."

"아! 그랬었구려. 그런데 특전군 편제를 어떻게 고치려고 하시오?"

"소장의 생각으로는 현재 이천 명인 특전군을 앞으로 천 명 정도 더 선발해 세 개 대대로 만드는 구상을 했었습니다. 그리고 계백과 설계두, 김유신을 대대장급인 중령에 임명하여 지휘를 맡기는 것이 어떨까 생각 중이었습니다."

"흠, 뜻은 알겠소만 그건 생각해야 할 문제가 있소. 폐하께서는 당분간 지금의 군사수를 유지시키라는 말씀이 있으셨소. 그리고 이건 내 생각이지만 육군에도 부장이 필요한 실정이니, 그 셋 중에 한 사람은 육군의 부장으로 만들면 어떨까 하오."

"아! 그렇습니까? 그것도 괜찮은 방법일 것 같습니다."

"그렇게 생각한다면 다행이요. 또 한 가지 그들을 중령에 임명하면 그들보다 먼저 특전군 부장으로 있던 수황군장이 소령인데 문제가 있질 않소? 사실 계백 소령이야 삼년산성에서 특별한 전공을 세워 지소패 소령과 같은 계급이 되었지만, 다른 두 사람의 전공은 이렇다 할 것이 없질 않소."

"그렇기는 합니다."

"그러니, 이번 대마도 토벌에 공이 있는 설계두 대위를 소령으로 승진시켜 특전군 부장으로 그대로 두고, 김유신은 교육이 끝나면 대위 계급을 주어 육군의 부장으로 삼았으면 좋겠소."

"말씀을 듣고 보니, 그것이 옳은 것 같습니다."

조영호가 쾌히 동의를 하자, 말없이 듣고 있던 다른 장수들도 그렇게 하는 것이 합당하다고 이구동성으로 동조를 했다.

강철은 조영호 총장과 대화가 끝나자, 고구려 사신들을 숙소로 안내하고 막 들어온 외교청장 알천에게 물었다.

"알천 장군! 오고 있다는 신라 사신들에 대해서 말씀해 보시오."

"예!"

"신라에서도 화친사라는 명목으로 사신을 보냈다고 하는데, 정사로는 조계룡, 부사 김후직, 종사관은 혜문이라는 자라 합니다. 그들은 백 명의 호위와 삼십여 대의 수레 외에 호화로운 가마가 다섯 대나 포함되어 있다는 것으로 보아 미녀들까지 데리고 오는 모양입니다."

신라국에서는 사신단 이름을 진사사로 하는 것을 검토했으나, 너무 비굴해 보인다고 느꼈는지 결국 화친사로 정한 모양이었다.

"흥! 이제는 미인들까지 바치겠다는 심보인가 보군."

강철이 콧방귀를 뀌면서 혼잣말처럼 중얼거리자, 듣고 있던 김백정이 입을 열었다.

"각하! 지금 오고 있다는 신라 사신들은 소장을 따르던 자들로 김국반에게 쫓겨났던 자들입니다. 저들이 어째서 사신을 맡게 됐는지는 소장도 알 길이 없습니다."

김백정이 하는 말을 듣고 있던 백기가 얼른 입을 열었다.

"뭐, 그렇다면야 보나마나 빤한 일이 아니겠습니까?"

김백정이 백기를 쳐다보며 물었다.

"보나마나한 일이라니요?"

"그거야 김백정 대장께서 우리 제국의 장수로 계시는데, 정변 세력에 붙은 자들이 감히 고개를 들고 어떻게 오겠습니까?"

강철이 고개를 끄덕이며 말했다.

"백기 상군의 말씀이 일리가 있소. 사신으로 오고 있는 사람들은 지금 신라 왕의 입장에서 보면 반대편에 섰던 역적인데, 어떻게 저들에게 사신의 책무를 맡겼는지 그 점이 이해가 되질 않는구려."

김백정 역시 고개를 끄덕이며 그렇다고 동의를 했다.

"소장 역시도 그 점이 도통 이해가 되질 않습니다."

"하하하! 그들이 오면 내막을 알 수 있겠지요. 설마 김백정 장군을 따르던 신하들인데 감추기야 하겠소?"

"그들이 오면 소장이 알아보도록 하겠습니다."

"그렇게 하시오. 허참! 신라 조정이 참으로 딱하다는 생각이 들뿐이요. 백성들도 제대로 간수하지 못하는 주제에 대체 어쩌려고 그러는지……?"

강철이 혼잣말처럼 뇌까리는 소리에 김백정은 부끄러움을 느꼈다. 어떻거나 얼마 전까지 자신이 다스리던 나라가 아닌가!

분위기가 썰렁해지자 백기가 슬며시 강철에게 물었다.

"각하, 폐하께서 어가를 영암에 가져다 주라고 명하셨으니, 소장은 내일 아침 일찍 국태천 장군과 함께 그곳에 다녀오도록 하겠습니다."

"그렇게 하시오. 궁청장이 어가를 잘 관리했겠지만, 혹시나 고장난 곳이 없는지 잘 살펴서 비조기에 싣도록 하시오."

"예!"

강철은 외교청장 알천을 바라보면서 입을 열었다.

"알천 장군! 장군은 고구려 사신들을 잘 돌봐 주시오. 모르긴 몰라도 아마 불안감 때문에 잠도 제대로 이루지를 못할 것이요."

그 말이 떨어지자마자 부여장이 크게 웃으며 대꾸를 했다.

"하! 하! 하! 불안감이 크다 뿐이겠습니까? 아침에도 안색이 제 색이 아니었습니다마는 조금 전, 비조기에서 내리면서 살펴보니 그야말로 죽을상이었습니다. 오늘 밤에는 아마도 뜬눈으로 밤을 지새울 것입니다."

부여장의 말이 끝나자 총리부 안에 앉아 있던 다른 장수들도 그들의 심정이 어떠할지 이해가 됐다.

이어서 강철은 백기 장군에게 국태천 소장이 도성에 머무는 동안 사용할 숙소를 마련해 주도록 지시했다.

배달국에서는 조정 신료들에게 계급별로 거주할 집과 관복(官服), 노비, 녹봉을 지급하고 있었고, 그 외에도 잠시 도성에 머무는 관리를 위해서 공동 숙소를 운영하고 있었는데, 그 일을 관장하는 기관이 내정부 산하의 국세청이었다.

이튿날 아침 정전 뜰에 있던 2대의 비조기가 영암을 향해 이륙했다. 수송용 비조기인 4호기에는 2대의 어가가 실려 있었다. 물론 그것들은 백제 국왕이던 부여장과 신라 국왕이던 김백정이 지방 순행을 다닐 때에 타던 물건들이었다.

2대의 비조기가 함께 출발한 이유는 돌아오는 길에 대마도에 보관시킨 은덩어리를 한꺼번에 운반하려는 목적이었다.

비조기가 출발하는 것을 마중하고 난 강철은 집무실로 돌아와 잠시 생각에 잠겼다. 잠시 후에 있을 고구려 사신들과의 불가침 협상을 어떻게 마무리지어야 할지 궁리해 보기 위해서였다.

이 생각 저 생각에 골몰해 있는 중에 먼저 홍룡군포를 입은 광공업부 총감인 강진영 대장이 들어오고 뒤따라 광공업부 대신인 김백정과 정보사령 무은이 앞서거니 뒤서거니 들어왔다.

그들은 홍통군보 차림으로 상석에 앉아 있는 강철의 좌측에 들어온 순서대로 자리를 잡고 앉았다. 곧이어 외교청장 알천이 고구려 사신들을 안내해 들어왔다. 역시 예상대로 그들의 몰골은 피곤한 기색이 역력하였고, 눈이 벌겋게 충혈되어 있었다.

"어서들 오시오. 두 분 모두 지난밤은 잘 주무셨소?"

강철이 먼저 인사말을 건네자, 고건무와 약덕 역시 깊숙이 허리를 굽혀 굴신의 예를 차리며 화답하는 인사를 했다.

"예, 각하와 여러분께서도 밤새 평안하셨습니까?"

"잘 지냈소이다. 자자! 어서 자리에 앉으시오."

"예."

고건무와 약덕이 배달국 신료들의 맞은편에 자리를 잡고 앉자 강철이 입을 열었다.

"자! 그럼, 논의를 시작해 보십시다. 본관이 대마도를 토벌하는데 두 분을 동참시킨 것은, 공들의 나라인 고구려의 힘이 어느 정도인지 가늠해 보라는 의도였음은 이미 아셨을 것이오."

"……."

"그래 이번에 함께 갔다 온 소감이 어떠시오?"

강철이 묻자, 고건무가 입을 열었다.

"안타까운 일이나, 만약 배달국에서 군사를 몰아온다면 우리 고구려로서는 도저히 막아 낼 수가 없다는 것이 소관의 솔직한 판단입니다. 또한……."

고건무의 목소리는 침울했다.

"계속 말씀해 보시오."

"또한…… 소관은 각하와 천족장군이라는 분들이 하늘에서 강림하셨다는 것도 인정하지 않을 수가 없습니다. 그런데 어찌 감히 천장들을 상대로 힘을 논할 수가 있겠습니까?"

"허허허! 그래서요?"

"허나 일국의 사신된 자로서 주군의 명을 받았으니, 따르지 않을 수 없는 입장임을 헤아려 주셨으면 합니다. 이미 청했던 대로 불가

침에 대한 약조를 해 주실 수는 없으시겠습니까?'

첫날 협상을 위해 대면했을 때와는 현저히 달라진 태도였다. 협상을 하고 있다기보다는 차라리 사정을 하고 있다고 해야 옳았다.

"흐음, 약조를 해 달라……?"

"……."

"그렇다면 주는 것이 있으면 받는 것이 있어야 함은 다 아실 터, 만약에 약조를 해 드린다면 고구려는 우리에게 무엇을 주시겠소?"

"소관들은 배달국에서 필요로 하는 것이 무엇인지 모르니, 말씀해 주셨으면 합니다."

그러자 강철의 좌측에 앉아 있던 광공업부 대신 김백정이 입을 열었다.

"글쎄……? 고구려에서 나오는 산물 중에 쓸 만한 것이라야 맥궁(貊弓)과 철갑밖에 더 있겠소? 아! 구태여 몇 가지 더한다면 그나마 철괴와 유연탄 정도라고나 할까?"

"……?"

김백정의 말을 들은 고건무는 가슴이 철렁 내려앉았다. 맥궁과 철갑은 고구려가 자랑하는 병장기와 갑옷으로서 생산량도 많지 않을뿐더러 외부로는 유출이 절대로 금지된 물품이었다. 그렇듯 중요한 전략물자를 요구하려는 분위기에 고건무는 불안해지기 시작한 것이다.

그런 눈치를 재빨리 알아차린 정보사령 무은이 김백정을 쳐다보며,

"고구려 맥궁이나 철갑은 수나라조차도 부러워하는 병장기가 아닙니까?"

하고 넌지시 부추기자 김백정이 고개를 끄덕이며 맞장구를 쳤다.

"그렇기는 하오. 본장도 신라 국왕으로 있었을 때는 많이 부러워했던 전쟁 기물들이었소."

고건무는 두 사람이 주고받는 말을 들으면서 점점 더 좌불안석이 되어 갔다. 혹시나 협상의 결정권을 갖고 있는 강철이란 자가 저들의 말을 듣고, 그 물건들을 보내 달라고 하면 어쩌나 하는 불안감 때문이었다.

이때 통역을 하던 외교청장 알천이 강철을 쳐다보면서 말을 했다.

"각하! 그 물품들은 고구려가 목숨처럼 여기고 있는 것들인데, 그것을 달라고 할 수야 없질 않겠습니까? 소장의 생각으로는 사신으로 온 두 분들의 입장도 고려하여 차라리 철괴와 유연탄을 넉넉히 보내라고 하는 편이 나을 성싶기도 합니다만……."

알천의 말이 끝나자, 김백정이 고건무를 지그시 쳐다보며 물었다.

"고 정사께서는 만약에 우리가 철괴와 유연탄을 요구한다면 얼마나 보낼 수 있겠소?"

일단 자신들이 꺼리는 맥궁과 철갑이 아닌 철괴와 석탄을 거론하자 그나마 안심을 하면서 잠시 생각을 하고 난 고건무가 답변을 했다.

"이마(二馬) 수레로 매년 철괴 이십 량과 유연탄 오십 량을 보낼 수 있습니다."

말 한 마리가 끄는 보통 수레가 230kg을 싣고, 말 두 마리가 끄는 이마 수레가 500kg을 실으니, 철괴 10톤과 유연탄 25톤을 내놓겠다는 말이었다.

고건무의 답변을 들은 김백정이 갑자기 얼굴을 붉히며 언성을 높였다.

"아니! 지금 농을 하자는 게요? 아니면 우리가 고구려에 구걸하는 줄로 아시는 게요? 이럴 양이면 더 이상 대화를 할 필요가 없소이다."

원래 큰 체구에 평소에도 눈꼬리가 치켜 올라가 있는 김백정이 화가 난 표정을 짓자 사뭇 험악해 보이기까지 했다.

자신이 제시한 물량이 적다고 생각해서 그런다는 것을 눈치챈 고건무가 당황하고 있는데, 이번에는 알천까지 나서서 다그쳤다.

"고 정사께서는 지금 그걸 제안이라고 내놓으신 것이요? 불가침약조의 가치가 그 정도밖에 안 된다는 말씀이요?"

잘못하면 협상이 결렬될 것 같은 분위기로 흘러가자 고건무는 난감해졌다. 그들 간의 대화 내용을 통역을 통해 묵묵히 듣고 있던 강철이 손사래를 치면서 말렸다.

"두 분은 잠시 참으시오. 그리고 고 정사께서는 우리와 흥정을 한다고 생각하시는 모양인데, 그런 생각이라면 더 이상 대화를 나눌 필요가 없소이다. 다른 나라와 협상할 때는 그런 식으로 하시는지는 몰라도 지금 우리는 아쉬울 게 없다는 점을 명심하시오."

"예, 소관은 우리 고구려에서 매년 생산되는 양을 감안하여 제시한 것이지만, 아국의 입장만 생각했던 것 같습니다."

"이해를 하오. 허나 상대가 있는 협상에서 자신의 입장만 생각하면 상대가 바보가 아닌 바에야 용납을 하겠소?"

"각하! 잠시 생각할 시간을 주시겠습니까?"

"글쎄요……? 마음 같아서는 하루 이틀 생각할 여유를 드리고 싶으나, 지금 신라국에서 화친사가 온다고 하오. 그러니 더 이상 공들에게 시간을 할애하기가 어렵구려."

그 말은 오늘 협상이 이루어지지 않는다면 더 이상 협상하지 않겠으니 돌아가라는 말이었다. 말은 부드러웠지만 고건무에게는 다른 어느 말보다 무섭고 차갑게 들렸다. 고건무는 손사래를 치면서 황급히 말을 받았다.

"아닙니다! 이 자리에서 잠시 생각할 시간을 달라는 말씀입니다."

"그거야 뭐 어렵겠소? 충분히 생각하고 말씀해 보시요."

"예!"

대답을 해 놓고 잠시 생각해 보니, 갑자기 신라가 괘씸하게 생각되었다. 불과 얼마 전만 해도 그들은 고구려로 사신을 보내, 태왕의 종복인 노객이니 어쩌니 하면서 배달국을 쳐 달라고 매달리더니, 그 사이에 배달국에 사신을 보낸다는 말인가? 참으로 기가 막혔다.

하기야 배달의 힘을 보고 난 지금으로서는 고구려도 풍전등화와 같은 신세가 아닌가! 그런 생각을 하면서 어금니를 꽉 문 고건무는 결심을 했다.

한참의 시간이 흐르는 동안 말없이 기다리던 강철이 그러한 고건무의 표정을 보더니 입을 열었다.

"이제 생각이 정리되셨소?"

"예! 말씀드리겠습니다. 매년 이마 수레로 철괴 오십 량과 유연탄 이백 량을 보내 드리겠습니다. 이 물량은 고구려가 매년 생산하는 물량의 팔할이 되는 것입니다."

순수한 철괴 25톤과 유연탄 100톤!

고건무의 제안을 들은 강철을 비롯한 배달국 신료들이 오히려 속으로 회심의 미소를 지었다. 사실, 첫 번에 내놓겠다고 한 물량도 결코 적은 물량은 아니었다. 그럼에도 광공업부 대신인 김백정이 냅다 역정을 낸 것은 조금 더 많은 물량을 받아 낼 속셈이었던 것이다. 그런데 고건무가 다시 제시한 물량은 기대를 훨씬 웃도는 양이었으니 회심의 미소를 지을 만했다.

강철이 고개를 끄덕였다.

"좋소! 고 정사께서 제시한 물량이 고구려가 생산하는 양의 팔할이나 된다고 하니, 더 이상 기대하는 것도 예가 아니라고 생각하오. 그리고 두 가지 조건이 더 있소. 그중에 하나는 귀국에 연태조의 아들인 연개소문이라는 자가 있을 것이요. 그자를 보내 주시오."

"연 공자를 볼모로 삼으시려는 것입니까?"

"아니요! 인질을 요구할 생각이라면 왕족 중에서 선택하지 일개 신하의 자식을 보내라 하겠소? 오히려 그자가 그곳에 있게 되면 고구려에도 이로울 게 없을 것이요. 자세한 것은 천기이기 때문에 말씀드리지 못하는 점 양해하시오."

"알겠습니다! 그리하겠습니다."

"좋소! 두 번째 조건도 승낙한다니 이제 마지막 조건을 말씀드리겠소. 생각하기에 따라 이 조건은 가장 쉬울 수도 있고 가장 어려울 수도 있소."

"……?"

고건무는 도대체 무슨 조건을 제시하려고 이토록 뜸을 들이나 싶어서 내심 불안한 마음으로 다음 말을 기다렸다.

"마지막 조건은 귀국의 군사들은 물론 백성들에게까지 지금 우리가 쓰고 있는 하늘의 글자와 말을 가르치라는 것이요. 기간은 일 년이요. 이 조건을 받아들이겠다면 공들이 돌아갈 때, 다섯 명의 한글 강사를 동행시켜 드리겠소."

"그거야 뭐 어렵겠습니까? 그렇게 하겠습니다."

고건무는 세 번째 조건도 수락했다.

"그렇다면 좋소. 앞으로 두 나라 사이의 경계는 동으로는 익현현, 서로는 칠중하로 하고, 불가침 약조 기한은 삼 년으로 하겠소."

이미 배달국에서는 칠중하라 부르는 임진강과 익현현이라고 부르는 속초를 연결하는 선을 고구려와의 경계로 선포했었다.

"그렇게 알겠습니다. 약조 내용을 국서로 작성해 주실 수 있겠습니까?"

"물론이요. 그리고 본장도 공에게 별도의 선물을 드리겠소."

"선물이라 하시면?"

"귀국에서 생산되는 소금은 양도 적고 질도 떨어진다는 것을 잘 알고 있소. 그래서 귀국의 철괴와 유연탄을 가져오면, 돌아가는 수레에 싣고 갈 수 있도록 아국에서 생산된 소금 오십 량을 드리겠소."

"소금을요? 각하! 정말 감사합니다."

고구려에서는 소금 생산량이 적기 때문에 답례품으로 주면 좋아할 것이라는 귀띔을 을지문덕으로부터 받았었다.

그때 듣고 있던 정보사령인 무은이 거들었다.

"그런데 고 정사! 첫해 분의 물량과 연개소문이라는 자는 언제까지 보낼 것이요?"

"국서가 교환된 날로부터 반년 안에 원하시는 장소로 보내 드리겠소이다."

"알겠소. 그럼, 아국도 그렇게 알고 소금을 준비해 두겠소."

이제 두 나라 사이의 불가침에 대한 문제는 그렇게 합의가 이루어졌다. 그런데 고건무는 무엇인가 할 말이 남았는지 뭐 마려운 강아지처럼 멈칫거리며 총리대신을 쳐다보았다. 그 모습을 본 강철이,

"고 정사! 혹시 더 하실 말씀이 남으셨소? 하실 말씀이 있으시면 하

시오."

그 말이 떨어지기가 무섭게 고건무는 기다렸다는 듯이 물었다.

"각하, 여쭈어도 되는지는 모르겠으나, 혹시 저희 고구려가 새로 들어선다는 당이라는 나라로부터 사직을 지켜 낼 방법은 정녕 없겠습니까?"

"허어…… 참! 천기를 어찌 막을 수 있겠소?"

"……."

"하나 마나한 말이지만, 고구려 신료들이나 백성들이 모두 평안해지는 유일한 방법은 백제국처럼 배달국과 합치는 길 뿐이요. 이것이 본관이 말해 줄 수 있는 유일한 방책이지만 과연 귀 조정에서 그것을 용납하겠소?"

"예에…… 그렇기는 합니다만……."

고건무는 맥이 빠지는지 마치 남의 일처럼 쓸쓸하게 대꾸를 했다.

"자자! 이제 논의가 끝났으니, 오후에 태황제 폐하를 뵙게 해 드리겠소. 그런 다음 약조 문서를 교환하고 공들은 돌아가시면 될 것이요."

"예, 알겠습니다."

대답을 한 그들이 막 자리에서 일어서려는데 갑자기 강철이 한마디 했다.

"아참! 이번 대마도 토벌에서 동역을 도와준 약덕 공께 보답을 못했소이다. 괜찮으시다면 태황제께 주청을 드려 벼슬을 내리고 싶은데 괜찮겠소? 물론 망명하라는 뜻은 아니요."

그 말을 들은 약덕은 깜짝 놀라면서 손사래를 쳤다.

"아닙니다! 타국에 사신으로 왔던 자가 그 나라에 벼슬을 받아 간다면 개도 웃을 일입니다. 고마우신 말씀이나 사양하겠습니다."

"그렇다면야 뭐⋯⋯."

역시 그럴 줄 알았다는 듯이 강철이 막 말을 이으려고 하는데, 옆에서 듣고 있던 고건무가 약덕에게 무슨 말인가 건넸다. 고건무의 생각은 약덕이 배달국으로부터 벼슬을 받으면, 고구려 입장에서도 이득이면 이득이지 손해가 없다고 판단해서 받으라고 권하는 모양이었다.

한참 동안 오가던 그들의 대화가 끝났는지 고건무가 입을 열었다.

"각하! 약덕 공은 행여 고구려 태왕께 죄가 되지 않을까 하여 사양하였으나, 소장이 권하였더니 받겠다고 합니다."

"알겠소! 그렇다면 태황제 폐하께 아뢰도록 하겠소."

그날 오후 고구려 화친사로 왔던 고건무와 약덕은 태황제를 배견하는 자리에서 비누와 연필, 종이를 한 아름 선물로 받았다. 약덕도 배달국 육군 소령으로 임명되었다. 그렇게 사신의 임무를 끝낸, 그들은 불가침 약조 문서를 가지고 이튿날 귀국길에 올랐다.

고구려 화친사로 와서 그런대로 소기의 성과를 얻었다고 자위하며 귀국길에 오른 고건무와 약덕은, 어젯밤 을지문덕과 이문진이 찾아와 작별 인사를 나누면서 했던 말을 되새겨 보았다.

나라에 기둥 노릇을 해 왔던 연태조는 금년 내에 천수를 다하게 되고, 불과 1, 2년 내에 왕제인 고건무 자신이 왕의 자리에 오른다는 말이었다. 물론 을지문덕이 귀띔해 준 이 말들은 태황제가 넌지시 일러 주라고 한 말들이었다.

배달국도 나름대로 불가침조약의 대가로 매년 철괴 25톤과 유연탄 100톤을 확보하자 큰 성과를 거두었다고 희희낙락했다. 특히, 가장

기뻐한 것은 광공업부 총감인 강진영이었다.

그 이유는 고구려에서 생산되는 철괴는 유연탄을 사용하여 제련을 했기 때문에 질이 좋을 뿐만 아니라, 그들이 보내 주는 유연탄을 사용하게 되면 배달국에서도 품질 좋은 철괴를 뽑아낼 수 있었기 때문이었다.

고구려 사신들이 돌아가고 그로부터 보름 가까운 시간이 흘렀다.

그 사이에 총리대신인 강철과 특전군사령인 조영호의 성대한 혼례식이 있었다. 그들의 혼례 일을 전후해서 열흘간의 궁혼 기간 동안 중천성은 그야말로 잔칫집다웠다. 성안 백성들 모두가 한 마음으로 축하했고, 백제가 자랑하던 다섯 가지 악기인 소, 완함, 고, 금, 적의 연주 소리가 끊이질 않았다. 이토록 나라의 큰 경사로서 부족함이 없었던 것은 배달국 장수들, 특히 부여장과 백기가 앞장서서 준비했던 탓도 있었고, 황궁에서 상빈이 수시로 나와서 대소사를 살핀 이유도 있었다.

그렇게 흥청거리던 축제의 시간들이 지나자 중천성은 다시 평온한 일상으로 되돌아왔다. 물론 축제가 이루어지는 궁혼 기간 중에도 한 편에서는 또 다른 일들이 이루어지고 있었다.

그중에서 특별한 일이라면 도성인 중천성에서 국원성으로 불리던 충주까지의 도로 공사가 완공되었다는 것과 신라 사신단의 도착이었다.

배달국은 제일 먼저 당성에서부터 한강까지 도로를 개설했다. 그 후에 화성, 천안, 충주로 이어지는 도로에 이어, 이번에는 충주에서 중천성을 지나 기벌포로 불리는 장항까지 연결되는 도로를 완성한 것이다. 물론 공사 전에도 나라에서 관리하는 관도가 있었지만, 간신히 우마차 1대가 교차할 정도의 폭이었고 노면도 거칠었다. 그러나 배달국에서 새로 만든 길은 그보다 노폭도 넓었고 노면도 매끈해졌기 때문에 보기에도 시원해 보였다.

또한, 궁혼 기간 동안에 신라 사신단도 도착해 있었다. 그들은 조공물품을 실은 30대의 수레와 미인을 실은 5대의 수레, 그리고 1백 명의 호위 군사를 대동하고, 서라벌을 출발하여 여러 날 만에 중천성 성문 가까이에 이르렀다. 바로 그때 사신단 뒤쪽으로부터 1천의 군사가 호위하는 화려한 2대의 어가가 나타나자, 사신단은 한쪽으로 비켜서서 어가가 궁문 안으로 들어갈 때까지 기다려야만 했다.

처음에는 무슨 일인가 궁금했지만, 성 밖까지 마중 나온 외교청장 알천의 설명을 듣고서야 천족장군들과 혼례를 올릴 신부들이 도착한 것임을 알게 되었다. 공교롭게도 신라 사신들은 궁혼 기간 첫날에 당도한 것이었다.

알천의 안내를 받아, 고구려 사신들이 묵던 영빈관에 행장을 푼 신라 사신들은 궁혼 기간 동안 공식적인 활동은 할 수 없었지만, 자신들이 왕으로 모셨던 김백정과 신라국 출신 장수들을 만날 수가 있었다.

사실, 이번에 온 신라 사신들인 조계룡, 김후직, 혜문은 왕이었던 김백정에게 충성을 다하던 인물들이었다. 그럼에도 신라 국왕이 울며 겨자 먹기 식으로 이들을 보낼 수밖에 없었던 것은 다른 신하들이 가기를 꺼려한 이유도 있었지만, 그들을 보냈다가는 괜히 배달국의 장수가 되어 있는 김백정의 노여움을 사지나 않을까 하는 우려 때문이었다.

오래전 칠숙이 반란을 일으켰을 때, 도성을 빠져나가 북형산성에서 마지막까지 저항하던 사람들이 바로 위화부령이던 조계룡과 병부령이던 김후직이었다. 그런 그들이 목숨을 부지할 수 있었던 것은 어이없게도 반란의 수괴인 칠숙 덕분이었다. 이유는 칠숙이 낭도 시절 자신을 지휘하던 화랑인 조계룡으로부터 여러 차례 신세를 진 적이 있었기 때문에 차마 죽이지 못했던 것이다.

그렇지만, 벼슬을 빼앗기고 도성에서 쫓겨난 이후에도 늘 감시를 당하며 천덕꾸러기 취급을 받던 그들이었는데, 어느 날 갑자기 신라 조정에서 사신을 맡아 달라는 요청을 해 오자 처음에는 단호히 거절했다. 그토록 홀대를 하던 그들이 이제 와서 배달국에 갈 사신을 맡아 달라니 당치도 않는 일이었다.

그러나 현 신라 국왕인 김국반이 직접 집에까지 찾아와 간곡히 부탁하는 데는 그들로서도 어쩔 수가 없었다. 그런 우여곡절을 거쳐 결국 조계룡 일행은 신라 사신단으로서, 오족황룡기가 나부끼고 있는 중천성에 오게 된 것이다.

조계룡의 생각에는 신라를 호령하며 자신들로부터 '폐하'로 불리던 김백정이 자신들을 만나게 되면, 배달국의 일개 장수로 전락된 것에 대해 크게 부끄러워할 줄로만 알았다. 그러나 예상을 뒤엎고 자신들이 중천성에 도착해 여장을 풀자마자 찾아온 김백정은 오히려 사행길에 고생했다고 위로하면서 시종일관 당당한 태도를 보이고 돌아갔다.

그때까지만 해도 그들은 김백정의 이런 모습이 이해가 되질 않았다. 게다가 배달국에 투항한 신라 장수들 역시도 반갑다고 찾아와서는 부끄러워하기는커녕 오히려 자신들을 측은하게 생각하는 투로 대하자 기분이 묘해지기 시작했다.

그들이 배달국에 와서 그와 같은 정신적인 혼란을 겪으면서 시간을 보낸 지도 벌써 열흘 하고도 이틀이 지나가고 있었다. 그동안 신라 출신 장수들의 사적인 방문을 제외하곤 배달국 조정에서는 외교청장이라는 알천만이 가끔 들렀을 뿐이었다.

신라국에서 가져온 공물과 미녀는 도착하자마자, 이미 알천에게 인계를 해 버렸으니 그들 역시 급할 것도 없었다.

조계룡은 느긋한 마음으로 영빈관 마당을 거닐고 있었다. 바로 그때 긴 턱수염을 휘날리며 수을부가 김백정과 함께 대문 안으로 들어섰다. 조계룡은 수을부와 함께 온 김백정을 보고는 굴신의 예를 차렸다.

"폐하! 어서 납시옵소서."

"어허! 조 공, 며칠 전에 들렀을 때, 폐하라는 호칭은 가당치 않다고 말하지 않았소? 그냥 편하게 장군으로 호칭해 주면 족하오."

"……."

그렇게 말을 해도 조계룡은 전날과 마찬가지로 우물쭈물했다.

이를 바라보던 수을부가 말을 건넸다.

"조 공! 공들이 왔다는 말은 들었으나 맡은 일이 바빠 이제야 들렀소이다. 그런데 우리를 이렇게 밖에 세워 둘 참이요?"

그 말을 듣고서야 큰 결례를 했다는 것을 깨달은 조계룡이,

"아이쿠! 오랜만에 뵈어 반가운 마음에 그만 결례를 했습니다. 두 분께서는 어서 안으로 드시옵소서."

하고는 빠른 걸음으로 달려가서 방문을 열었다. 다른 방에 있던 김후직과 혜문도 밖을 내다보고는 내다르다시피 튀어나와 두 사람을 향해 깊숙이 허리를 굽혀 예를 표했다.

"어서 오시옵소서!"

그들의 인사를 반갑게 받으며 김백정은 두 사람들에게 입을 열었다.

"잘들 계셨소. 자자! 우선 안으로 들어가십시다."

"예."

안으로 들어가 김백정이 좌정을 하고 옆에 수을부가 자리를 잡았음에도 조계룡과 두 사람은 첫날과 마찬가지로 감히 마주 앉지 못하고 시립을 했다.

"또! 또! 이러신다. 어서 자리에 좌정들을 하시오."

그들은 자리에 앉으라고 거듭 권하는 말을 듣고서야 마지못해 쭈빗거리며 자리에 앉았다.

그러자 먼저 턱수염을 손등으로 쓸어내린 수을부가 입을 열었다.

"본관이 한 말씀드리겠소. 공들이 폐하로 모시던 분을 어떻게 대할지 난감한 심정이라는 것은 이해를 하오. 본관 역시 폐하와 같은 배달국 장수가 되고 나서도 처음에는 무척이나 불편했었소. 그러나 하늘에서 오신 태황제 폐하와 천족장군들도 우리들을 자신들과 같은 반열의 장수로 인정하고 스스럼없이 대하시는 것을 보고 생각을 바꾸게 되었소."

"……?"

"지금은 폐하로 모시던 분의 휘(諱)까지 붙여 김백정 장군이라고 호칭해도 크게 거북하지 않소. 왜냐하면 배달국에서는 하늘에서 내려오신 천장들의 휘까지도 스스럼없이 부르기 때문이요. 그러니 앞으로 폐하도 김백정 장군으로 호칭하시고, 본관 역시도 이름과 함께 장군으로 불러 주면 족하오."

수을부가 말을 마치자 이번에는 김백정이 말을 받았다.

"그럼! 그럼! 수을부 장군의 말씀이 지당하오. 혹시라도 다른 배달국 장군들이 있을 때, 공들이 오늘과 같은 태도를 보인다면 오히려 본관을 욕보이는 것임을 명심해 주시기 바라오. 며칠 전에는 공들을 만난 반가움에 이런 말을 나눌 겨를이 없었소이다."

그 말을 들은 조계룡이 대꾸를 했다.

"두 분께서 말씀하시는 바는 알아들었사오나, 소신들에게는 아직 익숙지 않은 일이옵니다. 배달국 신하들이 있을 때는 조심을 하겠사오니, 익숙해질 동안은 나무라지 마시기를 바라옵니다."

수을부가 고개를 끄덕이며 알겠다는 표정을 지었다.

"공들이 도착하자마자 반가운 마음에 김백정 장군께서 이곳에 들렀었다는 말씀은 전해 들었소. 허나 본관은 교육을 담당하는 교육청장의 직분을 맡고 있어 한동안 바빴었기 때문에 오늘에야 들르게 된 것이요."

"네에. 그렇다는 말씀은 들었습니다."

"조계룡 공이나 김후직 공, 혜문 공 역시 모두 강건해 보이니 다행이요. 대충 전해 듣기로 우리 배달국에 비위를 맞추기 위해 공들을 보냈다고 하던데, 신라 조정에서 공들을 보낸 진의가 그것뿐이요?"

수을부의 물음에 김후직이 대답을 했다.

"그렇습니다. 소관도 그 목적 외로는 명을 받은 바가 없습니다."

김후직의 말을 듣고는 곁에 있던 혜문이 혼잣말을 하듯 한마디 했다.

"그게 다 백성들이야 죽건 말건 자기들의 안위나 챙기려는 수작이지요. 뭘!"

"그건 또 무슨 말씀이요?"

하고 수을부가 되묻자 기다렸다는 듯이 입을 열었다.

"경우가 그렇지 않습니까! 배달국이 살기 좋다는 소문이 나서 백성들이 보따리를 싸는 판국에 그들을 달래도 시원찮을 놈들이 백성들의 재물을 빼앗다시피 거두어들이질 않나, 전국에 미인이라고 소문난 처녀들은 모조리 데려다 추리고 추려서, 배달국에 갖다 바치는 꼴이 제 놈들 목숨이나 건져 보겠다고 하는 수작이 아니고 무엇이겠습니까?"

원래 혜문은 5두품에 지나지 않았으나 자질이 총명하여 벌써 10여 년 전에 5두품으로서 오를 수 있는 최고의 지위인 대나마에 올랐다.

일찍이 수나라에 사신으로 다녀온 적도 있는 외교통으로 사리에 밝고, 성품도 고아했었는데, 칠숙 일당의 반정을 겪으면서 세상을 보는 눈이 많이 삐뚤어진 것이었다.

혜문의 말을 들은 김백정이 침울한 목소리로 대꾸를 했다.

"모두 다 본관이 덕이 없어 그리된 것을 어찌하겠소? 그렇다고 되돌릴 수도 없는 일이 아니요?"

그 말이 끝나기가 무섭게 혜문은 다시 반발하듯이 말했다.

"못할 게 뭐가 있겠사옵니까? 오늘이라도 폐하께서 앞장서신다면 백성들도 앞다투어 따를 것이옵니다."

"음……!"

김백정이 신음 소리를 내면서 입을 다물자, 옆에 앉아 있던 수을부가 김백정의 눈치를 보면서 넌지시 권했다.

"혜문 공의 말마따나 백성들이 배달국에서 살겠다고 부지기수로 넘어오고 있는 판국에 아직도 정신을 못 차리고 있는 국반은 국주의 자격이 없다고 봅니다. 이 기회에 신라 조정을 무너뜨리고 배달국에서 다스리도록 하면 어떻겠습니까?"

침울해 있던 김백정이 고개를 가로저으며 대꾸를 했다.

"글쎄요? 그것은 아마 태황제 폐하께서 용납을 하지 않으실 게요."

수을부가 김백정 쪽으로 자리를 당겨 앉으며 거듭 말했다.

"장군께서 직접 폐하께 고할 경우에는 그렇겠지만, 먼저 총리대신 각하를 설득하면 가능하지 않겠습니까?"

"총리대신 각하를?"

"예, 폐하께서는 배달국이 힘으로 신라를 무너뜨리면 배달국에 반기를 드는 자들이 생겨 국론이 분열될 테고, 그리되면 결국 백성들이 피해를 입게 된다고 걱정하시는 것이 아니겠습니까? 허나 장군께서 국왕의 자격으로 신라 땅을 되찾고 싶다고 총리대신 각하께 먼저 청을 넣으시면 가능할 것도 같습니다. 물론 사신으로 오신 세 분이 각하의 설득에 적극 동참하는 것을 전제로 말씀드리는 것입니다만!"

"흠, 본관이 국왕 자격으로 민심을 잃은 저 역적들을 무너뜨린다면야 국론이 분열될 일은 없겠지만, 군사도 없이 빈손으로 될 일은 아니잖소?"

여태까지 가타부타 말이 없던 조계룡은, 수을부와 김백정이 주고받는 말을 들으면서 배달국이 여태껏 신라를 무너뜨리지 않은 이유를 은연중에 깨닫게 되자 확인을 하듯 물었다.

"정말로 태황제 폐하라는 분이 신라 백성들에게 피해가 있을까 염려하여 신라를 병탄하지 않으신 것이옵니까?"

"그건 사실이오. 이해가 쉽질 않겠지만, 태황제 폐하께서는 신라 백성들을 적국 백성들로 생각지 않으시오. 그렇기 때문에 단 일천 명의 배달국 군사만 가져도 무너뜨릴 신라를 여태껏 놔두는 것이기도 하오."

김백정이 그렇게 대답을 하자, 조계룡은 언뜻 '하늘에서 내려오셨다더니 도량이 보통 인간들과는 다른가 보구나!' 하는 생각이 들면서 자신도 모르게 혼잣말처럼 중얼거렸다.

"음……! 그렇다면 나라를 들어 바칠 만한 분이시로군요."

그 말을 들은 수을부가 손등으로 턱수염을 한 번 쓸어내리고는 언성을 높이며 역정스럽게 대꾸를 했다.

"아니? 그럼, 우리가 목숨이나 부지하려고 투항한 줄 아셨던 게요? 흠, 물론 처음에는 기회를 엿봐 나라를 다시 찾을 궁리를 안 했던 것은 아니요. 허나 태황제 폐하를 모시면서 그 생각은 백번 잘못된 생각이라는 것을 깨닫게 되었소이다. 하늘에서 천제의 명을 받고……."

수을부의 말은 계속 이어졌다.

천명을 받고 하늘에서 내려오신 태황제 폐하와 천족장군들은 고구려, 백제, 신라가 같은 족속이며 그들을 우선 합치고 나서 다음으로는 수나라와 왜를 비롯해 세상을 평정하실 계획이라고 말을 해 주었다.

여기서는 신라 출신이거나 백제 출신이거나 전혀 차이를 두지 않고 대우를 하는데 다만, 백제 국왕이었던 부여장 대장보다는 신라 국왕이었던 김백정 대장이 상대적으로 소외되고 있는 느낌이라고 솔직히 말했다. 그 이유는 백제는 땅까지 배달국에 바쳤지만 신라는 아직도 역적들이 다스리고 있기 때문이며, 그런 이유로 부여장이나 김백정 두 분 모두 같은 계급이지만 부여장 대장은 별도로 사비 공이라는 작위까지 받았다고 했다. 물론 조계룡이나 김후직, 혜문은 그동안 방문했던 장수들을 통해서 배달국의 계급 체계를 잘 알고 있었기 때문에 금방 이해를 할 수 있었다.

한동안 수을부의 말을 듣고 있던 조계룡이 이윽고 입을 열었다.

"그렇다면 태황제 폐하라는 분의 뜻을 거스르지 않고, 신라 조정을 무너뜨리면 되지 않겠습니까?"

"그게 무슨 말씀이요?"

조계룡이 갑작스럽게 툭 던지는 말에 귀가 솔깃해진 수을부가 물었다.

"배달국의 군사가 아닌 신라 군사로 서라벌을 치면 되지 않겠습니까? 물론 폐하께서 직접 선봉에 스서야 하는 위험이 따릅니다만……."

위험이 따른다는 말에 김백정이 나섰다.

"그까짓 위험이야 뭔 문제겠소? 이곳에 있는 군사는 신라 출신들이라도 이젠 모두 배달국의 군사가 되었는데, 신라 군사가 어디 있다는 말씀이요?"

"있사옵니다. 우선 소신들이 데리고 온 일백 명의 군사가 있고, 배달국 군사와 대치시켜 놓은 일천의 신라 군사가 감문주 근처에 주둔해 있사옵니다."

"감문주에? 흠…… 그들이 나를 따르겠소?"

"틀림없이 따를 것이옵니다. 그들을 지휘하는 장수가 일선주(一善州)* 군주이던 일부(日夫) 장군이옵니다. 이번에 사신으로 오면서 그곳을 거쳐 왔사온데, 그는 아직도 폐하에 대한 충성심이 여전하다는 것을 은연중에 알았사옵니다."

---

* 일선주(一善州): 선산 · 해평 · 군위 일원을 관장하였던 신라시대 행정구역 이름.

그러자 옆에 앉아 있던 김후직도 맞장구를 쳤다.

"소신도 그런 느낌을 분명히 받았사옵니다. 더욱이 그 사람은 소신과도 가까운 사이라서, 폐하께서 가시면 분명히 군사를 내어놓을 것이옵니다."

김백정은 엉덩이를 들썩거리며, 확인이라도 하려는 듯이 되물었다.

"정말 일부 장군이 그렇더란 말이요?"

"그렇사옵니다!"

김백정은 눈물이 핑 돌았다. 아직까지도 자신을 잊지 않고, 충성심을 간직하고 있는 장수가 신라 땅에 남아 있다니 뜻밖이었다.

이렇게 오가는 대화 속에서, 사신들의 숙소인 영빈관에서는 또 하나의 사건이 태동되고 있었다.

—4권에 계속

달 국

● 요동성

● 비사성(대련)

원산 ●

장안성(평양) ■

● 남포

부소갑(개성) ●

● 익현현(속초)

칠중성(파주) ●

만노군(진천) ●

당성(화성) ●

국원성(충주) ●

웅진성(공주) ●

중천성(부여) ■

서라벌(경주) ■

기벌포(장항) ●

월나(영암) ●

대마도(두섬)

이도성 ●

탐라

국지성 ●